ACABUS
Verlag

Markus Walther

BUCHLAND

ACABUS
Verlag

Walther, Markus: Buchland, Hamburg, ACABUS Verlag 2013

Originalausgabe
ISBN: 978-3-86282-186-0

Lektorat: Berit Liedtke, ACABUS Verlag
Umschlaggestaltung: © Petra Rudolf

Dieses Buch ist im Handel auch als E-Book erhältlich.

Bibliografische Information der Deutschen Nationalbibliothek:
Die Deutsche Nationalbibliothek verzeichnet diese Publikation in der Deutschen Nationalbibliografie; detaillierte bibliografische Daten sind im Internet über http://dnb.d-nb.de abrufbar.

Der ACABUS Verlag ist ein Imprint der Diplomica Verlag GmbH,
Hermannstal 119k, 22119 Hamburg.

---

http://www.acabus-verlag.de
Printed in Europe

Für mein Nugget
mein Goldstück
und
meinen Schatz

„Am Anfang stand das Wort.“

Vom Gewicht der Worte

Die Bücher um mich herum, die sich unter einem staubigen Mantel zu verbergen suchten, schienen leise zu wispern. Sie erzählten sich ihre Geschichten, während sie darauf warteten, einen unschuldigen Leser zu finden, in den sie ihre Saat pflanzen konnten.

Sie offenbarten Welten, die für kommende Generationen eingefangen und ihnen zwischen die Seiten gepresst worden waren. Sie verschenkten gerne die Gedanken, die bedeutungsschwer mit Tinte aus der Feder geflossen waren.

Ich selbst saß an meinem Sekretär, hatte einen großen *Folianten* aufgeschlagen und folgte den handgeschriebenen Zeilen mit meinem Zeigefinger. Der weiße Stoff des Handschuhs trennte meine Haut von dem Pergament.

Buchstaben, Worte, Zeilen. Sie entführten mich in eine andere Zeit, lange vergangen.

Die Türglocke läutete und nur widerwillig riss ich mich von meiner kostbaren Lektüre los. Ich griff nach meinem Stock und mühte mich nach vorne in den Verkaufsraum. Die Sonne strahlte hell durch das Schaufenster herein und im Gegenlicht konnte ich nur die Silhouette der Frau erkennen, die nun vor dem Tresen stand. Hochgewachsen und nicht zu dünn. Recht attraktiv für eine Frau mittleren Alters.

Mein Blick streifte kurz das Zifferblatt der Wanduhr. Genau neun Uhr.

„Guten Morgen, Frau Liber. Schön, Sie kennenzulernen.“

Ich reichte ihr meine Hand zum Gruß, während sie noch ein wenig erstaunt dreinblickte. Bevor sie fragen konnte, sagte ich vergnügt: „Pünktlich auf die Minute. Das zeugt von Verlässlichkeit. Das ist doch schon mal vielversprechend.“

Mit einem Lächeln legte sie ihre Verwunderung ab. Es war, als würde die Sonne gleich noch einmal so hell den Raum erfüllen. „Dann müssen Sie Herr Plana sein." Und als ich ihr abwartend keine Antwort gab, fügte sie unsicher ein „Guten Tag" hinzu.

Der Weg bis zur Ladentür war zehn schmerzhafte Schritte entfernt. Als ich sie erreichte, drehte ich das kleine Schildchen, das in der Scheibe baumelte um. „Geschlossen."

„Ich denke, dass wir uns in Ruhe unterhalten sollten."

Danach führte ich sie in das Arbeitszimmer. Ich brauchte ihr nicht ins Gesicht zu sehen, um zu wissen, dass sie mit Erstaunen und Bewunderung die vollen Regale betrachtete. Die Buchrücken verhießen für jeden *Bibliophilen* die Erfüllung aller Wünsche.

„Bitte", ich deutete auf den Ohrensessel in der Ecke des Raumes, der von einer antiken Leselampe überragt wurde, „nehmen Sie doch Platz." Ich selbst setzte mich auf meinen Bürostuhl am Sekretär. Gut fünf Meter trennten uns. Das empfand ich als durchaus angenehm.

„Eine beeindruckende Sammlung", stellte sie fest.

Ich nickte. „Das sind nur die gängigsten Werke. Ein Buchgeschäft sollte verschiedene Titel griffbereit haben. Der Weg in den Keller ist mir", ich deutete auf meine Gehhilfe, „auf Dauer zu mühsam."

„Im Keller sind noch mehr Bücher?"

„Natürlich", sagte ich. Ich musste feststellen, dass es mir Vergnügen bereitete, ein wenig anzugeben. „Hier oben ist nur ein kleiner Teil der antiquarischen Titel. Die Spitze des Eisbergs, wenn Sie so wollen."

Ich schlug den Folianten vorsichtig zu.

Sie reckte den Hals, um die Schrift auf dem Leder zu entziffern.

„Nur etwas lateinische Belletristik", merkte ich an und erlaubte mir dabei, etwas die Mundwinkel anzuheben. „Eine lausige Übersetzung und Interpretation aus dem Griechischen. Sie hat mit dem Ursprungstext nur noch wenig gemein. Aber es ist bis zu einem gewissen Grade unterhaltsam. Wenn Platon gewusst hätte, was man mit seiner Idee alles machen würde, hätte er vermutlich darauf verzichtet, den Mythos zu verfassen."

Im obersten Fach des Sekretärs lag eine aufgeschlagene Programmzeitschrift. Ich nahm sie und deutete auf einen kleinen Eintrag. „Stargate – Atlantis", sagte ich verächtlich schnaubend und pfefferte dann das

Heft in den Papierkorb. „Fernsehen ist wie Opium. Es hält vom Denken ab."

Ich wandte mich ihr wieder zu. „Aber zurück zu Ihnen. Haben Sie Ihre Bewerbungsunterlagen dabei?"

Sie griff in ihre Handtasche. Es war ein schlichtes schwarzes Modell und passte durchaus zu ihr. „Graue Maus", flüsterte es leise in mir.

Sie zitterte leicht, wie mir schien, als sie einen Umschlag hervorholte. Im Din-A4-Format, Altpapier, mit der Schreibmaschine beschriftet. Bevor sie aufstehen konnte, um mir ihre darin steckende Bewerbungsmappe zu reichen, sagte ich: „Legen Sie sie auf den Teewagen. Ich werde sie mir vielleicht später ansehen."

Ja, es war gemein, dass ich ihr das Wort „vielleicht" unterschob. Aber ich hatte mir vorgenommen, ihr das Spiel nicht zu leicht zu machen.

„Und dann", sagte ich, „nehmen Sie doch bitte das Buch mit dem braunen Einband aus dem Regal. In der untersten Reihe, das dritte von links." Sie tat wie ihr geheißen und machte Anstalten, es mir zu bringen. Ich hob die Hand. „Aber nein, ich bitte Sie. Ich kenne das Buch bereits. Kennen Sie es auch?"

Sie las den Einband. „Die 1,000,000 Pfundnote und andere humoristische Erzählungen und Skizzen von *Mark Twain.*" Ihre Stimme klang erstaunt. „Mark Twain habe ich noch nicht gelesen", gab sie zu. Ich konnte ihr ansehen, dass sie befürchtete, sie hätte nun schlechte Karten für eine Anstellung in meinem Hause.

„Eine fatale Lücke", stellte ich fest, „die Sie unbedingt schließen müssen." Mein Tadel war ehrlich und aufrichtig, aber vielleicht etwas zu heftig hervorgebracht. Sie zog den Kopf ein und ein Hauch von Mitleid erfasste mich. Wie verzweifelt mochte sie sein, dass sie unbedingt eine Anstellung in meinem staubigen Antiquariat brauchte?

Ich senkte also meinen Tonfall wieder und bat sie, mir ein paar Seiten aus dem Buch vorzulesen.

„Ich soll Ihnen vorlesen?"

„Ja, natürlich. Sie wollen doch diese Stelle, oder?" Ich schmunzelte. „Um hier verkaufen zu dürfen, brauchen Sie eine besondere Eigenschaft: Sie müssen die Seele der Bücher erkennen."

„Die Seele der Bücher?“

„Ja! Sie müssen das Gewicht jedes Wortes spüren, die Gedanken des Autors fühlen, die Welt der Protagonisten erfahren, hineinschlüpfen zwischen die Seiten und die Druckerschwärze schmecken können.“ Mit einem tiefen Atemzug sog ich Luft ein. „Erwecken Sie das Papier in Ihrer Hand mit Ihrer Stimme zum Leben und geben sie ihm dadurch Bedeutung.

… Lesen Sie!“

Sie las die ersten acht Zeilen recht zögerlich und leise. Immer wieder stockte sie im Text und blickte mich unsicher an.

„Frau Liber, glauben Sie“, unterbrach ich sie schließlich, „dass Mark Twain ein besonders unerfahrener und geistig kraftloser Mann war? Oder glauben Sie, dass Mister Adams, der Hauptdarsteller dieser Geschichte, mit seinen 27 Jahren etwas besonders Langweiliges zu berichten hat?“

Mit einem Räuspern begann sie den Text von Neuem. Mit nun lauter Stimme fand sie sich in der Welt Londons wieder und nahm mich mit in dieses kostbar eingerichtete Zimmer, in welchem zwei ältliche Herren saßen.

Ich schloss meine Augen, konzentrierte mich auf die Silben, die mir im Raume entgegenschwebten und ließ die Zeit verstreichen.

Nachdem sie die letzte Zeile vorgelesen hatte, sagte ich den Satz, den ich eigentlich schon zu Beginn des Bewerbungsgesprächs hätte sagen können. „Sie sind eingestellt.“ Mit einem leisen Stöhnen erhob ich mich, durchschritt den Raum und reichte ihr höflich meine Hand. „Darf ich Sie der Einfachheit halber beim Vornamen nennen?“

„Beatrice“, sagte sie. Tausend Fragen schienen ihr ins Gesicht geschrieben. Die vordergründigste war wohl die nach meinem Vornamen. Doch diese Antwort sowie die Antwort auf die restlichen 999 Fragen blieb ich ihr schuldig. Stattdessen sagte ich: „Gut, Beatrice. Morgen kommen Sie um die gleiche Zeit wieder her. Frühstücken Sie gut, denn es gibt viel für Sie zu tun.“

Ich führte sie zur Tür. Beim Hinausgehen fiel ihr Blick auf den kleinen Bilderrahmen neben dem Lichtschalter. „Ist das …“, setzte sie an, „ich meine …“

„Natürlich ist sie das“, sagte ich und schob Bea sanft aber bestimmt hinaus auf die Straße.

„Ein vielversprechender Anfang“, sagte ich zu mir. „So fangen Romane an.“ Dabei beugte ich mich zu dem Bilderrahmen hinunter und betrachtete mit großem Amüsement den großen Geldschein, der hinter der Glasscheibe ruhte.

Von Dampf und Elektrizität

Als ich am folgenden Tag die Jalousie im Schaufenster hochzog, überkam mich wieder die Wehmut. Ein Umzugswagen stand auf der gegenüberliegenden Straßenseite. Fettverkrustet klebte der Dreck auf dem Lack des Führerhauses, bedeckte den darunter fressenden Rost in beinahe kosmetischer Weise. Das Fahrzeug war für das Auge eine Beleidigung. So einem Unternehmen vertraute man sein Hab und Gut nur dann an, wenn man auch auf den letzten eingesparten Cent angewiesen war.

Fünf Männer waren damit beschäftigt, die Einrichtung des Friseursalons zu demontieren und in den Laster zu verladen. Frank stand daneben. Mit gequältem Gesicht überwachte er das Geschehen. Dort wurde sein Leben verpackt. Dreißig Jahre gestopft in Umzugskisten; es konnte einem die Tränen in die Augen treiben.

Die Metzgerei nebenan und der Bäcker an der Straßenecke hatten bereits im vergangenen Herbst aufgegeben. Gegen die Übermacht der Discounter im Industriegebiet konnten sie nicht länger ankämpfen. Immer weniger Leute verirrten sich hierher. Aus der kleinen, feinen Flaniermeile war ein Stück Geisterstadt geworden.

Frank winkte mir höflich zu und ich erwiderte seinen Gruß mit einer angedeuteten Verbeugung. Es knackte dabei verdächtig in meinem Kreuz, doch wenigstens schmerzten meine Beine nicht mehr so sehr wie gestern. Mein Stock lehnte am Sekretär im Arbeitszimmer. Ich hatte ihn tatsächlich dort vergessen. Eigentlich ein gutes Zeichen.

Ich sah mein Gesicht, das sich im Glas der Scheibe spiegelte. Man hätte sich bei diesem Anblick fragen können, ob es jemals jung gewesen war. Doch bevor ich mich in unangebrachter Melancholie verlor, bescheinigte ich mir, dass meine Augen noch wach und listig wirkten.

Nun, dachte ich bei mir, wenn es mir besser geht, dann will ich dafür sorgen, dass auch für Frank der Tag etwas erträglicher wird. Mit einem Zwinkern verabschiedete ich mich von meinem Spiegelbild und setzte meine übliche strenge Miene auf. Ich öffnete die Tür und bedeutete dem Friseur, zu mir zu kommen.

„Guten Morgen, Herr Plana“, sagte er herzlich, „schön, dass ich Sie vor meiner Abreise noch sehe.“

„Es ist also soweit“, stellte ich fest, „Sie denken nicht, dass Sie es noch ein Weilchen bei uns aushalten können, Frank?“

„Gegen die ‚Company‘ kann ich nichts mehr ausrichten. Die Ketten haben die Preise kaputt gemacht. Für Meisterqualität ist niemand mehr bereit, Geld auszugeben.“ Da stand dieser gestandene Mann vor mir, tat souverän und kämpfte doch unverkennbar mit bebender Unterlippe gegen seine Verzweiflung.

„Und wie geht es weiter?“, fragte ich.

„Tja.“ Frank rieb sich kurz über die Augen. Ein Seufzen entfuhr ihm. „Die Einrichtung habe ich einigermaßen gut verkauft bekommen. Damit kann ich einen großen Teil meiner Schulden tilgen. Und die Löhne von den Mädchen kann ich dann endlich auch nachzahlen.

Aber das ist schon alles in die Wege geleitet. Heute Nachmittag setze ich mich in den Zug. In München ist eine Stelle frei. Nichts Weltbewegendes. Wenn ich den Gürtel noch etwas enger schnalle, werde ich über die Runden kommen.“

„Und Ihre Frau?“ Ich bereute meine Frage sofort. Hätte ich es mir nicht denken können? Ein unterdrücktes Schluchzen ließ Franks Schultern kurz zucken. Es war nicht die erste Ehe in unserer Straße, die an der Not gescheitert war.

„Ich muss los“, sagte Frank. Dabei wandte er sein Gesicht ab und schickte sich an, zu gehen.

„Moment“, sagte ich. Ich griff in die Auslage des Schaufensters und nahm ein Buch heraus. „Für die Zugfahrt. Eine ungekürzte Ausgabe von Hans Dominiks ‚Atlantis‘.“

Verblüfft nahm Frank das Buch in die Hand. Der Buchrückentext nahm ihn schon gefangen. „Woher wissen Sie, dass ich gerne alte Science-Fiction lese?“

„Vor einiger Zeit haben Sie doch mal den Jules Verne bei mir gekauft“, log ich. In Wahrheit hatte Frank noch nie zuvor meinen Laden betreten. Doch er nahm meine Worte gar nicht richtig wahr.

„Schön, dass Ihnen der Titel gefällt. Auch angesichts einer Katastrophe können sich wunderbare neue Möglichkeiten auftun."

Ich las in seinen Augen, dass er darüber nachdachte, ob ich noch immer das Buch meinte.

Eine Stunde später betrat Beatrice meinen Laden. Sie hatte ihre Nervosität mir gegenüber noch nicht abgelegt. In ihrem schwarzen, knielangen Rock und der dezent grauen Bluse, schien sie mit den Schatten der Regale verschmelzen zu wollen. Dennoch begrüßte sie mich dieses Mal bemüht freundlich mit einem „Guten Morgen, Herr Plana." Es fehlte nur noch, dass sie dabei einen Knicks machte! Fehlendes Selbstvertrauen kann Menschen klein machen, dachte ich bei mir. Aber ihr Lächeln beeindruckte mich wieder wie gestern.

„Beatrice, schön, dass Sie gekommen sind." Ich deutete auf die Auslage. „Sind Sie für einige Schandtaten bereit?"

„Schandtaten?", fragte sie unsicher.

„Sehen Sie sich mein Schaufenster an. Da liegt die ‚Uralte Nürnbergische Chronica' neben Büchners ‚Woyzeck. Eine Tragödie', da liegt eine handsignierte Ausgabe der ‚Morgenländischen Märchen' und eine Schlesische Zeitung von 1846."

„Richtige Schätze", kommentierte Beatrice.

„Das muss alles raus", sagte ich knapp. Fast augenblicklich spürte ich wieder den Schmerz in den Beinen. Verdammt. „Verpacken Sie das Zeug …" – au – „… die Bücher sorgsam in Kisten. Alles zum Verpacken finden Sie im Schrank hinter der Theke." Ich sog keuchend Luft ein.

„Geht es Ihnen nicht gut?" Beatrice reichte mir ihren Arm, den ich dankbar ergriff. Ich hatte es mir tatsächlich leichter vorgestellt.

„Bitte bringen Sie mich zu meinem Sessel nebenan."

Der Weg kam mir endlos vor. Als ich endlich saß, schloss ich die Augen. „Veränderung ist niemals leicht", sagte ich. Beatrice dachte wohl, dass ich ihr meinen Schwächeanfall erklären wollte, doch eigentlich sprach ich zu den Büchern. „In diesem Haus ist die Zeit eingefroren. Momente auf ewig gebannt auf Pergament und Papier. Leider ist hier die Gegenwart verloren gegangen."

„Die Gegenwart?“ Beatrice fand wohl, dass sich der Begriff in einem Antiquariat zu abstrakt anhörte.

„Wissen Sie, warum Gott den Menschen schuf?“ Mit meinem scheinbaren Themenwechsel verlor sie endgültig den Faden. „Was nutzt das schönste Kunstwerk, wenn es keinen Betrachter hat? Der Kosmos ist ein Kunstwerk und seine Betrachter erheben es erst aus der Bedeutungslosigkeit. Genauso verhält es sich mit Autoren und ihren Büchern. Erst durch den Leser erfüllen die Wörter ihre Bestimmung.

Und jetzt, liebe Beatrice, schauen Sie sich hier um. Was glauben Sie? Wie viel Bestimmung, wie viel Bedeutung, wie viel Kunst ist noch in diesem Raum?

Niemand liest mehr die alten Bücher. Ich meine: Wirklich lesen. Es gibt Kunden, die möchten hier eine Geldanlage erwerben. Andere brauchen ein Schmuckstück für die Vitrine im Büro. Oder Schüler und ihre Lehrer brauchen Klassiker als Schulstoff. Einen Text zu zerlegen, zu diskutieren, zu analysieren – das ist nicht wirklich lesen. Da ist nur Verstand. Kein Herz. Keine Seele.“ Mein Pessimismus drohte mich in diesem Moment zu erdrücken. Die Schmerzen steigerten sich ins Unermessliche und ein Kloß im Hals machte mir das Atmen schwer. Ein Zittern erfasste mich und ich spürte Panik in mir aufsteigen.

„Beatrice“, keuchte ich, „könnten Sie mir bitte einen Gefallen tun?“

Ihre Haut war aschfahl geworden und die Sorge stand ihr ins Gesicht geschrieben.

„Ein Aspirin?“, fragte sie.

Ich lächelte mühsam. „Danke, nein. Aber es wäre nett, wenn Sie mit der Arbeit noch eine halbe Stunde warten würden. Setzen Sie sich her und nehmen Sie ein Buch. Irgendeines. Lesen Sie mir was vor.“

Ich beobachtete sie eingehend, während sie in den Regalen nach geeigneter Lektüre suchte. Ihre Finger strichen dabei sanft, fast zärtlich, an den Buchrücken entlang. Sie war eine gute Wahl, dachte ich mir. Mein Herzschlag beruhigte sich ein wenig.

Plötzlich blieb sie stehen. Ein Band stand etwas hervor. Sie griff danach und betrachtete den Titel. „Wie wäre es mit ‚Ein Drama in den Lüften‘?“

„Welch eine Überraschung“, stellte ich nüchtern fest. „Jules Verne.“

Mit einer Stunde Verspätung begannen wir endlich, das Schaufenster leer zu räumen. Mir ging es tatsächlich besser und es war mir möglich, ein wenig zu helfen.

„Was sollen wir denn gleich ins Fenster stellen?“ Beatrice staubte gerade eine kleine Miniatur-Staffelei ab.

Ich legte meinen Kopf schief, überlegte kurz. „Was würden Sie denn dekorieren?“

„Ich?“ Sie lachte. „Von einem Antiquariat habe ich wenig Ahnung. Sie kennen doch meine Bewerbungsmappe. Mein Buchladen hatte nur aktuelle Belletristik.“

Ich hatte ihre Bewerbungsmappe natürlich noch nicht gelesen. Ihre Unterlagen ruhten noch immer im Arbeitszimmer auf dem Teewagen.

„Erzählen Sie mir von Ihrem Laden.“

Sie hielt in ihrer Bewegung inne, das Lächeln verschwand. „Da gibt es nicht viel zu erzählen“, sagte sie schließlich. Danach wandte sie sich der nächsten Staffelei zu und putzte das Gestell einen Hauch zu energisch. Es war unmissverständlich: Über ihren Laden würde sie mir, zumindest heute, nichts erzählen. Diese Sprachlosigkeit erinnerte mich wieder an Frank.

„Nun“, sagte ich schließlich, „tun wir einfach mal so, als wäre dies hier Ihr Bücherladen. Was würden Sie im Fenster dekorieren?“

Sie lachte. „Sie nehmen mich auf den Arm.“

Ich stemmte meine Hände in die Hüften und setzte eine gespielt empörte Miene auf. „Sehe ich so aus? Lache ich?“

„Ihr Antiquariat ist aber doch kein Buchgeschäft“, sagte sie.

„Nein?“ Ich tat erstaunt. „Aber was sehen Sie denn hier um sich herum?“

„Bücher“, gab sie zu.

„Sehen Sie.“

„Aber Sie verkaufen *alte* Bücher. Klassiker.“

„Nehmen wir mal an“, sagte ich, „ich hätte festgestellt, dass dies nicht mehr ausreicht. Sagen wir, dass ich mein Geschäftsfeld erweitern möchte.“

„Möchten Sie das denn tatsächlich?“

„Deshalb habe ich Sie eingestellt.“ Das war zwar nur die halbe Wahrheit. Aber wäre es Gott darum zu tun gewesen, dass die Menschen in der Wahrheit leben und handeln sollten, so hätte er seine Einrichtung anders machen müssen. Zumindest hatte Goethe diese Meinung verfochten. „Liebe Beatrice, es ist so, dass ich dieses Antiquariat seit einer halben Ewigkeit führe. Mit den Jahren habe ich genügend Erfahrung sammeln können. Ich verstehe es wirklich gut, diese Bücher zu hüten. Aber ein Buchgeschäft mit junger Literatur … Dazu brauche ich Ihr Gespür.“

Beatrice schien darüber nachzudenken. Die Vorstellung aus dieser literarischen Schatzkammer ein profanes Buchgeschäft zu machen, widerstrebte ihr offensichtlich. Aber natürlich barg es auch einen gewissen Reiz.

„Wir könnten vielleicht mit einem Thema anfangen. Etwas, was die Leute überrascht. Etwas, das nicht zu weit von den antiquarischen Titeln abrückt und dennoch was ganz Neues ist.“ Ihr Vorschlag begeisterte sie selbst. „Eine Kombination von alt und neu. Nehmen wir zum Beispiel den Verne. Den kennt jeder. Und dazu etwas zeitgenössische Science-Fiction. Oder besser Steam Punk.“

Jetzt hatte ich sie. In diesen Augenblicken, als sie die Auslage plante, war ein Teil ihres Selbst zurückgewonnen.

„Steam Punk?“, fragte ich und heuchelte Ahnungslosigkeit.

„Zukunftsgeschichten im Retrolook“, erklärte sie beiläufig. Im Geiste schien sie bereits die Dekoration zusammenzustellen. „Mit diesen Titeln kenne ich mich zwar noch nicht so gut aus, aber mit ein wenig Recherche … Haben Sie Internet?“

Innerlich frohlockte ich. Doch ich hielt meinen Enthusiasmus zurück. „Natürlich habe ich einen Internetzugang. Im Arbeitszimmer. Kommen Sie.“

Beatrice war im Türrahmen stehen geblieben. Links von ihr stand der Ohrensessel. Geradeaus war die Tür, die zum Keller führte, daneben die Tür, die die Stiege ins Obergeschoss verbarg. Überdies gab es meinen Sekretär, meinen Bürostuhl und ansonsten nur Bücher. Die Regale verbargen alle Wände und erhoben sich bis unter die Decke. „Wo steht denn der PC?“

„PC?“, ich räusperte mich. „Sie haben mich nach einem Internetzugang gefragt. Dazu brauche ich keinen PC.“ Ich humpelte auf die andere Seite. Zwischen den beiden Türen befand sich ein großer runder Drehschalter. „Mein Maschinentelegraph“, erklärte ich süffisant, griff nach ihm und wählte die Einstellung „iNet“.

Irgendwo tief unter uns grollte es. Die Deckenlampe begann zu flackern und der Boden vibrierte. Beatrice entfuhr ein erschrockener Schrei, als sich einige Platten des Parketts zunächst seitwärts schoben und dann mit einem mechanischen Klacken in der Tiefe versanken. Ein etwa drei mal drei Meter großes Loch tat sich in der Mitte des Raumes auf. Dann Stille.

„Vermaledeit“, sagte ich. Aber es lag kein Zorn in meiner Stimme. Vielmehr ergötzte ich mich am verblüfften Gesichtsausdruck Beas. „Es klemmt schon wieder.“ Aus der untersten Schublade des Sekretärs holte ich einen überdimensionalen Schraubenschlüssel hervor. Damit hieb ich einmal kräftig in die Schwärze der Tiefe. Volltreffer. Mit einem Rattern erhob sich eine überdimensionale Apparatur über den Horizont des hölzernen Bodens.

Zentralstück war ein in blassen Sepiafarben leuchtender Monitor. Davor ruhte eine viktorianische Schreibmaschinentastatur. Das ganze restliche Drumherum, die Peripherie, schien auf den ersten Blick ausschließlich aus Zahnrädern, Pumpen und Schläuchen zu bestehen. Ein winziges Oszilloskop nahm seine Arbeit auf. Einige Lochstreifen gerieten auf der Rückseite in Bewegung.

Eigentlich hätten wir direkt mit der Arbeit anfangen können, doch zunächst musste ich meiner lieben Beatrice sanft den Unterkiefer hochklappen.

Noch immer entfalteten sich einige Gerätschaften an den Seiten. Ein überproportionaler Drucker inklusive Farbwanne und Walzen, ein Fotoapparat, nebst Magnesiumblitzlicht. Gläserne Röhren, Dampfpumpen und Plasmakugeln nahmen ihren Betrieb auf.

Kurz bevor das Gerät endgültig zur Ruhe kam, klappte sich an oberster Stelle ein kleines Fähnchen auf. Darauf stand in werbewirksamer Schrift, umgeben von einem mit flottem Pinsel gemalten Kringel: *„Positrons inside."*

Ich schob Beatrice den Bürostuhl heran und drückte sie sanft auf die Sitzfläche. Zu eigenständigen Handlungen war sie im Moment nicht fähig.

Ein Textcursor bewegte sich auf dem Monitor.

+++ Verbindung wird aufgebaut +++ Weltweites Netz +++ http:// +++ Suchbegriff [bitte um Eingabe]

„Gut", sagte ich, „legen Sie los."

„Muss man das Teil nicht noch irgendwo aufziehen?" Ihre Frage war sarkastisch gemeint. So versuchte sie, ihr Erstaunen und Zweifeln zu überspielen.

„Erst, wenn der Dampfkompressor leer ist", antwortete ich vollkommen ernst, „die Zugfeder liefert nur den Notstrom."

Die Zeit verging und Beatrice freundete sich Schritt für Schritt mit der eigenwilligen Hardware an. Die Informationen, die sie dem Internet entlockte, notierte sie mit einem billigen Kugelschreiber auf einem Notizzettel. Bis zum Abend hatte sie an die dreißig Autoren herausgesucht, die für unsere Werbeaktion in Frage kamen. Es waren aktuelle Titel und – sehr zu meiner Freude – auch einige vergriffene Titel dabei. Eine gesunde Mischung aus alt und neu.

Als ich ihr am Abend meine Taschenuhr vors Gesicht hielt, war sie überrascht, dass ihr Arbeitstag schon vorbei war.

„Ich würde sagen, wir machen für heute Feierabend. Morgen ist auch noch ein Tag."

Und was war das für ein Tag! Neben einer ganzen Menge Arbeit, hielt er einige Überraschungen für Beatrice bereit. Doch zunächst musste ich Bea davon überzeugen, dass wir nicht das „Verzeichnis lieferbarer Bücher" bemühen mussten. Ich reichte ihr den Zettel mit ihren Notizen. Dann drehte ich den Maschinentelegraph zunächst auf null, damit der Rechner wieder in seiner Versenkung verschwand. Nachdem sich der Boden wieder geschlossen hatte, war der Weg zur Kellertür frei.

„Dort unten werden Sie alles finden, was Sie brauchen."

„Sie haben recht“, sagte Beatrice, „schauen wir erst mal, welche der älteren Titel in Ihrem Fundus ruhen.“

Ich verdrehte die Augen und wiederholte einfach nochmal meinen letzten Satz. „Dort unten werden Sie *alles* finden, was Sie brauchen. Vertrauen Sie mir. Einige Bücherregale sind alphanumerisch nach Autoren sortiert. In den vorderen Regalen sind die jüngeren Ausgaben. Je weiter Sie sich in die hinteren Ränge vorwagen, desto älter sind die Werke. Aber ich schlage vor, dass Sie nicht zu tief hineingehen, solange Sie sich in meinem Antiquariat noch nicht auskennen. Später zeige ich Ihnen dann den besten Umgang mit dem Faden …“

„Dem Faden?“, unterbrach sie mich.

„Der Keller hat einige spezielle …“, ich suchte nach dem richtigen Wort, „Eigenheiten. Der vordere Bereich ist weitestgehend ungefährlich. Doch dem Unbedarften könnten in den hinteren Gängen einige Überraschungen begegnen. Wer mit der Schnur umzugehen weiß, findet dann wenigstens auf einem sicheren Weg wieder hinaus.“

Bea schluckte. „Wir reden noch immer über Ihren Keller?“ Wenigstens tat sie meine Worte nicht als aberwitzig ab. Ich glaube, der vorangegangene Tag hatte sie ausreichend für die Besonderheiten meines Antiquariats sensibilisiert.

Ich öffnete ihr die Tür. Die in Stein geschlagenen Stufen wanden sich hinab und die Finsternis wurde nur von einigen Glühbirnen in die trockenen Fugen zwischen den Steinen verbannt. Sehr stimmungsvoll, dachte ich bei mir, und hörte im Irgendwo das Echo eines leisen Kicherns.

Bea zögerte kurz und als sie schließlich hinabstieg, bemerkte ich voller Genugtuung, wie vorsichtig und fast ängstlich sie einen Fuß vor den anderen setzte. Beinahe wäre ich der Versuchung erlegen laut „Buh!“ zu rufen. „Kindskopf!“, schalt ich mich selbst.

Ich beschloss, im Ohrensessel auf sie zu warten. Den Kopf an die Seitenstütze angelehnt, schloss ich meine Augen. Auf der schwarzen Leinwand meiner Lider war es mir, als könnte ich Beatrice sehen, wie sie unten ankam. Dutzende Regalreihen, nebeneinander angeordnet und scheinbar unendlich lang.

Von A wie Aabe bis Z wie Zypkin waren alle Schreibenden vertreten. Selbst die seltenen Werke von Hildegunst von Mythenmetz oder Norbert dem Leisen standen dort, eingerahmt von Hemingway, Schiller und Honoré de Balzac.

Beatrice würde nicht lange suchen müssen. Wie ich meine Bücher kannte, waren sie nur allzu bereit, ihr zufällig in die Hände zu fallen oder lässig in vorderster Sortierung auf sie zu warten. Vielleicht würden sie auch etwas mehr Licht auf sich lenken oder raschelnd auf sich aufmerksam machen. Ob Bea schon nach so kurzer Zeit bereit dafür war, wusste ich nicht. Aber der menschliche Geist ist immer wieder verblüffend: Entweder akzeptiert er seine Welt mit einem ignoranten Schulterzucken als von Gott geben, oder er nimmt die Andersartigkeiten um sich herum erst gar nicht wahr. Manchmal scheint das leichter zu sein als Wunder mit offenen Armen anzunehmen.

Trotzdem gab ich mich der Hoffnung hin, dass Bea …

Die Tür flog auf. Beatrice stampfte keuchend herein. Auf ihren Händen balancierte sie einen Stapel Bücher. In ihren Augen stand die nackte Panik. Hinter ihr tobte das Chaos. Ohrenbetäubender Lärm drang von unten herauf und eine Staubwolke drängte an ihr vorbei. Es roch plötzlich nach Papier, Staub und altem Holz.

Bea stolperte und während sie noch verzweifelt um ihr Gleichgewicht rang, kippten ihr bereits die Bücher aus den Händen und fielen polternd zu Boden. Ich sprang auf und es gelang mir, wenigstens Bea aufzufangen. Der Schmerz in meinem Rücken und in den Beinen war verheerend. Kurz wurde mir schwarz vor Augen, doch ich hielt sie, bis es ihr gelang, wieder auf eigenen Beinen zu stehen.

Dann umgab uns Stille. Was auch immer im Keller geschehen war, es hatte geendet.

„Es tut mir so leid“, wimmerte Beatrice. Tränen rannen ihr über das Gesicht. „Es tut mir so leid!“

Ich ahnte es bereits. Trotzdem musste ich mir Gewissheit verschaffen. „Was ist passiert?“, fragte ich atemlos, während ich mich keuchend zurück in den Sessel fallen ließ.

Ihre Lippen bebten. „Die Regale“, brachte sie mühsam hervor. „Ich habe sie kaum berührt. Es … es war nicht meine Schuld.“

Mein Blick flog zu den Büchern, die auf dem Boden verteilt waren. Der harte Aufprall hatte einigen von ihnen den Rücken abgetrennt oder einige Seiten herausgerissen.

„Ich verstehe nicht ganz, was in sie gefahren ist“, sagte ich.

„Nichts“, beteuerte Beatrice, die sich selbstverständlich angesprochen fühlte. Auf eine Richtigstellung verzichtete ich.

„Ich habe die Liste der Reihe nach abgearbeitet“, erklärte Beatrice. „Eigentlich kam ich ganz gut zurecht. Obwohl die Auswahl riesig ist. Wissen Sie eigentlich, was dort unten für ein Vermögen steht?“ Ich nickte geistesabwesend. „Als ich alle Titel beisammen hatte, wollte ich wieder nach oben kommen. Da habe ich den Bücherwagen gesehen. Darauf lag …“, ein Schluchzen unterbrach sie. „Darauf lag das Buch.“

„Welches Buch?“

Sie zögerte. „Meines.“

Ich zog eine Augenbraue hoch. „Sie haben ein Buch veröffentlicht?“

„Nein“, stieß sie heftig hervor. „Das habe ich natürlich nicht!“

„Natürlich?“

„Ich bin keine Autorin. Ich bin Buchhändlerin … gewesen.“

„Natürlich.“

Sie sammelte die Bücher vom Boden ein. Es lag ein tiefes Bedauern in ihren Augen, als sie die Schäden begutachtete. „Ich komme dafür auf“, sagte sie.

„Geben Sie sie mir“, bat ich. „Und dann erzählen Sie mir von Ihrem Buch.“

„Mein Buch … ist eigentlich nur eine lose Zettelsammlung in der untersten Schublade meines Schreibtischs gewesen. In meinem Buchladen.“ Sie zögerte. „Die letzten Monate war da nicht mehr so viel los gewesen. Zwischen den paar Kunden, die sich in den Laden verirrten, war immer viel Zeit gewesen. Aus lauter Langeweile habe ich mit dem Schreiben angefangen. Es war so eine Art Tagebuch.“

„So eine Art?“, hakte ich nach.

„Ja“, antwortete sie. „Ich habe das Tagebuch in Romanform geschrieben. Albern, ich weiß.“

Ich schüttelte sanft den Kopf. „Schreiben ist niemals albern. Selbst Immanuel Kant hat mal mit einem leeren Blatt Papier angefangen. Ich denke, selbst er wusste nicht, wohin ihn seine Feder eines Tages führen würde."

Bea wirkte verlegen. Aber wenigstens beruhigte sie sich wieder. „Von den großen Meistern ist mein Geschreibsel so weit entfernt, wie die Erde vom Zentrum der Milchstraße. Im Grunde habe ich nur den Untergang meiner kleinen Firma dokumentiert." Damit hatte sie, ganz beiläufig und ohne es so richtig zu wissen, mehr verraten, als sie eigentlich wollte. Ich ließ mir nichts anmerken. „Eine Pleite ist nichts Spannendes. Als ich den Laden schloss, gehörte das gesamte Inventar bereits meinen Gläubigern. Nichts durfte ich mitnehmen. Auch der Tisch blieb da …"

„Und Sie haben Ihr Manuskript in der untersten Schublade liegenlassen?"

„Ich hätte es wegwerfen sollen!", brach es aus ihr heraus. Wie viel Zorn doch unter ihrer unscheinbaren Oberfläche brodelte. Es war faszinierend, dass sie dabei den größten Groll gegen ihr Buch hegte. Anstatt mit dem Schicksal oder den Gegebenheiten, die zur Geschäftsaufgabe führten, zu hadern, hasste sie das Papier, auf dem sie sich die Seele frei geschrieben hatte.

„Und Ihr Manuskript lag in meinem Keller?" Ich tat ahnungslos. „Wie sollte es dorthin gekommen sein?"

Sie holte tief Luft, wollte etwas sagen und … blieb sprachlos.

„Oder war es sogar schon gedruckt und gebunden?"

Ihr Mund klappte mehrmals auf und zu. Schließlich brachte sie doch einige zögerliche Worte zustande: „Es sah zumindest so aus. Ich muss mich geirrt haben."

„Bestimmt", erwiderte ich. „Und darüber haben Sie sich so erschrocken, dass Sie rückwärts gegen ein Regal gestolpert sind. Dieses ist dann bestimmt umgestürzt und hat in einem Dominoeffekt einige weitere Regale mitgerissen."

Sie ließ meine Vermutungen über sich ergehen. Ihr Geist fraß mir die erfundenen Erinnerungen förmlich aus der Hand.

„Bestimmt“, sagte sie. Es klang fast, als wäre sie in eine leichte Trance gefallen. „So muss es gewesen sein.“

„Wissen Sie was“, sagte ich, „ich werde mich darum kümmern. Nehmen Sie diese Bücher hier und dekorieren Sie sie wie besprochen im Fenster.“

„Aber die Bücher sind kaputt.“ Bea deutete auf die Stelle, an der eben noch lose Seiten aus den Buchdeckeln herausragten. Doch auf meinem Schoß lag nur saubere, sorgfältig gebundene Lektüre. Fabrikneu, wie es schien.

„Bestimmt haben Sie sich auch hierbei geirrt.“ Ich lächelte. „Hier ist alles unversehrt.“

Als sie damit begann, im Schaufenster zu arbeiten, machte ich mich auf den mühsamen Weg in den Keller. Ich hatte dort ein ernstes Wörtchen zu sprechen.

Über die Lügen in der Wahrheit

Bis zum Abend verblieb ich im Keller. So verpasste ich zwar die ersten Kunden, die aufgrund der Sortimentserweiterung den Weg in den Laden fanden – aber vielleicht war das auch besser so. Zeitgenössische Literatur im Einklang mit Klassikern, das fiel mir schwerer, als ich erwartet hatte. Vielleicht lag es daran, dass jede Generation ihren Schund erst mal aussortieren musste, bevor sich die wahren Schätze hervortaten. Zu viel Müll verbarg so manche Perle. Und die Leser verhielten sich bei Neuerscheinungen meistens wie eine große, dumme Herde. Sie fraßen alles, was ihnen neu vorgesetzt wurde, in sich hinein. Ein aktueller Bestseller muss nicht zwingend auch ein gutes Machwerk sein. Das Gegenteil war mir oft genug bewiesen worden.

Inzwischen kam es mir vor, als würde in Zeiten von Multimedia und Datenautobahn die Flut der neuen Texte so verheerend wachsen, dass sie alles mitriss und verschlag. Das Schreiben war zu leicht geworden. Die Textcursor der Programme schienen Worte aus den Fingern zu saugen, noch bevor über sie nachgedacht wurde. Wie war es davor gewesen, als man noch die Feder zunächst zum Tintenfass schicken musste?

Atemlos erreichte ich gerade die oberste Stufe der Kellertreppe, als Bea mir entgegeneilte. Ihr Gesicht war noch immer blass vom Schrecken des Vormittags, doch ihre Mimik verriet mir eine unbestimmte Erregung.
„Da vorne steht ein Kunde, der sich lieber von Ihnen bedienen lassen möchte. Er sagt, er wäre ein alter Freund."

„Das scheint ja ein außergewöhnlicher Gast zu sein. Sie blicken ja drein, als hätten Sie einen Geist gesehen."

Ich eilte, so schnell es mir möglich war, in den Verkaufsraum. Im Zwielicht des Abends stand dort ein auffällig gekleideter Mann. Ein altmodischer Anzug, ein blass gelbes Halstuch und ein Gehstock – ähnlich dem meinen –, so stand er vor mir. In seinem Gesicht funkelten mich Augen, überdacht von kräftigen Augenbrauen und unterkellert von gräulichen Tränensäcken, voller Ironie an.

„Hello Eddie“, sagte ich hocherfreut, „was darf es denn heute sein? Krimi oder was von der anderen Seite?“ Dabei reichte ich ihm meine Hand. Er ergriff sie, zog mich an sich heran und machte aus unserer Begrüßung eine herzliche Umarmung.

„Die andere Seite, bitte“, sagte er. Der starke amerikanische Akzent ließ keinen Zweifel an seiner Herkunft aufkommen.

Ich sah kurz zu Bea. Sie stand im Türrahmen und … Sie zitterte am ganzen Leibe wie Espenlaub. Hoffentlich würde sie mir nicht ohnmächtig.

„Also gut“, sagte ich eilig, griff in ein Regal mit den nicht ganz so alten Büchern und nahm mir zielstrebig einen Band mit Kurzgeschichten heraus. „Das ist was von King. Zeitgenössisches Populärzeugs, wenn du so willst. Ich denke, dass dir trotzdem einiges davon gefallen wird.“

„Wenn du es mir empfiehlst …“ Eddie war zwar skeptisch, doch er legte mir ein paar Münzen in die Hand. Bea schwankte leicht.

„Sorry, dass ich gerade nicht mehr Zeit für dich habe.“ Ich drückte ihn sanft zum Ausgang. „Vielleicht kommst du in den nächsten Tagen nochmal auf einen Kaffee vorbei? Wir könnten über alte Zeiten reden.“

„Ich kenne diesen Kunden“, sagte Beatrice, als der Mann außer Sicht war. „Ich habe Bilder von ihm gesehen …“

„Beatrice, ich denke, dass Sie sich setzen sollten.“

Sie hörte mich nicht. „… aber er ist tot.“

„Auf mich wirkte er sehr lebendig.“

„Er ist seit … keine Ahnung …“ Bea schien im Geiste zu rechnen. „Seit über 150 Jahren, oder so, tot.“

„Über wen reden wir denn?“, fragte ich unschuldig.

„Das wissen Sie ganz genau!“ Ihre Stimme überschlug sich. „*Edgar Allan Poe!* Wie ist das möglich? Da ist gerade ein toter Schriftsteller durch unseren Laden gelaufen und hat sich ‚Nachtschicht‘ gekauft.“

Das ging wohl alles etwas zu schnell. Ich musste unbedingt das Tempo drosseln, sonst würde Beas Verstand die Notbremse ziehen. Was sie jetzt brauchte, war ein geistiger Rettungsring.

„Schon mal darüber nachgedacht, dass Mr. Poe vielleicht noch lebende Fans haben könnte?“

Beatrice schnappte nach Luft. Protest lag ihr auf der Zunge. Sie schluckte ihn herunter. Ihre Gedanken rasten im Strom der Ereignisse. Dann erreichte sie wieder den festen Boden der Rationalität. Mit meiner Erklärung konnte sie für den Augenblick leben. Sicher gab es Fans, die ihr Outfit dem eines Schriftstellers anpassen würden.

„Ein Fan?“

Ich sparte mir eine Antwort.

Doch Beatrice hatte sich anscheinend wieder unter Kontrolle. Sie hakte nach. „Ist das möglich? Ein Fan?“ Sie schien diese Möglichkeit regelrecht abzuschmecken. War es ein Hauch offenen Misstrauens, der mir da entgegenschlug? „Ist das wahr?“

Eine sehr konkrete Fragestellung, die ich ehrlich beantworten konnte. Außerdem konnte ich so von den Tatsachen ablenken.

„Meine Liebe! Die Wahrheit liegt im Auge des Betrachters. Nehmen Sie einen beliebigen Roman: Alles, was der Erzähler in Worte fasst, ist aus der Sicht seiner *Protagonisten* ohne Frage wahr. Es ist deren Realität. Sie können sie fühlen, riechen, schmecken, sehen und hören. Die Personen, die Landschaften, das ganze erdachte Universum drum herum mag dem Leser dieses Romans ebenso bekannt erscheinen wie den Protagonisten, weil die Welt des Lesers den gleichen allgemeinen Regeln folgt. Doch schlussendlich hat allein der Erzähler die Macht und wenn es für die Geschichte, die er erzählen möchte, wichtig ist, dann könnte er Raben sprechen oder Raumschiffe kämpfen lassen. Es könnte sogar Frösche regnen, wenn der Autor es nur will.“

Draußen donnerte es.

„Die Wahrheit in einem Buch ist formbar wie ein Teig. Wir stehen hier in meinem Antiquariat und haben wenig Einfluss darauf, was um uns herum passiert. Selbst so profane Dinge wie das Wetter draußen können wir nur passiv geschehen lassen.“

Ich öffnete die Ladentür. Der angenehme Geruch eines Gewitters wehte sanft in meine Nase. Vor meinen Füßen nahm ich keineswegs überrascht eine Bewegung wahr: Ein kleiner, grüner Frosch sprang über die Türschwelle. Vorsichtig hob ich ihn auf. Dann griff ich nach Beatrice' Hand und legte ihr den Frosch hinein.

„Sie sehen ihn", sagte ich, „Sie fühlen ihn. So unwahrscheinlich es auch zu sein scheint, für Sie ist dieser Frosch real. Er ist ein Teil Ihrer Wahrheit."

Ich griff in einem Regal neben mir nach einer Übersetzung von *Descartes.* „Ich denke. Also bin ich!", zitierte ich. „Welch ein grandioser Satz! In diesem Buch hier ist dieser revolutionäre Gedanke eingefroren auf Papier, konserviert für die Ewigkeit. Deshalb lebt Descartes immer noch, oder? Seine Gedanken und somit sein Ich sind immer noch unter uns, als hätte er sie eben erst ausgesprochen. Wir müssen nur die richtige Seite aufblättern und hören in unserem Geist seine Stimme."

Ich ließ Beatrice einen Augenblick. Doch bevor sie etwas erwidern konnte, sagte ich: „Stellen Sie sich vor, Descartes wäre nur eine fiktive Figur: Es war einmal René Descartes, ein junger Denker, der in einer dunklen Kaschemme im Jahre 1619 anno Domini ein Gewitter abwartete. Und er fragte sich, wenn er alles um sich herum in Frage stellen und die Realität als Trugbild seiner Sinne entlarven würde, was bliebe von ihm übrig? Die einzige, letzte Wahrheit?

Der Autor, der diese Geschichte über Descartes erfindet, sitzt vielleicht an seinem Schreibtisch und legt seinem Protagonisten die richtigen Worte in den Kopf; lässt ihn eine Unterhaltung mit dem eigenen Geist führen: ‚Ich denke. Also bin ich.' Dabei lächelt der Autor, denn er weiß, dass dies eine Lüge ist." Auch ich lächelte nun. „Wahrheit. Beatrice, wie viel Wahrheit bleibt Ihnen, wenn Sie Ihre Realität in Frage stellen? Denken Sie? Oder erweckt ein Leser gerade in diesem Moment Ihre Person zu einem kurzen Leben, das zwischen den Zeilen darauf wartet, erweckt zu werden?" Ich nahm ihr den Frosch wieder aus der Hand und brachte ihn zurück nach draußen. Der Himmel klarte bereits wieder auf. Das Unwetter war vorbeigezogen.

Zurück im Laden hüstelte ich, um dann den Faden erneut aufzunehmen. Doch ich musste feststellen, dass ich eigentlich schon zu viel gesagt hatte. Wenn ich mein Mundwerk nicht beherrschen konnte, würde ich mir noch den ganzen Spaß verderben.

„Aber das sind nur philosophische Taschenspieler-Tricks“, schloss ich deshalb – ein wenig selbstgefällig – meinen Vortrag.

„Stimmt“, sagte Beatrice überraschend, „denn selbst Ihr Leser wurde nur erdacht. Es gibt ihn genauso wenig wie den Autoren. Beide sind nur Phantasie-Gespinste.“

„Ja.“ Ich rieb mir nervös die schmerzenden Finger. Schon befand ich mich in einer Defensive, die ich mir vermutlich selbst eingebrockt hatte. „Phantasie-Gespinste ... Natürlich. Wie wahr. Wie *wahr.*“

Es war Zeit, Feierabend zu machen. Ich drückte Beatrice meinen Zweitschlüssel in die Hand und bat sie darum, dass sie, wenn sie ginge, hinter sich abschließen solle. Dann schleppte ich mich die hölzernen Stufen hinauf in meine Wohnung.

Als das trübe Licht der Wohnzimmerlampe den Raum erhellte, begann sofort das Wispern. Es war wie das Rascheln von zerknittertem Papier, durch das eine leichte Brise wehte. Unzählige tonlose Stimmen umgaben mich „Schhht!“, machte ich. „Habt Geduld mit ihr.“

Auf den ersten Blick sah mein Wohnzimmer für einen unbedarften Betrachter ganz gewöhnlich aus. Auch wenn ich hier oben bislang noch keinen Besuch empfangen hatte, wahrte ich auch in den eigenen vier Wänden gerne den Schein. Da waren der Tisch, dahinter das breite Sofa, ein Teewagen und ein großer Apothekerschrank, den ich als Sideboard verwendete. Auf dem Boden lag ein schwerer Perserteppich. Die Decke war in Stuck gekleidet.

Bei genauerem Hinsehen konnte man feststellen, dass mit den Wänden etwas nicht stimmte. Die Tapete war unregelmäßig und bunt. Und eigentlich war es keine Tapete. Es waren Bücher, die wie Mauerwerk waagerecht gestapelt, die eigentlichen Wände verdeckten.

„Lassen wir ihr etwas Zeit“, sagte ich. „Immerhin hat sie bewiesen, dass sie die Dinge zu durchschauen vermag.“ Ich dachte an die Geschehnisse im Keller. „Jede Geschichte ist es wert, erzählt zu werden. Es muss nur auf die richtige Weise geschehen. Ich verspreche euch, dass auch sie ihre Worte auf das Papier bringen wird. Aber es wäre der Sache dienlich, wenn ihr sie nicht zu etwas drängen würdet. Sie ist noch nicht so weit. Es bringt nichts, wenn ihr sie ängstigt.“ Den Kopf schief gelegt, lauschte ich. „Nein! Nein! Nein! Angst ist der falsche Weg.“

Und so vergingen die nächsten Tage recht ereignislos. Mit jedem neuen Kunden, der den Weg in unseren Laden fand, erlangte Beatrice ein winziges Stückchen Selbstbewusstsein zurück. Während sie anfänglich noch sehr zurückhaltend bediente, tat sie es inzwischen mit regelrechter Begeisterung. Neben ihren aktuellen Buchtiteln verkaufte sie auch einige ältere Bücher und es erfüllte mich mit Freude und Zufriedenheit, dass die betagten Werke tatsächlich als Lektüre gedacht waren.

„Ich denke“, sagte ich schließlich, „dass es Zeit wird neues Material aus dem Keller zu holen.“

Schuldbewusst ließ Beatrice die Schultern hängen. „Oh, daran habe ich gar nicht mehr gedacht. Da unten muss ich ja noch aufräumen. Die ganzen Regale müssen wieder aufgerichtet werden. Allein den Bestand wieder zu sortieren, dürfte eine Ewigkeit dauern.“

„Ist alles schon erledigt“, versicherte ich vergnügt. „Da unten ist bestimmt alles wieder an seinem Platz.“

Beatrice schaute mich ungläubig an. „Was …? Wer …?“

„Kommen Sie“, sagte ich, hakte mich in ihren Arm ein und führte sie die Treppe hinunter. Die Stufen waren heute keine Schwierigkeit für mich. Im Gegenteil, ich fühlte mich so gut, dass ich am liebsten die letzten Stufen übersprungen hätte.

„Wie kann das sein?“ Beatrice machte sich von mir los und trat noch einige Schritte in das Kellergewölbe. „Es steht ja alles wieder an seinem Platz.“ Sie drehte sich zu mir um. „Wie haben Sie das angestellt?“

„Ich hatte genug Helfer.“

„Aber ich habe niemanden gesehen.“

Ich ging beinahe beiläufig zu dem Bücherwagen, der ganz in der Nähe stand. Ein Haufen Bücher, fein säuberlich aneinandergereiht, wartete darauf, wieder einen Leser zu finden.

„Es ist nicht mehr da“, stellte Bea fest.

„Was?“

„Mein Buch.“ Bea deutete auf den Wagen. „Alles ist so wie neulich. Es ist sogar genauso sortiert. Aber oben drauf hat mein Buch gelegen. Es ist weg.“

„Das beruhigt mich“, sagte ich.

„Warum?“

„Ich fände es sehr verstörend, wenn hier ungeschriebene Bücher herumliegen würden.“

„Ja, glauben Sie denn, ich habe mir das nur ausgedacht?“ Sie stemmte die Hände in die Hüften. Ihre Augen blitzten wütend.

Vorsicht! Nicht so aggressiv, meine Liebe, dachte ich bei mir. Ich bin immer noch dein Chef! Ich deutete auf die Regale. „Die Menge der Bücher hier unten kann für unbedarfte Besucher manchmal ziemlich erschlagend sein.“ Nur die ersten zehn Meter jedes Ganges zwischen den Regalen waren von nackten Glühbirnen beleuchtet. Dahinter verlor sich alles in Dunkelheit. Man konnte nur erahnen, wie weit sich die Gänge vielleicht noch erstreckten. „Vielleicht haben Ihnen Ihre Sinne einen Streich gespielt.“

Sie blickte zu Boden. Ihre Stimme schien alle Kraft verloren zu haben, als sie wieder sprach: „Kann ich mich denn so geirrt haben?“

Sanft tätschelte ich ihre Schulter. „Was halten Sie davon, wenn ich Ihnen hier unten eine kleine Führung spendiere? Eine kleine Ablenkung, eine Zerstreuung, ist genau das, was Sie jetzt brauchen. Immerhin sind wir hier im Allerheiligsten meines kleinen Bücherladens. Wenn Sie die Arbeit in meinem Hause richtig ausführen möchten, sollten Sie mit dem Keller und seinen besonderen Regeln bestens vertraut sein.“

„Der Faden?“

Sie schien sich tatsächlich noch genau an meine Worte zu erinnern. Bemerkenswert.

„Ja, nehmen wir den Faden wieder auf.“ Ein Wortspiel ist ein guter Anfang hier unten.

Ich schritt zu einem Blechspind, der an der Wand stand und öffnete ihn. Einige Hausmeisterutensilien fielen mir entgegen: Besen, Wischmop, einige Tücher. Ich stopfte sie zurück an ihren Platz. Auf dem oberen Brett standen zwei Kisten. Eine mit Ersatzbirnen. Eine mit etwa zwanzig Rollen Kordel. Ich nahm mir einige und legte sie in eine Umhängetasche, die an einem Haken darüber hing.

„Könnten Sie bitte die Tasche tragen?“

Und so machten wir uns auf den Weg. Ich führte sie geradewegs durch den Mittelgang. „Das hier ist eine Auswahl der Westernliteratur. Sie ist recht willkürlich zusammengestellt und nicht mal alphabetisch sortiert.“ Ich spürte ein leichtes Ziehen in den Beinen, während ich sprach. „Ein Großteil davon sind Trivialliteratur und Groschenhefte. – Au – Aber es verbergen sich auch einige kostbare Perlen darunter.

Links sehen Sie den Platzhirsch des Wilden Westens: Alle 91 Karl May Bände. Die komplette Reiseerzählung als Erstausgabe. Einige besondere Reprints und die historisch-kritische Ausgabe finden wir im Gang dahinter.

Die Übersetzungen sind links daneben. Die jüngste Ausgabe davon ist tatsächlich vietnamesisch!“

Eine Windbö fegte durch den Gang und trieb einen ausgetrockneten rollenden Busch vor sich her.

„Was ist denn das?“ Bea rechnete hier noch lange nicht mit allem.

„Ein ‚Salsola tragus‘. Wird auch Steppenläufer genannt. Stimmungsvolles Klischee, nicht wahr?“ Ich zog sie weiter.

„Wir haben hier auch eine überaus ansehnliche Sammlung von …“

„Wie viel Bücher gibt es hier unten?“, unterbrach mich Beatrice. Dabei wanderten ihre Blicke langsam nach oben. Die Decke war an dieser Stelle kaum noch auszumachen. Bis ganz nach oben waren unzählige Regalbretter angeordnet.

Ich nahm mir etwas Zeit, sog tief Luft ein, bevor ich antwortete. „Nun … Die ganz alten, also die antiken Werke, fallen hier unten kaum ins Gewicht. Im 15. Jahrhundert wurde dann allerdings der Buchdruck erfunden. In dieser Zeit gab es jährlich an die hundert Neuerscheinungen.“

„Einige hundert Bücher?“, fragte Beatrice.

„Ja. Im 15. Jahrhundert. Nicht der Rede wert.“ Ich betrachtete unschuldig meine Fingerspitzen. „Diese übersichtliche Auswahl finden Sie ganz links im Keller. Da gibt es ein paar schöne Bibeln, die zwar gedruckt sind, aber nachträglich mit recht hohem Aufwand *illuminiert* wurden."

„Aber ...", begann Bea. Die Informationen sickerten nur langsam in sie ein. „Aber wie viele Bücher ...?"

„Zur Jahrtausendwende", deutete ich an, „erschienen weltweit genau 967.959 neue Bücher."

„Hier gibt es knapp eine Millionen Bücher?"

„Bea! Ich bitte Sie." Meine Ermahnung ließ sie zunächst zusammenzucken. Doch irgendwie schien es sie auch zu beruhigen, dass ich diese Aussage rügte. „Überlegen Sie doch: Die Zahl bezog sich nur auf das Jahr 2000. Die Jahre danach dürfen Sie nicht vergessen. Und alles was davor erschien, werfe ich doch auch nicht weg. Und dann noch die ganzen Sondereditionen, Reprints und ..." Ich hielt inne. Beatrice war sämtliche Farbe aus dem Gesicht gefallen. Langsam begriff sie, was ich sagen wollte. Sie schluckte.

„Wie groß ist dieser Keller?", fragte sie mich schließlich.

Ich drückte ihr eine der Garnrollen in die Hand. „Man könnte sich hier unter Umständen ein wenig verlaufen."

Mit wachsendem Wohlbefinden führte ich Beatrice immer tiefer in meine besondere unterirdische Welt hinein. Sie musste längst begriffen haben, dass wir uns nicht mehr unter dem Haus befanden, in dem sich das Antiquariat befand. Ich fand es erstaunlich, dass sie sich so bedingungslos auf alles einließ, was sich ihr von nun an darbot. War sie wirklich schon bereit für diese magische Reise, die ich ihr zuteilwerden lassen wollte?

Als wir in den Bereich kamen, wo man die nach oben führende Kellertreppe nicht mehr sehen konnte, band ich das lose Ende der Garnrolle an einen dafür vorgesehenen Haken, der sich auf Augenhöhe im Holz eines Regalträgers befand. „Und schon sind wir auf den Spuren der griechischen Mythologie", kommentierte ich mein Tun. Dabei spulte ich, Schritt für Schritt, die Rolle ab. „Es ist für mich immer, als wäre ich im Labyrinth des Minotaurus, wenn ich mit dem Seil eine Spur lege."

„Wenigstens sind es keine Brotkrumen." Beatrice war tatsächlich zu Sarkasmus fähig! „Die Tauben würden bestimmt wissen, was zu tun ist."

Ich konnte mir meine Antwort nicht verkneifen. „Ja, sie wissen, was zu tun ist."

„In diesem Keller gibt es Tauben?"

„Was denken Sie?"

„Ich denke, …" Sie verstummte.

Vielleicht sollte ich damit fortfahren, für sie den Reiseleiter zu spielen.

„Wir haben übrigens den Bereich der Reiseberichte und –beschreibungen erreicht. Von Gulliver bis Skylax ist alles vertreten. Marco Polo, Felix Fabri und auch Huttich und Grynäus, alles da. Möchten Sie sich was mitnehmen?"

Sie zog wahllos einen Titel heraus. Sie hatte Hape Kerkeling erwischt. „Ich bin dann mal weg?"

„Wenn Sie möchten."

Sie steckte das Taschenbuch wieder zurück. „Ziemlich aktuell."

„Schön, dass ich Sie noch überraschen kann."

Wieder ließ sie ihre Hände über die Buchrücken gleiten. Es erweckte fast den Eindruck, als könne sie mit ihren Fingern lesen.

„Sie bewahren hier unten auch ein Ebook-Lesegerät auf?"

Mein Lachen wirkte bitter und ich merkte, wie sich meine Mundwinkel angewidert nach unten verzogen. „Ganz bestimmt nicht."

„Aber was ist dann das hier?" Neben dem Titel ‚Offt begehrte Beschreibung der newen orientalischen Reise …' war ein metallenes Gerät eingeschoben. Es glänzte schwarz und hatte auf eine unbestimmte Art etwas Beruhigendes an sich. Ich erkannte es sofort. „Nein, das ist kein Ebook-Reader", sagte ich, „schauen Sie sich doch mal das Cover an." Sie zog es heraus. Schwarz wie der Rest des Buches war es. Doch in roten Buchstaben stand dort schlicht die Botschaft: „Keine Panik." Darunter war ein Display.

Beatrice schob es zurück an seinen Platz.

Dann schritt sie etwas zurück.

Sie holte tief Luft.

„Okay", sagte sie schließlich. „Was wird hier gespielt? Ich bin nicht vollkommen verblödet. Ich bewege mich seit Tagen von einer Unmöglichkeit zur nächsten. Auch wenn Sie mir mehr oder weniger all das als vollkommen normal verkaufen konnten, überschreiten wir hier seit einigen Minuten die Grenzen des Glaubwürdigen."

„Die Grenzen des Glaubwürdigen? Dieser Ausdruck könnte von mir sein." Ich wandte mich ab und wollte den Weg fortsetzen, doch sie hielt mich fest.

„Keine Ausflüchte mehr. Ich gehe keinen Schritt weiter, wenn Sie mir nicht endlich sagen, wohin das alles führt."

„Wohin sollte ich Sie schon führen? Zu den Büchern. Das Buchland ist groß."

„Verdammt nochmal! Jetzt hören Sie endlich auf mit diesen Spielchen. Wo sind wir hier? Und wer sind Sie?" Sie zögerte. „WAS sind Sie?"

Natürlich hätte ich jetzt antworten können, dass wir im Keller sind. Ich hätte auch antworten können, dass ich Plana heiße und ihr Chef bin.

Doch da stand diese Frau vor mir, die aufrichtig wütend und zugleich verzweifelt war. Beides vollkommen zu Recht. Ihre blonden Haare reflektierten das Licht einer Glühbirne und verliehen ihr eine leuchtende Aura. Es war an der Zeit, beschloss ich.

„Ein sehr schlauer Mann hat mal gesagt, dass er sich das Paradies immer als eine Art Bibliothek vorgestellt habe. Und auf den Spuren von diesem Mann, nämlich auf den Spuren von Jorge Luis Borges, bewegen wir uns hier. Dies hier wäre sein Paradies.

Auch den Namen Kurd Laßwitz könnte ich an dieser Stelle erwähnen. Denn hier unten finden wir fast alle möglichen Bücher, ganz so, wie er es sich in seiner Phantasie vorgestellt hat. Aber das führt womöglich zu weit.

Wir befinden uns hier in der ‚*Universalbibliothek von Babel*', könnte man sagen. Willkommen im Utopia der Literatur. Hier finden Sie alles, was das Buchland für die Menschheit bereithält. Durch diese Gänge führt der göttliche Pfad der Kultur."

Beatrice nickte, schwieg aber. Also erzählte ich weiter.

„Das, was wir gemeinhin als Kultur bezeichnen, könnte man als den Geist der Menschheit bezeichnen. Jeder Einzelne trägt zu diesem großen Ganzen bei. Die einen, weil sie musizieren, die anderen, weil sie malen. Das Gestalten unserer Umwelt, sei es politisch, philosophisch oder religiös, wissenschaftlich oder technisch – das alles ist Teil unserer kollektiven Intelligenz. Der Mensch erhöht sich durch seinen Geist. Das ist es, was uns, soweit wir wissen, vom Tiere trennt.

Durch die Kultur erziehen und lehren wir uns gegenseitig. Wir schaffen uns eine gemeinsame Moral. Das Ganze ist mehr als die Summe seiner Teile.

Der Beginn einer Kultur findet sich im Dialog. Kommunikation ist der Schlüssel. Und am Anfang stand das Wort. Das Samenkorn für all das, was wir hier unten sehen."

Irgendwo vor uns summte es in der Dunkelheit. Auch ein dumpfes Poltern war zu hören. Da war ein Knistern und Wispern. Ich versuchte es zu ignorieren.

„Eine Bibliothek ist ein Aufbewahrungsort. Holz, Leder, Leim, Faden, etwas Druckerschwärze und sehr viel Papier. Doch vor allem findet man in ihr Geist. Es ist der Geist der Jahrhunderte. Und der Geist unzähliger Autoren und Schriftsteller, die in ihren Worten fortleben. Aber nicht nur sie. In ihnen leben die Helden und Monster, die Detektive und Mörder, die Romeos und die Julias. Erschaffen durch Kreativität und Willenskraft. Gebündelt und komprimiert auf wenige Zentimeter findet man hier unten ganze Welten.

Man braucht nur einzutauchen, mit dem Kopf voran. Reine Vorstellungskraft formt aus einfachen Schriftzeichen neue Realitäten. Das ist pure Magie. An Orten wie diesem hier wird Phantasie greifbar.

Sie erinnern sich an unser Gespräch? Die Wahrheit liegt im Auge des Betrachters. Jedes Buch hier trägt seine eigene Wahrheit. Und jede Wahrheit beeinflusst eine andere. Die Grenzen zwischen Fiktion und Realität sind nirgendwo dünner als in der Nähe von Büchern. Manchmal verwischen diese Grenzen ganz."

Bea schüttelte ungläubig den Kopf. „Sie wollen mir doch jetzt nicht erzählen, dass wir in die Bücher hineingehen können?"

Ich lachte. „Verdammt, nein! Sehe ich aus wie Cornelia Funke?"

„Ich dachte mehr an Karl Konrad Koreander", gab Beatrice zu. Ein zaghaftes Lächeln versuchte den Weg in ihr Gesicht zu finden. Mein Vortrag hatte sie sichtlich verunsichert.

„Nein. Ich hätte zwar gerne eine tragende Rolle in einer Geschichte von Michael Ende gespielt, doch ich bin nur der Protagonist einer viel unbedeutenderen Story."

„Das müssen Sie mir schon genauer erklären."

„Nein, das muss ich nicht", stellte ich fest. „Wenn in einer Geschichte zu viel Information auf einem Haufen kommt, dann nennt man das ‚Infodump'. Ich möchte von meinem Lektor heute keinen Tadel bekommen." Ich griff nach dem Faden. „Es wird Zeit, dass wir zurückgehen."

Schweigend gingen wir zurück. Während sie auf der Unterlippe kauend über meine Worte von vorhin nachdachte, konzentrierte ich mich ganz auf den Schmerz, der mir langsam wieder die Beine hochkroch. Auch mein Rücken krümmte sich leicht unter einer unsichtbaren Last.

Ich befürchtete, dass ich Beatrice zu viel offenbart hatte. Schlimm, dass ich damit die Büchse der Pandora geöffnet hatte, denn es war nur eine Frage der Zeit, bis sie mehr erfahren wollte.

Das Summen hinter uns schwoll langsam an. Leises Tippeln echote durch die Gänge. Ich blieb stehen, drehte mich um und flüsterte: „Angst ist der falsche Weg." Der Klang meiner Stimme wurde von der Luft nicht getragen. Das Papier schien ihn aufzusaugen. Der Schall folgte hier unten seinen ganz eigenen Gesetzen. Aber eigentlich war es wie in der Welt dort draußen: Es bekommen nur die Dinge ein offenes Ohr, die auch gehört werden wollen.

Trotzdem versuchte ich es nochmals: „Haltet ein!"

Beatrice nahm nichts um sich herum wahr. Sie hatte beinahe den Ausgangspunkt unserer Reise erreicht und ich mühte mich, wieder zu ihr aufzuschließen.

Schon standen wir am Treppenaufgang. Wir hätten nur noch die Stufen emporsteigen müssen. Es wäre so einfach gewesen.

Doch Beatrice blieb plötzlich wie angewurzelt stehen. Ihr Blick war auf den Bücherwagen gefallen.

Ich stöhnte innerlich. Noch bevor ich das Bild, das sich mir bot, richtig erfasste, wusste ich, dass das Buch wieder dort war. Es lag auf den anderen. Anklagend. Wissend. Drohend.

Beatrice entfuhr ein Keuchen. „Nein."

„Wir müssen hier raus", drängte ich sie. Ich spürte tausende Blicke auf uns ruhen. Und die plötzliche Stille, die sich über uns gelegt hatte, verriet mir, dass selbst der letzte Buchstabe innehielt.

Bea tat einen Schritt. Dann noch einen. Und noch einen. Sie streckte die Arme aus, nahm das Buch in ihre Hände.

Rot leuchtete der Einband, metallene Schonerköpfe zierten den Deckel. Eine Schließe, reich verziert, hielt es geschlossen. Der Titel war mit vergoldeten Lettern eingeprägt, doch auf die Distanz konnte ich ihn nicht lesen.

„Wie kommt das hier her?“, fragte Bea. Sie hielt den Kopf gesenkt. Ihre Stimme klang ungewohnt tonlos. „Das ist mein Buch. Es trägt meinen Namen. Und es trägt meine Überschrift … ich habe mir diese Überschrift ausgedacht. Aber ich habe sie nie jemandem verraten. Ich … Ich hab sie noch nicht mal irgendwo aufgeschrieben.“ Sie rang um die nächsten Worte. Die Verblüffung in ihren Zügen wich Zorn. „Und ich werde – verdammt nochmal – dieses Buch auch nicht schreiben!“

Sie hatte kaum zu Ende gesprochen, da brach schon das Chaos um uns herum aus.

Das Buch entglitt ihr, schlug hart auf dem Boden auf, der Rücken brach durch und hunderte von Seiten stoben auseinander. Das Papier schien vor unseren Augen zu verfaulen, während unzählige kleine Würmer zwischen den Seiten hervorquollen. Ihre Säfte und ihr Schleim durchtränkten jedes Blatt und die schwarze Tinte darunter verlief. Das Summen aus den Gängen hinter uns setzte wieder ein. Winzige Krallen kratzten nun deutlich vernehmbar über den Zementboden. Kleine rote Augen stachen aus der Dunkelheit hervor, näherten sich rasch. Schon strömten mehrere Dutzend graue Ratten herbei, stürzten sich auf die Reste des Buches und rissen und zerrten daran.

Bis schließlich …

… nichts …

… mehr davon übrig blieb.

Am Abend grübelte ich in meinem Wohnzimmer. Mein Gesicht hatte ich tief in meinen Händen vergraben. So saß ich schon seit Stunden auf dem Sofa, wagte es kaum, mich zu regen, da der Schmerz bis auf die Knochen brannte.

„Was habt ihr damit erreichen wollen?“ Ich bekam keine Antwort. Der Raum war so still, wie er es seit Jahren nicht mehr gewesen war.

„Beatrice ist fort“, klagte ich.

Ja, Bea war fort. Der Anblick des Ungeziefers hatte sie in Panik versetzt, sie in die Flucht geschlagen. Ich hatte keine Chance gehabt, sie einzuholen. Als ich die Treppe hinter mich gebracht hatte, sah ich nur noch, wie sich die Ladentür hinter ihr scheppernd schloss. Nicht mal ihren Mantel hatte sie mitgenommen. Er hing noch immer im Laden am Haken hinter der Kasse.

„Heißt es nicht, dass Papier geduldig ist?"

Es war an der Zeit, das Heft wieder in die Hand zu nehmen. Hatte ich nicht beschlossen, das Spiel nach meinen Regeln zu spielen?

„Ihr werdet euch künftig zurückhalten. Würdet ihr mir nicht andauernd in mein Handwerk pfuschen, könnten wir auf unserem Weg zum Ziel eine ganze Menge Spaß haben. Ihr wisst selbst, dass man eine gute Geschichte niemals erzwingen kann."

Das Flüstern setzte wieder ein. Ich lauschte.

„Ich weiß nicht, wie viel Schaden dort unten im Keller angerichtet wurde. Beatrice ist fort. Es ist denkbar, dass sie vielleicht nie wieder …

Ja, natürlich werde ich mit ihr reden. Zwar wird es mir nicht leichtfallen, doch morgen, in der Früh, werde ich mich auf den Weg machen. Auch wenn es eine gefährliche Sache ist. Ich werde halt aufpassen müssen, wohin mich meine Füße tragen."

Die Müdigkeit fraß meine Gedanken. Also sank ich zurück in das Polster der Rückenlehne, schloss die Augen und legte mich gleich hier, an Ort und Stelle, in Morpheus Arme.

Ich sog tief das Aroma des beginnenden Tages in mich ein. Es roch nach Herbst. Es roch nach Regen. Das Laub wurde vom Wind vor sich her getrieben und hoch am Himmel sammelten sich schnatternd die Wildgänse für ihren Flug gen Süden.

Meinen Gehstock in der Linken, schritt ich die Straße hinunter, vorbei am Blumenladen. Eine junge Frau war damit beschäftigt, die Scheibe mit Zeitungspapier zuzukleben. In der Tür hing ein Plakat. „Wir schließen." In einem Anfall von Resignation schüttelte ich den Kopf.

Einige Schritte weiter wartete mein Wagen. Ich nahm nur selten die Dienste des schwarzen VW Käfers in Anspruch. Doch Beatrice' Wohnung war am anderen Ende der Stadt. Zu Fuß wäre die Distanz für mich nicht zu bewältigen. Also setzte ich mich mühsam hinter das Steuer und rasselnd erwachte der Motor zu mechanischem Leben.

An der Windschutzscheibe klebte der Halter für ein Navigationsgerät. Darauf ruhte bereits aufgeschlagen der Stadtplan im Taschenbuchformat. Ein kurzer Blick darauf, dann fädelte ich mich in den fließenden Verkehr ein. „An der nächsten Ampel rechts umblättern", sagte ich zu mir. Und so fand ich meinen Weg nicht nur im Maßstab 1:15 000.

Der im Jugendstil errichtete Altbau erwartete mich in einem desolaten Zustand. Die Fassade war grau, an manchen Stellen konnte ich das blanke Mauerwerk erkennen. Die Fenster der Wohnungen wirkten blind vom Schmutz der Straße. Das Gebäude hatte eindeutig schon bessere Zeiten erlebt.

Das Klingelschild wartete mit acht Namen auf. Die einst ansehnlichen Messingschildchen waren überklebt mit Papieretiketten. Beatrice wohnte im obersten Stock. Vier Etagen. Das Schicksal meinte es heute nicht gut mit mir. Ich drückte den Knopf und als sich das Schloss in der Haustür mit einem elektrischen Sirren entriegelte, nahm ich den harten Aufstieg in Angriff.

Keuchend erreichte ich schließlich mein Ziel. Im Rahmen der geöffneten Wohnungstür lehnte Beatrice. Sie trug eine verwaschene Jogginghose und ein labbriges T-Shirt. Ungeschminkt und mit verheulten Augen erinnerte sie mich an des Straßenkünstlers Kreidebild, das vom schlechten Wetter heimgesucht wurde.

„Guten Morgen, Beatrice", sagte ich. „Wollen Sie heute nicht zur Arbeit kommen?"

Bea zog ihre Stirn kraus. „Es ist erst acht Uhr. Ich muss erst in einer Stunde anfangen", stellte sie fest.

Ich warf einen Blick auf meine Taschenuhr und zog die Augenbrauen hoch. „Oh, stimmt. Da haben Sie mich erwischt." Ich kicherte verlegen. „Da habe ich Ihnen wohl Unrecht getan. Sie haben selbstverständlich die Absicht, gleich zur Arbeit zu kommen."

„Ich …", begann Beatrice. Dann schüttelte sie den Kopf. „Ich denke, es ist besser, wenn ich kündige."

„Möchten Sie mich nicht hereinbitten?" Ich deutete mit einem Nicken zu meinem Stock. „Der Aufstieg war sehr anstrengend. Eine kleine Rast und ein Kaffee wären genau das, was ich jetzt brauche."

Widerstrebend wich sie zur Seite. „Natürlich. Kommen Sie rein."

Beatrice hantierte in der Kochecke, während ich meine Blicke durch das Wohnzimmer schweifen ließ. Der Charme schwedischer Möbel umgab mich. Ich saß auf einem billigen Sofa, das mit einem noch billigeren Überwurf abgedeckt war. Die Wände kleideten sich in schlichte Raufaser. Ansonsten waren sie kahl. Ein kleiner Fernseher, ein Weltempfänger und belanglose Deko zierten den Schrank. In der Glasvitrine standen zwei in Weiß gerahmte Portraitfotos. Offensichtlich ihre Eltern. An einer Ecke hatte sie jeweils ein dünnes Trauerflorband angebracht. Die Bilder waren sehr alt, doch offensichtlich trauerte Beatrice noch immer.

„Milch? Zucker?" Ihre Stimme war ruhig. Ein wenig zu ruhig. Auf dem Tisch lag eine angefangene Tablettenschachtel. Um einen Zusammenhang zu finden, musste ich nicht Watson bemühen.

„Beides, bitte."

Ein Teelöffel schepperte im Porzellan des Zuckerdöschens. Anschließend ertönte das leise Läuten vom Umrühren.

„Wohnen Sie schon lange hier?“

„Nein, erst seit ein paar Wochen. Seit …“, sie zögerte kurz. „Seit der Geschäftsaufgabe. Mein Mann und ich konnten die gemeinsame Wohnung nicht mehr halten.“

„Sie sind verheiratet?“

Bea deutete vage in Richtung der angrenzenden Schlafzimmertür. „Ingo liegt noch im Bett.“ In ihrer Stimme lag etwas Missbilligendes. Erst jetzt fiel mir der schwache, schale Geruch auf: Bier und alter Schweiß.

„Oh“, machte ich. Einige neue Puzzleteile kamen ins Spiel. Nun galt es, sie richtig zusammenzufügen. „Wäre es besser, wenn ich in einer Stunde nochmal wiederkomme?“

„Das würde nichts ändern“, sagte Beatrice. Sie reichte mir den Kaffee und setzte sich dann mir gegenüber in einen alten Sessel. „In einer Stunde wird Ingo noch immer nebenan sein.“

Eine peinliche Lücke entstand. Ich nutzte sie, um an meinem Kaffee zu nippen.

„Ihm fehlen im Augenblick die richtigen Impulse für einen Neuanfang“, sagte sie schließlich.

„Hat er denn auch in Ihrem Laden gearbeitet?“

„Nein.“ Sie flüsterte fast. „Man hat ihm neulich gekündigt. Im Arbeitszeugnis von der Schlosserei steht, dass er meistens zuverlässig gearbeitet habe. Und dass er sehr gesellig gewesen wäre.“

Die Macht der Worte. Natürlich durfte in einem Arbeitszeugnis nichts Schlechtes stehen. Doch mit diesen Formulierungen dürfte eine künftige Bewerbung in anderen Firmen schwer werden. Wenn ein Alkoholproblem auf solche Weise von einem Zeugnis dokumentiert wird, dann ist jeder Arbeitgeber mit Recht vorsichtig.

„Also ist er zur Zeit arbeitslos“, stellte ich fest.

„Können wir nicht über etwas anderes reden?“ Bea wollte gereizt klingen. Vielleicht lag es an den Tabletten, vielleicht aber auch nur an der Situation: Ihre Stimme blieb matt und kraftlos.

„In Anbetracht der Tatsache, dass Ihr Mann …“ Nein, so durfte ich das nicht formulieren. Ich nahm einen zweiten Anlauf. „Beatrice. Ich brauche Sie. Möchten Sie sich Ihre Kündigung nicht noch einmal überlegen? Wir sind doch glänzend miteinander klar gekommen."

„Bis gestern", meinte Beatrice. Sie lehnte sich zurück. Die Hände versuchte sie in den Armlehnen zu vergraben. „Ich will ehrlich sein, Herr Plana. Ihr Laden ist mir unheimlich. Während ich mich darum bemühe, meinem eigenen Leben Herr zu werden, kann ich sowas nicht brauchen. Ich muss mich meinen Realitäten stellen. Bei Ihnen komme ich mir vor wie ein Nebendarsteller in einem schlechten Fantasy-Roman."

„An phantastischer Literatur sehe ich nichts Schlechtes", wandte ich ein.

„Es ist Realitätsflucht", rief Beatrice aus. „Ich versuche mich meinen Problemen zu stellen. Schauen Sie sich doch hier um! Denken Sie, dass ich hier glücklich bin? Da brauche ich nicht auch noch so einen Laden, in dem … in dem … Dinge passieren, die nicht normal sind."

„Sie haben Angst."

„Ja, verdammt. Natürlich habe ich Angst. Mein Buch wurde mir von Ratten und Würmern entrissen."

„Ihr Buch?" Ich legte den Kopf schief. „Ich dachte, Sie haben kein Buch geschrieben."

„Und ich werde es auch nicht schreiben", wiederholte sie nochmals.

„Das habe ich schon verstanden. Es ist erstaunlich, dass Sie das so sehr betonen. Als hegten Sie einen bestimmten Groll gegen das Schreiben."

Nebenan knarzte die Matratze unter Ingos Gewicht. Schleppenden Schritts betrat er, mit einem schmuddeligen Bademantel bekleidet, das Wohnzimmer. Mit der Rechten kratzte er sich ausgiebig im Schritt. Mit seinen blutunterlaufenen Augen erfasste er recht mühsam zunächst Beatrice und dann mich. Dass er einen Gast in der Wohnung hatte, schien ihn nicht weiter zu interessieren. Ohne ein Wort des Grußes schlurfte er zum Kühlschrank. „Bier is' alle", knurrte er.

„Es ist nicht mal halb Neun", sagte Beatrice. Ihr Protest blieb ohne Erwiderung.

Ingo nahm etwas Geld aus einem Versteck hinter der Brotdose. „Brauchst du was vom Kiosk?"

Er verschwand in der Diele.

Bea rief: „Willst du dir nicht wenigstens was anziehen?"

„Egal."

Die Tür fiel ins Schloss.

Schweigen.

„Er war nicht immer so. Tut mir leid."

„Das muss Ihnen nicht leid tun, Bea."

„Er ist verzweifelt", erklärte sie.

Ich dachte an den Auftritt von gerade. „Jeder trägt seine kleine Hölle mit sich. Was hat ihn so werden lassen?"

„Der Alkohol."

„Nein", sagte ich, „der Alkohol ist gewiss nicht der Auslöser gewesen. Er sucht in dem Zeug Betäubung. Was versucht er zu ertränken?"

Beatrice kaute auf ihrer Unterlippe. Der innere Kampf, den sie ausfocht, entschied sich zu meinen Gunsten. „Ich bin Ihnen in Ihren Keller gefolgt. Möchten Sie vielleicht auch meinen sehen?"

Meine Schmerzen waren noch immer allgegenwärtig. Fünf lange Treppen bis ins Untergeschoss! Ich rang mir eine zuversichtliche Antwort ab. „Unbedingt."

Der Keller empfing uns mit dem Geruch, den alle Altbau-Keller zu teilen schienen. Feucht, schwer und dennoch staubig schien die Luft zu sein. Entlang des Mittelgangs reihten sich die Holzgatter, die die einzelnen Verschläge vom offenen Bereich abtrennten.

Bea führte mich zur letzten Tür. Ein teures „Burg"-Schloss war an dem hölzernen, morschen Riegel angebracht. Mit einem einfachen Fausthieb hätte sich jeder Einbrecher Zutritt verschaffen können, ohne Hand an das Schloss legen zu müssen.

„Da drin liegt meine Vergangenheit", sagte Bea, als sie mir öffnete. Zuerst konnte ich nur Abdeckplanen erkennen. Die Folie war transparent und nachdem sich meine Augen an das trübe Licht gewöhnt hatten, machte ich die Möbel, die sich darunter verbargen, aus.

Ein Wickeltisch, ein kleiner Kleiderschrank und eine Wiege. Ein trauriger Anblick, der keiner Erklärungen bedurfte.

„Sie ist vier Wochen alt geworden." Bea wandte sich ab.

„Welchen Namen haben Sie ihr gegeben?“

„Rachel.“

„Ein schöner Name.“

„Ein schöner Name für ein schönes Kind.“

„Was ist geschehen?“

Beatrice ging zu der Wiege, streichelte sachte über die Folie über dem Baldachin. Es war die gleiche zärtliche Bewegung, die ich schon so oft gesehen hatte, wenn sie an Bücherreihen entlangstrich. „Was geschehen ist? Das, was schon tausend anderen Eltern passiert ist …“ Ihre Stimme bebte. „Man kommt morgens in das Kinderzimmer und wundert sich, dass das Baby noch nicht nach seiner Mutter schreit. Man schaut ins Bettchen …“ Beatrice brach ab.

Das Schicksal gibt selten Erklärungen. Vielleicht ist es besser, dass man keine Gründe kennt, wenn der Tod sich durch eine junge Familie frisst. „Plötzlicher Kindstod?“, fragte ich.

Beatrice nickte nur und wich dann zurück in den Flur.

Kindstod. Das erklärte Beas Leben. Es erklärte Ingos Leben. So fügte sich alles zusammen.

In der hinteren Ecke stand ein Umzugskarton. Der Deckel war aufgesprungen und deshalb konnte ich den Inhalt erkennen: Kinderbücher. Eine kleine Raupe zwinkerte mir nimmer satt zu. Das bunte Titelbild vergilbte bereits. Dieser Keller war kein guter Ort für Papier.

„Ingo ist daran zerbrochen“, sagte Beatrice. „Am Tag nach der Beerdigung brachte er den ersten Karton Wodka mit nach Hause. Er nahm zwei Wassergläser, schenkte uns bis zum Rand ein. Sein erster Trinkspruch lautete ‚Auf dass wir nichts mehr spüren‘. Und ja, verdammt, ich wollte nichts mehr spüren. Also tranken wir. Wir … kapitulierten angesichts unserer Trauer.“

„Hat es funktioniert? Haben Sie Ihre Trauer mit dem Alkohol betäuben können?“

„Nein. Sonst wäre vermutlich *ich* eben zum Kiosk gegangen. Rachel war … ist immer in meinem Kopf. Ein Glas mit Hochprozentigem kann sie nicht ausmerzen.

Ich brauchte eine andere Flucht. Um meine Gedanken zu beschäftigen, griff ich zu den Büchern. Sie versprachen mir zwar keine Heilung, aber verschafften wenigstens Linderung. Für ein paar Seiten konnte ich meiner Realität entfliehen. Ich nahm sie in mich auf, wie eine Droge."

„Bücher können Medizin sein", meinte ich.

Bea widersprach. „Nein, sie sind nur Placebos. So schön, so wunderbar die Farben auch sein können, in denen Buchstaben die Gedanken färben können, sie ersetzen nicht das Leben. Sich der Literatur zu ergeben, so wie ich es tat, *das* ist *Eskapismus* in Reinkultur."

„Ein schlauer Brite hat mal gesagt, dass gegen Eskapismus nichts einzuwenden sei, solange man wisse, wovor man flieht. Und warum."

„Ein Brite?"

„Ja", sagte ich. „Terry Pratchett. Ein großartiger Humorist. Und Philosoph obendrein."

„Für mich waren die Bücher mein Mittel gegen die Sprachlosigkeit, die mich plötzlich umgab. Ich hatte niemanden mehr, mit dem ich reden konnte. Ich hatte niemanden, der mit mir sprach." Beatrice machte eine nachdenkliche Pause. „Ich habe sehr lange darauf vertraut, dass die Bücher mir mein Leben retten. Deshalb habe ich auch mit dem Buchladen angefangen. Ein Neuanfang. Eine neue Existenz. Doch die Bücher haben mich nicht gerettet. Im Gegenteil: Sie trieben mich endgültig in den Ruin."

Wie viel Verbitterung doch in ihrer Stimme lag. Sie hatte ihren aufgestauten Hass tatsächlich auf die Bücher projiziert.

„Deshalb haben Sie mit dem Schreiben aufgehört?"

„Ich habe mit dem Schreiben nie richtig angefangen."

Ich wusste es besser, ließ mir aber nichts anmerken.

„Das ist schade", sagte ich schlicht. Auf dem Boden vor mir lag ein kleines, rosa Ding. Ich bückte mich vorsichtig danach. Als ich erkannte, was ich da aufgehoben hatte, versuchte ich es schnell zu verbergen, doch es war zu spät. Als Beatrice den Nucki erblickte, fiel die Fassade, die sie so mühsam versuchte aufrecht zu erhalten. Schon glänzten ihre Augen.

Etwas unbeholfen breitete ich meine Arme aus, ließ es zu, dass sie sich an mich anlehnte. Ihr Kopf drückte sich an meine Schulter und ihre Tränen nässten den Stoff meines Hemdes.

Und dann spürte ich die Worte! Alle ungesagt, ungeschrieben, ja, nicht mal formuliert. Es war unartikuliertes Wehklagen, das lautlos aus ihr hervorquoll, uns beide umspülte und durchdrang. Indem ich stillhielt und nur sachte über ihr Haar streichelte, teilte ich ihr Leid. Ich nahm es in mich auf, fasste es in meine Gedankenwelt.

Einige Tränen stahlen sich leise aus meinen Augen davon. Ich spürte, wie sie heimlich meine Wangen entlang liefen. „Lass es raus“, flüsterte ich.

Ich weiß nicht, wie lange wir so dastanden. Doch irgendwann protestierten meine Knochen. Plötzlich knickten meine Beine unter mir weg und es hätte nicht viel gefehlt und wir wären auf den kalten, steinernen Boden gestürzt. Doch ich fing mich und schaffte es noch gerade so, meinen Körper auf eine Umzugskiste zu setzen.

Beatrice wirkte verlegen. Sie wischte sich das Gesicht am Saum ihres Shirts.

In mir brannte es wie Feuer. Ein Keuchen entfuhr mir. „Könnten Sie mir bitte was vorlesen?“

Beatrice schüttelte den Kopf. „Hier sind keine Bücher.“

Ich deutete grob in die Richtung der Babykiste. „In der Kiste ist doch bestimmt etwas von Beatrix Potter. Vielleicht auch Alan Alexander Milne?“

„Pu der Bär? Jetzt?“

Ich lächelte schief. „Es würde helfen.“

Es war einer der seltsamsten Nachmittage meines Lebens. Ich saß in einem Keller voller Babymöbel, einen Nucki in der Hand und lauschte einer jüngeren Frau, die mir Geschichten aus dem Hundert-Morgen-Wald vorlas; gerade so als wäre ich ihr Kind.

Doch die Worte taten ihre Wirkung. Schon nach wenigen Seiten ging es mir etwas besser. Ich fühlte mich kräftig genug, den Aufstieg bis zum Parterre zu wagen.

„Das genügt“, sagte ich schließlich, betont munter. „Es wird das Beste sein, wenn ich mich jetzt wieder um meinen Laden bemühe. Was halten Sie davon, wenn Sie sich heute einen Tag freinehmen?“

„Herr Plana, ich habe gekündigt.“

Abwinkend machte ich mich auf den Weg. „Ich erwarte Sie morgen pünktlich um neun. Auf Wiedersehen.“

Von Lehrlingen und anderen Zauberern

Die Sonne des folgenden Tages streichelte sacht das alte Holz meines Sekretärs. Geschenkpapier, Schleifenband, Klebefilm und eine überdimensionale Schere lagen auf der Arbeitsfläche verstreut. Inmitten dieses kleinen Chaos thronte mein Werk: Mein Geschenk für Beatrice.

„Ich bin fertig", sagte ich in den Raum hinein. „Jetzt fehlt nur noch unsere Mitarbeiterin."

Ein kurzer Blick auf meine Taschenuhr verriet mir, dass es gleich neun schlagen würde. Ich stand auf und machte mich auf den Weg nach vorne. Schon öffnete sich die Ladentür und Beatrice stand dort, genau so, wie sie es am Tage ihres Vorstellungsgespräches getan hatte. Unsicher und unscheinbar. Die Schultern hingen herunter. Ihr angespanntes Lächeln sprach Bände.

„Da bin ich …" Sie wollte sicherlich erklären, warum sie wieder da war. Vielleicht wollte sie sich entschuldigen oder aber Bedingungen stellen. Doch ich hob die Hand. Weder von dem einen noch von dem anderen wollte ich hören.

Stattdessen hielt ich ihr das Paket entgegen. „Für Sie. Dafür, dass Sie sich richtig entschieden haben."

Verwundert nahm sie das Geschenk entgegen. Sie drehte es, machte jedoch keine Anstalten, das Papier zu entfernen.

„Nun los", drängte ich sie, „packen Sie es aus."

Sie wog es prüfend in der Hand. „Ist es ein Buch?"

„Nein", sagte ich, „noch nicht. Es … ist etwas Ähnliches. Speziell für Sie."

Sie zog misstrauisch eine Augenbraue hoch. Dann packte sie es endlich aus.

„Handgeschöpftes Papier von Hand gebunden. Zusammengefasst in einer Kladde", schwärmte ich. „Zum Schreiben ist es eigentlich nicht geeignet. Aber es trägt die Seele von sehr vielen Büchern in sich. Altpapier, Sie verstehen? Am besten schreiben Sie mit einem Bleistift darauf. Ich …"

„Schreiben?"

Ich lächelte hoffnungsvoll und bevor sie ihren alten Protest wieder formulieren konnte, sagte ich: „An die Arbeit. Es gibt viel zu tun. Heute wollte sich ein junger Schöngeist bei uns vorstellen. Ein Autor. Nach eigener Behauptung ein aufstrebendes Talent! Er würde gerne eine Lesung bei uns halten. Ich möchte, dass Sie meinen Arbeitsraum auf Vordermann bringen, damit ich nachher unseren Gast entsprechend begrüßen kann."

„Wie heißt denn der Autor?"

„Richard Roe."

„Nie gehört."

Ich zog die Stirn kraus. „Tja, da geht es Ihnen wie mir, liebe Beatrice. Dabei dachte ich, dass ich alles kenne, was unter den Büchern umher kreucht und fleucht. Gerade das macht mich neugierig."

„Ein Autor ohne Buch?" Bea lachte. Wie schön dies doch nach dem gestrigen Tag anzusehen war.

Ich ließ mich davon anstecken. „Ja. Wie es scheint. Das dürfte doch gewiss interessant werden."

Während Beatrice arbeitete, widmete ich mich einer neuen Lektüre. Heute stand mir der Sinn nach einer Ballade. „Walle, walle", flüsterte ich leise, als ich mir eine *Ausgabe letzter Hand* aus meinem Fundus im Wandregal zog.

Nach meiner kurzen Lektüre fasste ich einen Entschluss. „Wissen Sie, Beatrice", sagte ich, „ich könnte mir vorstellen, dass wir diesen Nachmittag für Herrn Roe auch interessanter gestalten könnten. Was halten Sie davon, wenn ich meinen Freund Wolfgang einlade?"

„Ihren Freund Wolfgang? Muss ich den kennen?"

Ein Schmunzeln konnte ich mir nicht verkneifen. „Ich denke schon. Er ist selbst ein Mensch äußerst schöngeistiger Natur. Wenn er nicht weiß, was in Punkto Literatur taugt, dann weiß es vermutlich niemand in unserem Lande."

Beas Neugier war geweckt. „Ist er ein Rezensent?"

„Meine Güte“, entfuhr es mir, „bei Leibe nicht! Ganz im Gegenteil. Von ihm stammte der Vorschlag, dass man alle Rezensenten totschlagen solle.“

„Scheint mir ein recht resoluter Zeitgenosse zu sein.“

Ich griff in die oberste Schublade des Sekretärs, nahm mir Federkiel und das beste Papier und schrieb einige Sätze. Nachdem die Tinte getrocknet war, faltete ich das Blatt sorgsam zusammen. Dann entzündete ich eine Kerze, nahm mir den roten Siegelwachs, den ich über der kleinen Flamme erhitzte und ließ ein paar Tropfen auf das Blatt fallen. Zum Schluss drückte ich meinen Siegelring darauf und notierte den Adressaten. Beatrice schaute mir bei dem Procedere aufmerksam zu.

Ich reichte ihr den Brief. „Draußen, auf der Straße, spielen sicherlich ein paar Knaben. Drücken sie einem von ihnen einen Euro und diesen Schrieb in die Hand.“

„Sie glauben, dass das dann ankommt?“

„Ich weiß es.“

Als Herr Roe am Nachmittag den Laden betrat, schwante mir bereits Schreckliches. Dieser junge, in jeder Beziehung kleine Mann, wollte mehr darstellen, als er tatsächlich war. Ein langer schwarzer Mantel und ein noch längerer grell roter Schal, zierten eine blasse und viel zu dürre Erscheinung. Roe erinnerte an eine Heuschrecke, die sich in Tweed gekleidet hatte. Weiß behandschuhte Finger lugten unter den langen Ärmeln hervor, ballten und streckten sich unruhig.

Beim Anblick Roes beschlich mich der Gedanke, dass meine Idee Wolfgang einzuladen, vielleicht nicht die richtige gewesen war. Aber das ließ sich jetzt nicht mehr ändern. Ihn jetzt noch auszuladen, wäre grob unhöflich gewesen.

„Guten Tag, Herr Plana. Hier haben Sie aber ein lauschiges Plätzchen. Eine schöne Location für eine Lesung.“ Die leicht affektierte Aussprache machte mir Roe nicht unbedingt sympathischer. Dennoch streckte ich ihm meine Hand zum Gruße entgegen. Er ergriff sie. Mir war, als hielte ich einen toten Hering. „Mal sehen, ob ich hier lesen möchte“, fügte er noch hinzu.

Es war wohl Zeit, ihm ein wenig den Wind aus den Segeln zu nehmen. „Mal sehen, ob ich Sie hier lesen lasse, Herr Roe. Meine *Location* steht normalerweise nicht für solche Veranstaltungen zur Verfügung. Haben Sie Ihr Buch mitgebracht?"

Roe griff in seine Manteltasche und zog ein E-Book-Lesegerät hervor. Dabei ignorierte er meinen angewiderten Blick. Kein Buch. Deshalb wusste ich also nichts über ihn und sein Werk.

„Ich bin ‚Selfpublisher'." Lag da wirklich Stolz in seiner Stimme? „Wer braucht in der heutigen Zeit schon Verlage?"

„Selbstveröffentlicher?" Ich wählte mit vollster Absicht die Übersetzung des Fachbegriffs. „Wie möchten Sie denn in meinem Hause Ihrem Publikum etwas verkaufen?"

„Ich gebe dem Publikum den Downloadlink."

„Sie machen was?"

Kicherte Beatrice hinter mir?

In diesem Augenblick öffnete sich abermals die Tür. Welch imposante Erscheinung Wolfgang doch war! Auch wenn sein Outfit nicht gerade als zeitgemäß zu bezeichnen war. Gekleidet mit Rock, Weste und Kniehose stand dieser ältere Herr aufrecht da. Seine weiße Krawatte unterstrich den modischen Chic einer längst vergangenen Epoche.

„Mein lieber Freund", rief ich, „was freue ich mich, Euch zu sehen."

„Die Freude liegt ganz auf meiner Seite. Sagt: Was habt ihr für mich? Ein neues Buch, das es zu lesen gilt?" Wolfgang schaute in die Runde. Als er Beatrice erblickte, schritt er auf sie zu und griff galant nach ihrer Hand, um darauf einen Kuss anzudeuten. Einem Automatismus folgend, deutete Beatrice einen Knicks an. Sie selbst war wohl am meisten über ihr Verhalten erstaunt. Aber die besondere Magie meines Antiquariats färbte manchmal auf wunderbare Weise auf Anwesende ab.

„Ah, ich sehe", sagte Wolfgang verzückt, „Ihr wollt mir eine Dame der kreativen Künste vorstellen."

Beatrice schüttelte den Kopf. „Ich arbeite hier nur."

„Ich erkenne doch noch einen talentierten Kopf, wenn ich ihn sehe. Ihr seid gewiss die von Kalliope Geküsste."

Roe räusperte sich. Es lief ihm offensichtlich zuwider, dass er nicht im Mittelpunkt weilte.

Es oblag nun mir, die Aufmerksamkeit auf den Autoren zu lenken. „Darf ich Euch Herrn Roe vorstellen? Er möchte uns heute sein aktuelles Werk vorstellen. Es würde mich freuen, wenn ich Eure geschätzte Meinung zu seiner …“ Ich zögerte beinahe unmerklich. „… Publikation einholen dürfte.“

„Ah“, sagte Wolfgang, „eine Publikation! Ein Buch?“

„Etwas Ähnliches“, stellte Roe pikiert fest.

Ich bot Wolfgang den Platz im Ohrensessel an. Für Beatrice und Roe hatte ich Klappstühle bereitgestellt. Ich selbst setzte mich wieder an den Sekretär.

Die nächste halbe Stunde, das muss ich leider zugeben, war für alle Beteiligten eine Qual. Zum einen, weil Roe ein vollkommen untalentierter Vorleser war. Zum anderen, weil das, was er vorlas beinahe Absatz für Absatz von Wolfgang kommentiert wurde. Diese Zwischenbemerkungen waren nicht nur fachmännisch, sondern auch außerordentlich zynisch. Denn Roes Werk ließ sich kaum als Literatur bezeichnen. Sein Versuch, eine Geschichte über einen jungen Zauberer zu verfassen, hätte man bestenfalls als lausiges Plagiat bezeichnen können.

„Welcher Verleger hat Euch angeraten an die Öffentlichkeit zu treten?“, fragte Wolfgang schließlich. „Welcher Lektor hat sich an diesem Schriftstück vertan?“

Roe schnappte nach Luft. „Ich bin Künstler! Ich lasse mich nicht von der Meinung eines Verlegers gleichschalten und profillos schleifen. Mit meinen Texten muss ich nicht mehr warten, bis ich die Erwartungen eines Zielpublikums erfülle. Meinen Stil kann ich frei entfalten.“

Wolfgang schlug die Beine übereinander, legte seine Hände auf die Knie und beugte sich fast angriffslustig vor. „Reden wir hier wirklich schon von Stil? Solltet Ihr dann nicht zunächst erst mal das Schreiben erlernt haben?“

„Ich muss mich nicht Ihren Ansprüchen beugen“, fauchte Roe. Einige Speicheltropfen flogen durch den Raum.

Wolfgang zuckte mit den Schultern. „Es geht nicht darum, welche Ansprüche ich an Euch stelle. Es geht hier um die Ansprüche, die man gemeinhin an Kunst und Literatur stellt.“

Roe sprang auf. Der Klappstuhl fiel hinter ihm zusammen. „Kunst lebt von der Freiheit und der Vielfalt. Ich muss nicht schreiben, wie es Regeln diktieren!“

„Wer Regeln brechen will“, erklärte Wolfgang, „sollte sie zuvor kennen und beherrschen. Ihr könnt mir glauben, dass ich zu meinen Sturm und Drang Zeiten mit so mancher Konvention gebrochen habe. Aber Genius begründet sich in Können. Schreiben ist nicht Kreativität allein. Es ist auch ein sehr großes Stück Handwerk, das es zu erlernen gilt.“

„Ich bin doch kein Schreiner“, empörte sich Roe.

Beatrice stand unauffällig auf. Ich beobachtete, wie sie leise zum Garderobenhaken ging, den Mantel abhing und die weißen Handschuhe bereitlegte. Vorrausschauend, die Gute.

Wolfgang schien die Eskalation des Gesprächs zu genießen. „Ihr seid kein Schreiner? Wenn ich Euch raten darf: Werdet Schreiner! So wie Ihr es versteht, Dinge zusammenzuschustern, dürfte das Hämmern und Klopfen die rechte Tätigkeit für Euch sein. Aber tut den Wörtern künftig keine Gewalt mehr an.“

Ich machte mir nicht die Mühe, die Situation zu beschwichtigen. Im Grunde teilte ich die Meinung Wolfgangs. Es war nicht meine Art, mich aus falscher Höflichkeit zu verstellen. Roe hastete schon dem Ausgang entgegen, schnappte sich ungeduldig seine Kleidungsstücke, die ihm Beatrice reichte und verschwand alsdann aus meiner … Location.

Wolfgang erhob sich. Doch er suchte kein Gespräch mit mir. Vielmehr wandte er sich, wie ich es insgeheim erhofft hatte, Beatrice zu. „Bekomme ich jetzt ein wenig von Euren Worten zu hören, meine Liebe?“

Beatrice schaute mich hilfesuchend an.

„Ich schreibe nicht, Herr – ähm.“ Auch wenn sie bestimmt schon seinen vollständigen Namen erraten hatte, scheute sie sich, ihn laut auszusprechen. Und Wolfgang erlaubte sich, ihren Satz zu komplettieren. „Goethe. Wir sind uns in der Tat nicht korrekt vorgestellt worden. *Johann Wolfgang von Goethe.* Es freut mich, Euch kennenzulernen.“ Dabei deutete er eine Verbeugung an. „Es würde mich freuen, wenn ich von Euch zu einem späteren Zeitpunkt vielleicht doch noch etwas zu hören oder zu lesen erhalte."

„Das war Goethe", stellte Beatrice fest, als wir wieder alleine waren.

Ich schmunzelte. „Wenn Sie seinen Worten Glauben schenken."

„Das war Goethe", wiederholte Bea. „Und neulich, das war Poe. Es wird Zeit, dass Sie mir endlich verraten, was hier gespielt wird." Ihre Stimme zitterte nicht. Keine Spur von Panik. Es war nicht so wie vorgestern im Keller. Sie hatte sich tatsächlich im Griff.

„Eine gute Geschichte bewahrt sich einige Geheimnisse. Erwarten Sie von mir keine Erklärungen, wie der spezielle Zauber des Buchlands wirkt."

„Was meinen Sie denn immer mit ‚Buchland'?"

Ich hob beschwichtigend die Hand. „Setzen wir uns. Dann erkläre ich es Ihnen ganz der Reihe nach."

Also setzten wir uns und ich erklärte ihr alles der Reihe nach. „Dieses Antiquariat ist nicht wie andere Antiquariate", begann ich.

„Das kann ich mir inzwischen denken", kommentierte Beatrice. „Immerhin haben wir dort unten einen scheinbar unendlichen Keller. Und die Besucher sind auch nicht das, was man alltäglich zu Gesicht bekommt."

„In der Tat. Das liegt ein wenig an mir. Sie haben mich neulich gefragt, wer oder was ich bin. Haben Sie diesbezüglich schon einige Vermutungen angestellt?"

„Vermutungen?" Sie seufzte freudlos. „Natürlich. Aber würde ich sie Ihnen verraten, dann hielten Sie mich für verrückt."

Ich griff in ein Seitenfach meines Sekretärs. Meine Pfeife und ein guter Tabak waren jetzt genau das Richtige. „Denken Sie? Nun gut: Überraschen Sie mich. Ich verspreche auch, dass ich Sie nicht auslachen werde."

Beatrice schüttelte den Kopf. „Wir befinden uns hier ja nicht in einem Märchen. Meine Vermutungen taugen nur für Fantasyromane."

Ich öffnete den kleinen Beutel, nahm vorsichtig etwas Tabak heraus und befüllte den Kopf bis zur Hälfte. Dann nahm ich den Pfeifenstopfer und …

„Wächter der Bücher“, schoss es aus Beatrice heraus. „Sie sind der Wächter der Bücher.“

„Sowas wie ein Buchhirte?“ Meine Frage war ruhig und sachlich gestellt. Meine Tonlage sollte ehrliches Interesse widerspiegeln. „Eine inspirierende – ja sogar romantische – Vorstellung. Aber nein. Bücher brauchen niemanden, der auf sie aufpasst. Manchmal, so scheint es, brauchen eher die Leser jemanden, der sie vor den Büchern bewahrt. So manche dumme Idee hat die Leute befallen, nachdem sie über anderer Leute Kämpfe und ihre Manifeste gelesen haben.

Bücher bewachen, nein, das ist wirklich nicht meine Aufgabe. Ich bin nur jemand, der weiß, was in Büchern geschieht. Außerdem weiß ich, was in Büchern geschehen ist. Und ich weiß, was in Büchern geschehen wird. Ich bin ein *Auktoral.* “

Wieder nahm ich etwas Tabak, befüllte die Pfeife und stopfte ausgiebig nach.

„Das Buchland im Keller unter uns ist unglaublich viel mehr, als diese Aneinanderreihung von gefüllten Regalen. Am Ende dieser Treppe findet man nicht nur Geschichte und Geschichten. Dort findet man billige Klischees, abgedroschene Phantasien und halbe Wahrheiten direkt neben den großen göttlichen Ideen, die die Welt veränderten. Die ganze Kreativität der Menschheit.“

Wieder nahm ich Tabak, befüllte ein letztes Mal den Pfeifenkopf, bis sich ein kleines Häufchen über den Rand erhob.

„Nehmen wir dieses kleine Kunstwerk: Eine Pfeife – genau so eine, wie sie übrigens ein gewisser Herr Beutlin sein Eigen nannte – ist ein Werkzeug, aber auch ein Gefäß. Ebenso sind Bücher zugleich Werkzeuge und Gefäße.

Bücher sind die Gefäße der Geschichten. Sie geben den Rahmen. Autoren, Schriftsteller, Poeten: Sie füllen sie mit Sinn und Unsinn. Das macht die Bücher zum Werkzeug der Kultur. Sie sind das Sprachrohr der Menschen.“

Ich drückte den Tabak zusammen, so dass zwischen Kopfrand und Tabak noch ein wenig Platz war. Dann entzündete ich ein Streichholz, führte die Flamme über den Tabak, der sich kurz aufbäumte, als wolle er sich gegen die Glut erwehren.

Bea drückte sich aus dem Ohrensessel hoch. „Sie sind also ein … Auktoral? Was besagt das? Was ist Ihre Aufgabe?"

„Ich habe keine Aufgabe. Nicht in dem Sinne. Auktoral zu sein, das ist kein Job, so wie Sie ihn kennen. Wenn ich es mit Worten beschreiben müsste, dann würde ich sagen, dass ich ein Freund bin. Ein Freund der Bücher. So wie sie etwas für mich tun können; so wie sie mich teilhaben lassen an ihrer Welt, genauso stehe auch ich ihnen zur Verfügung. Durch mich wird meine Welt für sie zugänglich." Ich sog an dem Mundstück, paffte zwei, drei Mal. „Worte beeinflussen die Wirklichkeit. Die Wirklichkeit formt die Worte. Ich stehe irgendwo dazwischen und kann helfen, wenn es nötig wird."

„Und was habe ich damit zu tun?"

„Sie? Sie sind meine Angestellte", sagte ich halbherzig.

„Nein", antwortete sie, „da ist mehr. Einer einfachen Angestellten wären Sie nach einer Kündigung nicht hinterhergefahren. Sie hätten sich nicht darum bemüht, dass ich wiederkomme."

Ich sog den Rauch ein, schloss die Augen. „Natürlich. Sie haben recht. Aber ich glaube nicht, dass Sie tatsächlich hören möchten, warum ich mich um Sie bemühe."

„Wie kommen Sie darauf?"

„Nun … Es geht um etwas, das Sie unter gar keinen Umständen tun wollen."

„Schreiben?"

„Schreiben."

Auch ich erhob mich nun, schritt zu dem Regler an der Wand und drehte ihn. Die Kellertür bewegte sich ein Stück im Rahmen zurück, glitt dann zur Seite und verschwand hinter der Wand. Dabei machte sie dem Gatter eines Fahrstuhls Platz. „Ich möchte Ihnen etwas zeigen", sagte ich. „Etwas ganz Besonderes. Die Kammer der ungeschriebenen Bücher." Ich zog das Gatter auf und hielt Beatrice auffordernd die Hand entgegen. „Kommen Sie. Es lohnt sich."

Doch Beatrice blieb stehen. „Gibt es dort Ratten oder Würmer?“

Ich überlegte kurz. „Wenn wir gut aufpassen, dann nicht. Es ist der Zweck der Kammer, diese Bücher zu schützen.“

„Kommen wir denn nicht über die Treppe dorthin?“

„Nun … ich möchte heute noch ankommen. Mit meinen morschen Knochen dürfte der Aufstieg zu beschwerlich werden.“

„Aufstieg? Müssen wir denn nicht in den Keller?“

„Lassen Sie sich überraschen“, erwiderte ich, während wir die kleine Kabine betraten. Vier Knöpfe waren an der Rückwand angebracht. Einer mit einem Pfeil nach oben, einer mit einem Pfeil nach unten. Außerdem zeigte je ein Pfeil nach links und nach rechts. „Aufwärts“, kommentierte ich und drückte den entsprechenden Knopf. Mit einem lauten Klacken rastete er ein. Zahnräder begannen zu rattern und irgendwo heulte kurz ein Keilriemen auf. Die Fahrt ging los.

Und dauerte.

Ich paffte genüsslich an meiner Pfeife. Beatrice schaute hin und wieder verstohlen auf ihre Armbanduhr. Keiner von uns verlor ein Wort. Ist es nicht immer so bei Fahrstuhlfahrten? Kaum steht man wartend nebeneinander, schon verliert man alle Sprache.

Und die Fahrt dauerte an.

Bei Fahrstuhlfahrten ist es immer nur eine Frage der Zeit, bis die Blicke der Wartenden auf Wanderschaft gehen. Beatrice hielt verblüffend lange ihren Kopf gesenkt und ich fragte mich schon, ob das Design ihrer schlichten Schuhe interessanter sein konnte, als ein Lift inmitten meines Buchlandes. Doch endlich betrachtete sie die Wände und kurz darauf auch die außergewöhnliche Decke. „Wundervoll!“

Ich entließ ein Rauchwölkchen aus meinem Mund, das langsam hinauf stieg und den Eindruck eines nächtlichen Himmels über uns bestärkte. Die Kabinendecke war tief schwarz und unzählige winzige leuchtende Punkte strahlten funkelnd auf uns herab.

„Sterne“, stellte Beatrice begeistert fest. Ihre Augen strahlten fast ebenso, wie die lichternen Punkte über uns.

„Schauen Sie genau hin, Beatrice“, sagte ich lächelnd. Dabei durfte ich es mir erlauben, die Lider zu schließen, da mir der Anblick vertraut war.

Sie kniff die Augen zusammen, reckte sich der Decke entgegen, um die Details besser erkennen zu können. „Sind es Buchstaben?“

„Eine grandiose Allegorie, nicht wahr? Buchstaben können alles sein. Ganze Welten können sie verkörpern, auch wenn sie für sich allein genommen nur Nadelstiche im körperlosen Raum sind.“

Just in diesem Moment fiel eine Sternschnuppe herunter und zog einen Schweif kleinster Satzzeichen hinter sich her.

Eine schöne kleine Ablenkung.

Aber die Fahrt dauerte an.

„Ist es noch weit?“

„Nein, es ist nicht mehr weit.“

„Wir sind schon eine Stunde unterwegs.“

„Dann …“, ich warf einen enttäuschten Blick in den erloschenen Pfeifenkopf, „… haben wir ungefähr die Hälfte der Strecke.“

… und dauerte an …

Schließlich kam der Fahrstuhl abrupt zum Stehen. Ich schob das Gatter auf und wir betraten einen hell erleuchteten Raum. Über uns spannte sich eine gläserne Kuppel. Jede kleine Scheibe war einzeln in Blei eingefasst. Einige Gläser waren bunt, die meisten klar. Sie gaben den Blick auf einen wolkenlosen Himmel frei.

Getragen wurde die Konstruktion von gekrümmten Wänden, die unterbrochen von zahlreichen geschlossenen Balkonen, einen Kreis bildeten. Etwa sechs Meter hoch waren sie und die darin eingelassenen Fenster, die vom Boden bis zur Kuppel reichten, lenkten den Blick auf imposante Art in die Tiefe. Unter uns konnten wir eine leuchtend weiße Wolkendecke erkennen.

Vor den Wänden und im Zentrum des Raumes standen Glasvitrinen. Darin lagen jeweils einige Bücher, manchmal auch Folianten oder lose Blattsammlungen.

Stille umgab uns. Nach der lärmenden Auffahrt mit dem Lift, war dies ein wohltuender Umstand.

„Willkommen in der Turmkammer", sagte ich. Ich führte Beatrice an eines der Fenster.

„Kammer?" Beatrice schluckte. „Nicht unbedingt ein treffendes Wort."

„Wie würden Sie es nennen?"

„Keine Ahnung. Muss dieser Raum einen Namen haben?"

Ich legte die Pfeife auf eine der Vitrinen ab. „In jeder Geschichte ist es wichtig, dass die Dinge Namen haben. Sie, liebe Beatrice, haben einen Namen. Ich habe einen. Auch Roe und Goethe haben einen. Erst auf diese Weise können wir doch miteinander und übereinander reden. Wie wollen wir uns über diesen wundervollen Raum hier unterhalten, wenn wir ihn nicht benennen können?"

„Nennen wir ihn den Raum mit den Büchern."

„Ich bitte Sie. Welcher Raum in unserer Geschichte war bisher frei von Büchern?"

„Trotzdem. Unter einer Glaskuppel findet man keine Kammer." Beatrice verschränkte die Arme vor der Brust und schob kaum merklich, aber dennoch etwas trotzig, ihre Unterlippe vor.

Ich zuckte mit den Schultern. „Lassen Sie es mich wissen, wenn Ihnen ein besserer Name für diese Lokalität eingefallen ist. Ich bin tatsächlich für alles offen."

Beatrice ging an eines der Fenster. „Da geht es ganz schön weit runter. Ich kann mich gar nicht daran erinnern, dass Ihr Haus einen Turm hat. Da waren nur zwei Etagen."

„Die Dinge sind nicht immer so, wie sie zu sein scheinen. Wie ich bereits vorhin sagte: Eine gute Geschichte bewahrt sich einige ihrer Geheimnisse. Dieser Turm und seine räumlichen Eigenschaften gehören vermutlich in diese Rubrik. Der Autor einer solchen Geschichte würde es gewissermaßen mit einem ‚ist halt so' erklären.

Aber möchten Sie mir nicht eigentlich eine ganz andere Frage stellen?"

Beatrice schlenderte zu einer Vitrine. Sie öffnete behutsam den gläsernen Deckel und hob ein dünnes Taschenbuch empor. Die Kartonage war weiß, der Titel in schlichten schwarzen Lettern aufgedruckt. „Seditio orbis terrarum – Potentia virtutis populi. Was heißt das?“

„Globalisierte Revolution – die virtuelle Demokratie. Ist das schon die Frage?“ Ich nahm ihr das Buch vorsichtig aus der Hand und legte es zurück an seinen Platz.

„Nun gut“, sagte Beatrice, „was ist das hier? Erklären Sie mir diesen Raum.“

Na endlich! „Diese Kammer …“ Ich stockte und verbesserte mich dann schleunigst: „Dieser *Raum* ist eine der allergrößten Kostbarkeiten des Buchlandes. Er beinhaltet Bücher, die zwar erdacht, aber nie auf Papier gebannt wurden.“

„Müsste es davon nicht Abertausende geben?“

„Eigentlich schon. Aber … Ich muss das vermutlich anders erklären. Es gibt Bücher, die mussten, beziehungsweise müssen, einfach geschrieben werden. Sie waren und sind die Eckpfeiler der Kultur. Meilensteine. Ohne diese Bücher wäre die Welt nicht so, wie sie heute ist. Nehmen wir Tolkien! Ohne seine Werke über Mittelerde, hätte es vermutlich viele nachfolgende Bücher niemals gegeben. Er inspirierte zahlreiche Autoren. Gleiches gilt für Agatha Christie oder Sir Arthur Conan Doyle. Die Landschaft der Kriminalliteratur wäre heute um einiges ärmer, hätten diese begnadeten Schriftsteller nicht den Mut aufgebracht, zu schreiben. Liebe Beatrice, Sie glauben nicht, wie oft es allein dem Zufall zu verdanken ist, dass wahre Erdbeben das Buchland erschütterten.“

„Erdbeben?“ Beatrice schien an die Höhe zu denken, in der wir uns befanden.

„Im übertragenen Sinne“, räumte ich ein.

„Oh. Gut.“

„Der Zufall hat dem Buchland wirklich schon sehr oft einen Gefallen getan. Doch manchmal …“ Ich deutete auf die Vitrinentische. „Ja, manchmal wird ein Buch nicht geschrieben. Vielleicht, weil der Autor denkt, dass er nicht genügend Talent hat. Oder weil ihm etwas Schlimmes zustößt. Oder …“ Eine bedeutungsvolle Pause schien mir an dieser Stelle angebracht. Also streckte ich einen Finger aus und ließ ihn spielerisch um das weiße Taschenbuch kreisen. „Oder der Autor beschließt plötzlich, Bücher zu hassen."

Beatrice' Gesicht blieb gleichgültig. „Kann man Bücher hassen?"

„Sagen Sie es mir. Immerhin werden Sie jedes Mal wütend, wenn Ihr ungeschriebenes Buch …" Ich hielt inne. Bea funkelte mich für einen Augenblick mit bösen Augen an. Doch sie fasste sich schnell wieder.

„Ist mein Buch denn so wichtig?"

Ich griff nach ihrer Hand und führte sie in den gegenüberliegenden Teil der Kammer. Ein Pult, auch mit einem Glaskasten obenauf, erwartete uns. Der Boden war mit rotem Samt ausgeschlagen. Doch die Stelle, an der einstmals ein Buch gelegen hatte, war verwaist.

„Es hätte diese Welt verändert", flüsterte ich.

Ich konnte Beatrice' Gedanken fast körperlich spüren. Wie sie rasten! Sie bemühte sich, zu begreifen, was ich ihr da eben versucht hatte mitzuteilen. „Wo ist es?"

„Das wissen Sie. Sie waren mit mir zusammen im Keller. Und Sie haben keinen Zweifel daran gelassen, dass Sie dieses Buch nicht schreiben werden. Und Sie haben gesehen, was geschieht, wenn Bücher aus den Gedanken des Autoren verdammt werden."

„Was hätte mein Buch denn so wichtig gemacht?" Beatrice klang irgendwie verzweifelt. Sie öffnete auch diesen Glaskasten, strich liebevoll über den leeren Stoff.

„Das dürfen Sie mich nicht fragen. Ihre Leser hätten diese Frage beantworten können. Doch die können Sie jetzt nicht mehr erreichen."

Beatrice fuhr sich mit den Händen durch die Haare. Ein Hauch der Panik lag wieder in ihrer Stimme als sie sprach. „Aber ich schreibe doch keine Weltliteratur. Mein Geschreibsel wäre nicht wichtig."

„Sie machen einen ganz ähnlichen Fehler wie Roe. Es obliegt nicht dem Autor, sein Werk einzuschätzen. Roe hält sich für mehr als er ist. Er hat zu viel Tinte für zu wenig Herz. Würde er sich objektiv von Lesern oder Lektoren einschätzen lassen, dann hätte er dies längst begriffen.

Ich habe Ihr Buch nicht gelesen, Beatrice. Aber es hatte hier oben seinen Platz. Es hätte potentiell geschrieben werden können. Wäre dies geschehen, hätte es das Buchland erbeben lassen und bis in die Grundfesten erschüttert."

„Ich … könnte das Buch immer noch schreiben."

„Nein. Jetzt haben wir eine andere Ausgangssituation. Es würde nicht mehr dasselbe Buch werden."

Beatrice schien überrascht. „Was würde anders sein?"

„Denken Sie nicht, dass Sie mit ihrem jetzigen Wissenstand anders an die Sache herangehen würden?"

„Vermutlich. Macht das mein Buch schlechter?"

„Keine Ahnung", antwortete ich wahrheitsgemäß. „Aber es wäre in jedem Fall ein anderes Buch. Und … wenn Sie dieses andere Buch noch schreiben, dann wird es nicht in dieser Kammer zu finden sein."

Ihre nächste Frage überraschte mich. „Werde ich denn ein Buch schreiben?"

„Das, meine Liebe, ist ganz allein Ihre Entscheidung." Aber es ist interessant, dass Sie es inzwischen in Erwägung ziehen, sprach ich in meinen Gedanken weiter.

Beatrice schlenderte mit mir zurück zu dem Tisch, auf dem meine Pfeife lag. „Beantworten Sie mir noch eine Frage?"

„Gerne", bestätigte ich.

„Diese Pfeife … Kommt sie wirklich aus Mittelerde?"

„Oh." Ich griff danach und steckte sie in meine Tasche. „Da haben Sie mich erwischt. Nach der Verfilmung kam allerhand Tand in die Geschäfte. Ich konnte einfach nicht widerstehen. Bitte verraten Sie es niemandem: Sie ist ein völlig überteuertes *Merchandising*-Produkt."

Ich führte Beatrice zurück in den Fahrstuhl. „Wenn Sie pünktlich Feierabend machen wollen, dann sollten wir uns auf den Weg machen."
Bea nickte und nach kurzem Zögern meinte sie: „Das war ein interessanter Tag. Schön, dass ich das Geheimnis von Ihrem Buchland kennenlernen durfte."

Mein Buchland! Wie wenig sie doch bisher begriffen hatte. „Sie haben nicht das Geheimnis kennengelernt", widersprach ich. „Sie haben nur eines der Geheimnisse gezeigt bekommen. Eines von vielen. Und bevor Sie fragen: Ich kenne selbst nicht sämtliche dieser Geheimnisse.

Die wenigsten davon habe ich gelöst oder verstanden. Doch wenn Sie möchten, dann zeige ich Ihnen morgen einen weiteren Teil dieser wunderbaren Landschaft.“

„Die Kammer der entbehrlichen Bücher?“, scherzte sie.

„Die große *Halle* der entbehrlichen Bücher“, verbesserte ich, vollkommen ernst. „Aber ich glaube nicht, dass Sie sich das wirklich antun sollten.“

Die Nacht hatte ihre schwarze Decke über der Stadt ausgebreitet und der kühle Herbstwind rüttelte an den Fensterläden, als wolle er mit aller Kraft in mein kleines Wohnzimmer eindringen. Doch ich hörte ihn kaum. Das Raunen und Wispern umgab mich wieder. Intensiv und mit aller Beharrlichkeit machten die leisen Stimmen ihre Vorschläge. Doch auch ihnen schenkte ich kaum Beachtung.

Beatrice war längst wieder nach Hause gegangen. Vermutlich saß sie gerade vor dem Fernseher. Ihr Mann Ingo saß vielleicht neben ihr auf dem Sofa, verzweifelt bemüht, seinen Trost auf dem Boden einer Flasche zu finden. Sein Egoismus erzürnte mich. Versunken in seinem Selbstmitleid, machte er Beatrice nur noch mehr Kummer. Statt einander aufzurichten, riss er beide sehenden Auges in den Abgrund. „Das hat meine Bea nicht verdient“, flüsterte ich.

Plötzlich umfing mich Schweigen.

Und auch ich war darüber überrascht, dass ich sie als „meine“ Bea bezeichnet hatte. Ich erforschte meine Gedanken. Ja, es war meine Bea. Ich mochte ihre Art. Sie konnte ebenso resolut wie zerbrechlich sein. Sie hatte verdammt nochmal verdient, ihr Leben wieder in den Griff zu bekommen.

„Sie wird ihr Buch schreiben. Das verspreche ich euch. Nicht nur für die Turmkammer und nicht nur für das Buchland. Sie wird um ihr Leben schreiben.“

Der Anfang war ja bereits gemacht. Jetzt ging es darum, den nächsten Schritt zu tun. „Ich werde morgen eure Hilfe brauchen. Es ist an der Zeit, dass ich Beatrice die mächtigen Winkel eures Reiches zeige. Wenn ihr wirklich möchtet, dass sie für euch schreibt, dann solltet ihr alles in eurer Macht stehende tun, um sie dort zu schützen.“

Unsere Reise würde nicht ungefährlich werden.

Doch der nächste Morgen begann zunächst einmal ganz alltäglich. Kaum hatte Beatrice die Ladentür geöffnet, strömten schon die ersten

Kunden hinein. Es war beachtlich, wie viele Leute auf einmal den Weg in mein Geschäft suchten. Das lag zum Teil daran, dass die geänderte Schaufensterdekoration durchaus seine Wirkung tat. Aber ich spürte, dass auch die Bücher unter den geänderten Umständen erstarkt waren. Sie entfalteten ihre Magie von Tag zu Tag mehr. Ich hatte sie zur Schlacht gerufen und sie rüsteten auf.

Vor allem machte sich das bei den Kunden bemerkbar, die schon ein Buch in den letzten Tagen in meinem Geschäft gekauft hatten. Herr Mermann brachte es mit wenigen euphorischen Sätzen auf den Punkt: „Herr Plana, ich bin erstaunt. Ich habe mir vorvorgestern zwei Vernes bei Ihnen zugelegt. Beide Romane kannte ich noch aus meiner Kindheit.“ Er holte tief Luft. „Was soll ich sagen? Es war seltsam. Es war phantastisch! Ich habe die beiden letzten Nächte durchgelesen. Nie war ich so gefesselt.“

Es klang wie ein hohler, billiger Werbespruch, als ich antwortete: „Das ist, weil Sie die Bücher nicht einfach irgendwo gekauft haben.“ Aber genau das war vermutlich die Wahrheit. Anders als im Internetshop oder im Buchclub war ein kleines Buchgeschäft, wie das meine, von jedem einzelnen verkauften Exemplar abhängig. Das wussten die Bücher. Und deshalb strengten sie sich beim Leser entsprechend mehr an. So oder wenigstens so ähnlich musste es sein. Es war zumindest ein für mich einleuchtender Erklärungsversuch.

Auch Beatrice gab alles. Sie empfing alle Leute gleich freundlich und beriet sie mit außerordentlicher Fachkompetenz. Insbesondere zu aktuellen Titeln bewies sie ein gutes Wissen. Keine Frage: Buchhändlerin war nicht nur ihr Beruf, sondern auch ihre Berufung.

Die Zeit floss uns geradezu davon und mir wurde rasch klar, dass ich unseren weiteren Ausflug in das Buchland notgedrungen verschieben musste. Dennoch hoffte ich, dass wir vielleicht wenigstens einen kleinen Abstecher in den Keller unternehmen konnten.

„Wir haben knapp zwanzig Vorbestellungen für morgen“, erklärte mir Beatrice voller Enthusiasmus in der Mittagspause. Sie wedelte mit einem großen Bogen Papier. Darauf hatte sie die Titel- und Autorenangaben notiert. Daneben waren die Namen und Adressen der Kunden fein säuberlich notiert. „Ich hätte nicht gedacht, dass wir in so kurzer Zeit den Laden in Schwung bringen könnten."

Ich nickte. „Das ist in der Tat ein gutes Zeichen. Eine gute Geschäftsstraße braucht ein Zugpferd." Ich dachte an Frank, den Friseur. Früher war sein Salon der Publikumsmagnet im Viertel gewesen. Bei ihm unterhielt man sich, holte sich, während man frisiert wurde, den neuesten Klatsch und Tratsch. Die gewechselten Worte waren beinahe wichtiger als die aufwändige Dauerwelle. Wie sehr sich die Zeiten geändert hatten. Vielleicht hatten wir ja wirklich eine Chance, einige Menschen wieder hierher zu locken. Auch bei mir wurden Worte gewechselt, wenngleich sie nur auf Papier gebannt waren.

„Gehen wir zusammen in den Keller?" Beatrice strahlte ob ihres Verkaufserfolges. Sie schien jegliche Scheu vor dem Keller abgelegt zu haben. Sie wollte nur Nachschub für ihren – nein – meinen Laden holen.

Bevor ich antworten konnte, fiel neben mir ein Buch aus dem Regal. Verdutzt bückte ich mich danach. Es war ein Coelho mit der Überschrift „Der Sieger bleibt allein." Ich verstand.

„Ach, Beatrice", sagte ich, „es wäre mir recht, wenn Sie das allein schaffen könnten. Nach dem Ansturm brauchen meine Knochen wohl noch eine kleine Pause."

Wie selbstverständlich drehte Beatrice an dem Maschinentelegraphen, bis die Kellertür für sie bereitstand und nur einen Augenblick später war sie auch schon verschwunden.

Natürlich freute ich mich, dass Beatrice ihren Erfolg genoss und den Keller obendrein so routiniert besuchen konnte. Dennoch murmelte ich misstrauisch: „Was habt ihr vor?" Doch das ansonsten so hartnäckige Wispern um mich herum war verstummt. „Ich hoffe, ihr wisst, was ihr tut. Eure Ungeduld hat schon einmal fast alles zunichte gemacht."

Ich vernahm einige Beschwichtigungsversuche. Sie hörten sich in meinen Ohren halbherzig und nicht unbedingt beruhigend an. Mich packte ein übler Verdacht. „Es ist mein Plan, den ihr umsetzen wollt. Nicht wahr? Und ihr wollt es allein tun. Ohne mich." Zorn überkam mich wie eine dunkle, rote Woge. „Ist das euer Dank?"

Plötzlich veränderte sich die Luft. Bleischwer lastete sie auf mir. Das Licht im Raum sickerte davon, ließ mich in einem glimmenden Zwielicht zurück. Meine Glieder verloren alle Kraft. Ich sank auf den Boden, rang nach Luft.

„Dank?“ Das Wispern der vielen Stimmen vereinigte sich, sprach machtvoll in mir. „Bedenke, wer du bist. Erinnere dich, wem du deine Macht zu verdanken hast.“

„Aber“, keuchte ich, „ihr könnt sie doch nicht allein dieser großen Gefahr entgegenschicken. Wer soll sie schützen?“

„Glaubst du, dass es in deinen Befähigungen liegt, sie vor irgendetwas zu bewahren? Oder ist es vielleicht deine Eitelkeit, die danach verlangt, gemeinsam mit ihr den Großen Büchern gegenüberzustehen?“

„Wird sie in ihnen lesen?“

„Nein … Noch nicht.“ Die Stimme verlor sich, während sie sprach. Übrig blieb wieder das Flüstern der unzähligen Stimmen.

Vorsichtig versuchte ich mich aufzurichten und es gelang mir tatsächlich. Ich humpelte zu meinem Stock, legte mein Körpergewicht auf ihn. Es waren nicht die Schmerzen, es war die Machtlosigkeit; noch nie hatte ich mich so alt und schwach gefühlt wie in diesem Moment.

Humpelnd schleppte ich mich zu dem Maschinentelegraphen, hieb den Regler ganz nach unten. Die Wand glitt zur Seite und surrend schob sich mir das Sichtrohr eines Periskops entgegen. Darunter waren zahlreiche Räder angebracht. Im Keller konnte ich damit einige kleine Spiegel und Prismen steuern …

Der Buchwagen war bereits mit einem Großteil der bestellten Bücher gefüllt. Er stand vor der Treppe, unschuldig und leblos. Der ganze Keller schien wie ausgestorben und von Beatrice war weit und breit keine Spur zu sehen.

Ich drehte das Periskop ganz nach rechts und stellte die Linse neu ein. Mein Blick fokussierte sich die Wand entlang bis zu einem Prisma, das ein kleines unscharfes Bild widerspiegelte. Jetzt drehte ich eines der Rädchen, bis sich das Bild im Prisma schärfte. Doch ich sah nur einen verlassenen Gang. Auf dem Boden lag eine Schnur und führte in die Tiefe geradewegs in die hinteren Bereiche. „Gutes Mädchen“, flüsterte ich, denn Beatrice hatte offensichtlich nicht alle Vorsicht fahren lassen. Ich zoomte mich durch den Gang. Körperlos bewegte sich mein Blick bis zum nächsten Prisma. Daran befestigt waren auch einige Linsen, Spiegel und Rohre. Wieder nachjustieren. Ich kannte den Weg, den sie Beatrice gelockt hatten. Wie mochten sie es angestellt haben? Mit Geräuschen oder dem Wispern oder einfach eine Spur aus Brotkrumen? Es wäre ihnen zuzutrauen.

Kreative Menschen sind neugierig. Und ohne Zweifel war Beatrice kreativ. Ansonsten bliebe das ganze Spiel fruchtlos. Doch selbst Wolfgang hatte es gespürt: Beatrice strahlte es durch jede Pore aus, ohne dass es ihr selbst bewusst gewesen wäre. Gerade das machte sie so faszinierend.

Gerne hätte ich einige Zeilen ihres ersten Manuskripts gelesen. Doch es war tatsächlich für immer verloren. Hoffentlich würde es zu einem zweiten Schreibversuch kommen. Es wäre unverzeihlich, wenn ihr Talent ungenutzt bliebe. Gerade in der heutigen Zeit brauchte es wirklich neue Ideen. Die Literatur versumpfte seit Jahren im eigenen Dreck. Auf der einen Seite stand der Kommerz, der nur sein Zielpublikum bediente, das er selbst geschaffen hatte. Auf der anderen Seite warteten die Roes und andere Stümper, die durch die neuen Medien in der Lage waren, ohne Sinn und Verstand alles auf den Markt zu werfen, was ihnen aus den Fingern floss. Manche waren sogar dazu bereit, dafür zu bezahlen.

Es oblag mir nicht, über Qualität zu wachen. Die Groschenhefte vergangener Zeiten hatten sich manchmal recht überraschend als besonders wertvoll erwiesen. Doch es war meinem wachsamen Auge nicht entgangen, dass das Buchland vor einem schmerzlichen Umbruch stand.

Kunst darf nicht reglementiert werden. Sie muss frei sein. Allerdings darf sie auch nicht in die Beliebigkeit abdriften, sonst verliert sie ihren Wert für die Gesellschaft.

Der Gang endete unvermittelt an einer eisernen Tür. Ornamente schmückten ihren Rand und wundervoll geschmiedete Symbole nahmen den Raum dazwischen ein. Im oberen Drittel waren außerdem untereinander zwei kreisrunde Motive eingelassen. Je vier Buchstaben, kreuzförmig darin angeordnet, ergaben die Worte „VITA“ und „MORS.“ Außerdem waren zahlreiche Totenschädel eingeprägt. Sie lächelten auf ihre sehr spezielle Weise den Betrachter an und ließen keinen Zweifel aufkommen, was hinter diesem Portal warten könnte.

Im vollkommenen Gegensatz zu den angsteinflößenden Bildern stand in goldenen Lettern über dem Rahmen „Siehe, ich komme; im Buch ist von mir geschrieben. “

Ich rückte von dem Sehrohr ab, schloss die Augen und konzentrierte mich auf die Stimmen um mich herum. Ich lud sie ein, meinen Geist mit mir zu teilen. Und sie nahmen es an. Ich hörte sie in mir. Sie erzählten mir von dem, was sich gerade hinter dem Portal zutrug …

Hinter Beatrice hatte sich das Portal geschlossen. Sie stand auf einem von gleißendem Sonnenlicht gefluteten Acker. Angenehm warm trug die Luft süßliche Gerüche zu ihr. Von dem Kellergewölbe, das sie hinter sich gelassen hatte, war nichts mehr zu sehen. Da war nur die eiserne Tür, die frei in einer endlosen braunen Landschaft stand. Einige Kornblumen wuchsen schüchtern zwischen den von der letzten Ernte übrig gebliebenen Getreidestoppeln.

Etwa zwanzig Schritte entfernt stand ein Baum. Prachtvoll gewachsen trug er an der linken Seite weißen Blütenschmuck. Der obere Teil seiner Krone stand in vollem Laub. Die rechte Seite dagegen war braun und welk. Vereinzelt hingen dort verlockend rote Äpfel.

Unter dem Baum stand ein großer, schlichter Schreibtisch. Er wirkte ebenso deplatziert wie der Aktenschrank, der aus der Rinde des Baumes herauszuwachsen schien. Gefüllt mit kleinen Kladden, Heften und Ordnern, nahm er einen grotesken Platz in dem mächtigen Baumstamm ein.

Auf dem Boden, ohne erkennbares Muster verteilt, steckten einige Schriftrollen und Bücher. Sie wirkten kostbar, doch es schien, als hätte sie jemand in den Ackerboden eingepflanzt.

Es war ein ganz und gar surreales Bild, das sich vor Beatrice ausbreitete und die Sense, die im monströsen Wurzelwerk hinter dem Schreibtisch lag, verbesserte den beklemmenden Eindruck der Szenerie nicht.

„Komm ruhig näher“, sagte der junge Mann, der an dem Schreibtisch saß. „Hab keine Scheu.“

Beatrice konnte nicht anders. Ihre Füße trugen sie dem Tisch entgegen. „Wo bin ich hier?“

„Buchhaltung.“ Die Antwort wirkte genau so unwirklich wie alles andere hier. Der Mann blätterte in einem Buch, das vor ihm aufgeschlagen auf der Tischplatte lag. Gekleidet in einen schwarzen Anzug, ein schwarzes Hemd und eine weiße Fliege, wirkte er fast väterlich. Es lag etwas Vertrautes in seinen Gesichtszügen. Bea betrachtete ihn, als hätte sie ihn schon einmal gesehen. Vielleicht vermutete sie, dass er mal ein Partygast gewesen war, den man ihr flüchtig vorgestellt hatte, den sie aber schon kurze Zeit später wieder vergessen hatte. Unsicher fragte sie schließlich: „Kennen wir uns?“

„Wir sind uns schon einige Male begegnet. Bei deinen Eltern und deiner Tochter zum Beispiel.“

Beatrice wurde schwindelig. Sie schwankte leicht. Ihr Kopf erschien ihr wie in Watte gepackt. Sie wollte weiterfragen. Doch ihr fiel nur eine ganz andere Frage ein: „Sind wir immer noch im Buchland?“

Der Fremde legte den Kopf schief. „In gewisser Weise … Es gibt Bücher, die sind mit Wissen gefüllt. Solche wirst du hier an diesem Orte nicht finden. Es gibt auch Bücher, die sind mit Gefühl erfüllt. Sie haben bei mir keinen Platz. Es gibt Bücher, die werden von Phantasie getragen. Für mich sind solche Bücher nicht von Wert.“

„Aber du schreibst doch in dieses Buch dort vor dir.“

„Ich schreibe so etwas Ähnliches wie Zahlen. Ich bin nur ein Buchhalter, kein Autor. Alles, was ich in meinen Rechnungen addiere, wird zum Ende subtrahiert. Unter dem Strich muss immer null herauskommen.“

Beatrice dachte an die Buchstaben in der Tür: „VITA“ – das Leben. „MORS“ – der Tod. Beatrice verstand endlich. Ja, addieren und subtrahieren …

Sie dachte an ihre Eltern. Sie dachte an ihre Tochter. Sie alle waren gegangen vor ihrer Zeit. „Aber wenn nichts übrig bleibt … Was ist dann der Sinn des Lebens?“

„Keine Ahnung. Ich schreibe nur dem Leben Rechnung. Das, was das Leben umgibt, steht in den Büchern dort vorne.“

Beatrice schaute zu den Büchern, die im Boden steckten.

„Bücher des Glaubens?"

„Bücher des Glaubens … Jaaaaa. Diese Beschreibung passt ziemlich gut. Es sind die ‚großen Bücher'. Sie wachsen auf meinem Acker ziemlich gut."

Beatrice wagte sich näher an den Mann heran. Sie umschritt sogar den Tisch. Dann streckte sie die Hände aus und versuchte nach den Kladden im Regal zu greifen. Doch kurz bevor ihre Fingerspitzen die Kartonagen berühren konnten, schien sich die Perspektive zu verschieben. Ihre Finger schrumpften. Erschrocken zog sie die Hand zurück.

„In dieses Regal passen zur Zeit etwa sieben Milliarden Hefte. Ein kleiner …" Der Mann lächelte vielsagend. „… Trick. Möchtest du einen Blick in eines werfen?"

Ohne sich von seinem Stuhl zu erheben, streckte er sich nach hinten, griff ohne Mühe nach einer Kladde in der Mitte, zog sie heraus und hielt sie Beatrice entgegen.

Liniert, Din-A4. Schwarzer Einband mit roten Ecken. Sie las das aufgeklebte Etikett: „Rachel Liber."

Bevor Beatrice danach greifen konnte, zog der Mann es wieder zurück, warf selbst einen Blick auf das Etikett. „Oh, ich bitte um Verzeihung. Da habe ich zielsicher ein abgelaufenes erwischt." Mit einer schwungvollen Bewegung warf er die Kladde in den Papierkorb vor seinen Füßen. Sie fiel wie in Zeitlupe und löste sich in ein Nichts auf, bevor sie den Boden berührte.

„Nein", schrie Beatrice, hob den Papierkorb in panischer Verzweiflung und drehte ihn um. Nichts viel heraus.

Der Mann schüttelte bedauernd den Kopf, zog dann die unterste Schublade seines Schreibtischs auf und entnahm einen Handfeger und eine Kehrschaufel. Damit kehrte er das Nichts wieder auf und kippte es zurück in den Eimer.

„Alles muss seine Ordnung haben", erklärte er nüchtern. „Für die Revision ist es bei weitem zu früh. Außerdem wollte ich dir eigentlich ein anderes Buch zeigen. Freunde von dir haben mich gebeten, dir einen Blick dorthinein zu gestatten. Ich habe zwar keine Ahnung, was sie sich davon versprechen, doch ich bin ein freundlicher Geselle und kann ihnen ihre Bitte nicht abschlagen."

Wieder langte er in das Regal. Dieses Mal nahm er das Büchlein daneben, prüfte die Aufschrift und warf es Beatrice entgegen. „Ingo Liber“, rief der Mann. „Seine Bilanz steht schon lange im Soll. Ein absolutes Ärgernis. Ich vermute, die Schlussabrechnung ist in Kürze fällig.“

Beatrice fing die Kladde auf … dachte nicht lange nach … und stopfte sie sich unter den Hosenbund. Dann rannte sie los. Der Mann sprang von seinem Stuhl auf, die Sense flog in seine Hand. „Meine Liebe!“ Seine Worte klangen nicht wütend: Sie klangen mahnend. „Meine Liebe, ich bitte dich …“ Doch Beatrice wollte nicht mehr reden. Sie stürmte zurück zur Tür und prallte mit ihrem ganzen Gewicht dagegen. Die Tür schwang auf, sie stürzte hindurch und fiel … und fiel … und fiel …

Schreiend trudelte sie ins Bodenlose, bis sie das Bewusstsein verlor.

Ich öffnete meine Augen und atmete tief ein. Benommen versuchte ich, wieder richtig zu mir zu kommen. Was war da gerade alles passiert? War es passiert? „Bea“, entfuhr es mir. Nichts konnte mich halten. Ich eilte die Kellertreppe hinunter, die Schmerzen verdrängend. In Sorge um Beatrice ließ ich alle Vorsicht fahren, humpelte so schnell es mir möglich war den Weg entlang, den ich eben noch beobachtet hatte. „Beatrice“, rief ich immer wieder, bis ich sie schließlich entdeckte.

Ich fand sie in dem Gang mit den Biographien des vergangenen Jahrtausends. ‚Ecce homo‘, ‚Ich‘ und ‚Die letzten Lebensjahre 1963-1967‘ ruhten einträchtig in den Regalen.

Das eiserne Portal war spurlos verschwunden. Nur Beatrice lag allein auf den grauen Fliesen, das Gesicht nach unten, wie tot da. „Ihr hättet sie nicht allein dorthin gehen lassen sollen!“ Ich richtete meine Anklage in den leeren Gang. „Ich hätte sie beschützen müssen.“

Ängstlich ließ ich mich neben sie auf die Knie fallen und ergriff in größter Sorge ihre Hand. Sie war warm! Meine Finger schoben sich zum Handgelenk. Erleichtert stellte ich fest, dass ihr Puls ruhig und regelmäßig gegen meinen Daumen schlug. Entgegen meinen schlimmsten Befürchtungen erkannte ich, dass sie auch ansonsten unverletzt geblieben war.

Ich tätschelte sanft ihre Wange. Beatrice stöhnte unruhig, warf den Kopf einige Male unruhig hin und her, als wäre sie in einem bösen Traum gefangen. „Wachen Sie auf", flüsterte ich ihr sanft zu, und beim Klang meiner fast tonlosen Stimme kam sie tatsächlich langsam zu sich.

„Was ist passiert?" Kaum hatte sie die Frage ausgesprochen, konnte ich in ihren Zügen lesen, wie ihr die Erinnerungen entgegenschlugen. Ängstlich schaute sie sich um. Doch von dem Fremden war keine Spur mehr zu sehen.

Das Buchland schien nun den Atem anzuhalten. Es richtete seine ganze Aufmerksamkeit auf uns, rückte ganz nahe an Beatrice heran, nur um zu hören, was sie als nächstes sagen würde. Die Spannung war fast greifbar. Wie würde sie auf all das reagieren?

„Ich habe Hunger."

Beweggründe

Als wir mein Antiquariat wieder erreichten, verzichtete ich zunächst darauf, den Laden wieder aufzuschließen. Es gab zurzeit wichtigere Dinge; das war mir klar. Beatrice wirkte zwar äußerlich ruhig, doch tief in ihr musste es brodeln.

Auf der Schreibfläche des Sekretärs lag ein aufgeschlagenes Kochbuch für Fingerfood. Daneben stand ein Teller mit Häppchen. Wie aufmerksam, dachte ich bei mir. Ich reichte ihn an Beatrice weiter, die das Essen erst mal misstrauisch beäugte, dann aber von den Möhren und dem Dipp kostete.

„Wussten Sie, wohin mich die Stimmen führen würden?", fragte sie kauend.

Stimmen! Sie hatte also Stimmen gehört. Dass sie schon jetzt erste Worte an sie richteten, befand ich als ungewöhnlich.

„Was haben sie zu Ihnen gesagt?"

Sie zuckte mit den Schultern. „Ich habe nichts verstanden. Ich bin nur in die Richtung gegangen, aus der das Wispern kam. Und dann kam ich zu dieser monströsen Tür …" Es schüttelte sie kurz, dann wiederholte sie ihre Frage: „Wussten Sie, wohin mich die Stimmen führen?"

„Ich …" Wie sollte ich das jetzt am besten verpacken? „Ich …" Nach Worten ringend begann ich nochmal von vorne. „Es war ursprünglich mein Plan." Beatrice sah aus, als wolle sie mir eine Ohrfeige verpassen. Vermutlich zu recht. Doch was hätte ich tun können? „Ich wollte Sie ursprünglich dorthin begleiten", schob ich erklärend nach. „Es wäre meine Aufgabe gewesen, Sie zu schützen."

Beatrice wandte sich wieder den Häppchen zu. Sie nutzte die Zeit, in der sie aß, um nachzudenken. „Es war mein Fehler", sagte sie schließlich. „Ich hätte da nicht allein reingehen sollen. Das war ausgesprochen dumm von mir. Vollkommen unlogisch."

„Im Realen verhalten wir uns oft nicht logisch oder vernünftig. Das ist der große Unterschied zu den Geschichten in Büchern. Dort muss alles Sinn ergeben."

Beatrice stellte den Teller ab und ging dann zum Ohrensessel. Erschöpft ließ sie sich hineinfallen und hob die Hände vors Gesicht. Dadurch entging ihrer Aufmerksamkeit, dass der leere Teller bereits wieder dahin verschwunden war, woher er gekommen war.

„Gibt es Tod wirklich?" Ihre Worte schwebten durch den Raum. Ich konnte sie nicht richtig hören, da Beatrice sehr leise sprach, doch jede Silbe hatte Substanz. Beatrice stellte mit ihnen das Erlebte nicht in Frage. Das war mir klar. Aber sie versuchte dahinter zu blicken, hinter diese Wand der Tatsachen. Sie lernte schnell.

„Er gehört zum Leben", stellte ich nüchtern fest.

„Ja", Beatrice seufzte, „aber als Person? Er hatte eine Sense. Wie auf Tarotkarten. Das kann doch nicht sein."

„Sie haben eben mit ihm gesprochen."

„War das denn die Wirklichkeit?"

Ich griff nach meinem Stock und stützte mich auf ihn. „Erinnern Sie sich an unser Gespräch über Descartes? Unsere Realität ist nur eine Sammlung von Sinneseindrücken.

Der Mensch neigt zu Personifizierungen. Den Tod gibt es. Ebenso wie es sicherlich auch einen Gott gibt. Doch ich bezweifle, dass Gott ein alter Mann mit weißem Bart ist. Ebensowenig ist der Schnitter als Gerippe unterwegs. Die Gerechtigkeit trägt keine Augenbinde und Vater Staat und Mutter Natur werden vermutlich niemals heiraten.

Die Frage bei solchen Dingen ist eigentlich immer: Was wissen wir tatsächlich und wie viel von unserer Unwissenheit sind wir bereit durch puren Glauben zu ersetzen? Das tun wir alle. Die einen mehr, die anderen weniger. Die einen ganz bewusst und anderen passiert es ganz von selbst.

Unserem Glauben müssen wir in irgendeiner Form Gestalt geben. Manche Menschen errichteten dazu kolossale Bauwerke, anderen begegneten Geister und Engel. Wiederum andere fassten es in Worte.

Die meisten religiösen Texte sind Geschichten. Sie sprechen ihre Wahrheit in Bildern, Symbolen und Parabeln. Moses ist nicht 120 Jahre alt geworden. Derjenige, der dies niederschrieb, hatte anderes im Sinn. Was Worte erzählen, sollte man nicht einfach nur hinnehmen. Die Botschaften sind – wie immer – zwischen den Zeilen.

Ihnen wurde heute etwas zugänglich, begreiflich gemacht."

„Der Tod?"

„Ja." Ich ging ein paar Schritte. „Der Tod. Er hat ihnen mitgeteilt, wen er bereits im Visier hat …"

Beatrice griff an den Hosenbund. Die Kladde.

„Ingo?"

„Was glauben Sie, wie lange er diesen …" Ich suchte nach dem richtigen Wort. Etwas zu abfällig sagte ich dann: „Lebenswandel … noch fortsetzen kann? Für ihn geht es ganz steil bergab. Es ist traurig mitanzusehen, dass er Sie dabei mitzieht."

Beatrice schwieg eine Weile. Ich ließ ihr die Zeit. „Was habe ich denn für eine Alternative?", fragte sie schließlich. Eine Träne glitzerte im trüben Licht der Stehlampe. „Ich … ich liebe ihn. Und er ist das Letzte, was mir geblieben ist."

Ich streckte meinen Arm aus. „Geben Sie mir das Büchlein."

Ich wies Beatrice an, das Antiquariat wieder zu öffnen. Auf der Straße hatten einige Kunden geduldig gewartet und nahmen Beatrice nun vollkommen in Beschlag. Sie verstand es, die Geschehnisse von vorhin ausreichend auszublenden und bediente gewohnt gewissenhaft. Ich selbst saß nun wieder an meinem Sekretär und begutachtete dieses außergewöhnliche kleine Buch. Ich empfand es als faszinierend, dass ich keine Ahnung davon hatte, was darin geschrieben stand, obwohl ich doch eigentlich mit allen Büchern inhaltlich vertraut war.

Ich drehte es zwischen den Händen. Begutachtete es, als wäre es ein besonderes Werk meiner Sammlung. Schwarze Kartonage. Rote Ecken. Massenware. Ich dachte darüber nach und stellte fest, dass es für Ingo passend war. Massenware. Ja, Typen wie er liefen zu Tausenden herum. Ich fragte mich, ob erst der Alkohol ihn zu dem gemacht hatte, was er jetzt war. Ob sein Buch in früheren Zeiten vielleicht eine andere Beschaffenheit hatte?

Vermutlich nicht. Ein Buch mit leeren Seiten, war nichts anderes als ein Buch mit leeren Seiten. Erst die Worte brachten den Wert. Bei Menschen war dies in meinen Augen nicht anders.

„Dann wollen wir mal lernen, wie fremd wir einander sind", murmelte ich vor mich hin und schlug die erste Seite auf.

Eng mit Bleistift beschriebene Zeilen. Mit Bleistift beschrieben. Mit Bleistift. Bleistift …

Mein Plan war leichter umzusetzen, als ich dachte.

Dachte ich …

Gesprächsfetzen drangen an mein Ohr. Beatrice war voll in ihrem Element. „Ich kann Ihnen da einen Orwell ans Herz legen. Sie haben doch bestimmt mal was von 1984 gehört. – Nein, das war nur die Verfilmung. – Ich rate Ihnen, lieber das Buch zur Hand zu nehmen. – Die Gattung? Dystopie. Das ist sowas wie das Gegenteil zu einer Utopie."
Inzwischen hatte ich einige Seiten überblättert. Ingos Kindheit war für mich nicht von Interesse.

Einige Seiten waren mit einem Datum versehen. Ich betrachtete die Einträge der vergangenen Wochen. Viel Abwechslung bekam ich nicht zu lesen. Der Einblick in die Privatsphäre dieses Mannes verschaffte mir kein voyeuristisches Vergnügen. Sein Alltag war vom Alkohol durchtränkt. Schlafen und trinken. Da war nicht mehr viel Platz für Empfindungen. Die einzige Gefühlsregung, die ihm noch geblieben war, war das Leid. Wie paradox, weil es doch gerade sein Kummer war, den er betäuben wollte. Ich blätterte wieder nach vorne zurück und begann die Lektüre in der richtigen Reihenfolge zu lesen.

„Keine Zahlen?" Beatrice hatte sich über meine rechte Schulter gebeugt.

„Wie bitte?" Ich hatte nicht bemerkt, wie die Zeit vergangen war. Der Laden war dunkel und von der Straße drangen keinerlei Geräusche mehr zu uns. Verstört blickte ich auf meine Taschenuhr. „Schon Feierabend?"

„Seit zwanzig Minuten. Ich habe bereits Kasse gemacht und den Laden gewischt." Beatrice klang beinahe gut gelaunt und ich fand es irritierend, dass sie erst jetzt zu mir kam. Müsste sie nicht vor Neugierde platzen?

„Also?"

„Also was?“ Noch immer hatte ich meine Gedanken nicht richtig im Griff. Der Einblick in das Leben einer anderen Person war verstörender, als ich gedacht hatte.

„Die Kladde. Es war die Rede davon, dass darin gerechnet würde. Das Ergebnis ‚null‘ und so.“

„Für mich liest es sich vollkommen normal“, sagte ich und schlug beiläufig die Kladde zu.

„Normal?“ Beatrice rollte mit den Augen. „Die Bedeutung des Wortes ist mir in den letzten Tagen verloren gegangen. Was bezeichnen Sie als ‚normal‘, während Sie das Lebensbuch eines Menschen in den Fingern halten?“

Ich nickte. Beatrice hatte vollkommen recht. Von Normalität konnten wir hier inzwischen wirklich nicht mehr reden. Selbst mich überraschten die laufenden Ereignisse. Die ganze Geschichte bekam unerwartet ein Eigenleben. Ich musste meinen Plan im Auge behalten, sonst würde sich der Plot in die falsche Richtung entwickeln.

„Das Büchlein ist ein Roman. Es ist eine Biografie über Ihren Mann. Eine Biografie, die …“

„Dafür ist es zu dünn“, unterbrach mich Beatrice. „Ein Menschenleben ist mehr als hundert Seiten stark.“

„Sie werden überrascht sein, wie viel auf eine Seite passt. Ein Tag, ein Jahr, manchmal ein ganzes Leben oder auch nur ein Augenblick. Lassen Sie sich nicht von der äußeren Form eines Buches über dessen Inhalt hinwegtäuschen.“

„Sie haben den ganzen Nachmittag darin gelesen“, stellte Beatrice unsicher fest. Da war noch mehr, was sie sagen wollte. Ihre Stimmung war in nur wenigen Sekunden umgeschlagen. Jetzt kaute sie unsicher auf ihrer Unterlippe und mied meinen Blick. Ihr lag eine Frage auf dem Herzen. Ich ahnte bereits, welche das sein würde. Doch ich wollte sie ihr nicht vorwegnehmen. Sie musste es selbst fragen. „Ja?“

„Was steht drin?“

Falsche Frage! Ich dachte, sie käme von allein darauf. Hier eröffneten sich Möglichkeiten …

„Sie sollten es selbst lesen“, antwortete ich.

„Wie wird es enden?“ Niemand kannte Ingo besser als Beatrice. Sie musste bereits wissen, wie es enden würde. Ingo war im Soll. Sein Leben war bereits verwirkt.

„Sie möchten es nicht lesen?“ Ich hielt ihr die Kladde entgegen, doch sie wich zurück, als würde das Papier in lodernden Flammen vergehen. „Sie sollten es lesen. Ich werde Ihnen das Ende nicht verraten. Jede Geschichte ist es wert, erzählt zu werden. Ein Leser sollte sich die Zeit nehmen, mit der ersten Seite anzufangen und nicht die letzte Seite vorziehen.“

„Ich kann das nicht. Ich … habe Angst.“

„Wovor?“

„Verdammt! Können Sie sich das nicht denken?“ Schon flammte wieder der Zorn in ihr auf. „Ich liebe diesen Mann. Er ist der Vater meiner Tochter!“

Ich zog meine Augenbrauen hoch. Eine seltsame Definition der Liebe. Aber natürlich fiel es ihr inzwischen schwer, beim Anblick dieses menschlichen Wracks von Liebe zu sprechen. Ich konnte es ihr nicht verübeln. In ihrem Zuhause saß ein Mann, der mit dem Mann, den sie einst heiratete, kaum noch etwas gemein hatte. Er soff sich um den Verstand und badete in seinem Selbstmitleid. Er isolierte sich selbst, schlug sie vielleicht sogar. Ihre gesamte Existenz setzte er aufs Spiel und wälzte zugleich alle Verantwortung auf sie ab.

Und sie blieb bei ihm. In guten wie in schlechten Zeiten. Tatsächlich: Es musste wohl Liebe sein. Liebe, die sich nicht nur über das verstorbene Kind zu definieren vermochte. Ob sie das noch erkannte?

„Lesen Sie das Buch. Es wird weder Ihnen noch ihrem Mann schaden. Ich denke, dass es eine Chance für Sie bietet.“

„Eine Chance?“

„Eine Chance. Lesen Sie es heute Abend und morgen reden wir darüber.“ Ich versuchte mich in einem aufmunternden Gesichtsausdruck. „Bringen Sie einen guten Radiergummi und einen angespitzten Bleistift mit.“

Der Morgen graute. Ich stand auf der Straße und betrachtete die altehrwürdige Fassade meines Hauses. Der Anstrich schien mir nicht mehr so grau zu sein. Der Vogeldreck auf den Stuckverzierungen war auf beinahe wundersame Weise von selbst verschwunden. Das Holz der Fensterrahmen erstrahlte in neuem Lack, ohne dass sie einen Pinsel gesehen hatten. Neben der Tür hing die Hausnummer. Die metallenen Ziffern hatten die Patina abgelegt. Die Bronze verkündete nun stolz: „978 / 979."

Ein verächtliches Schnauben entfuhr mir und ich murmelte: „Schön, dass es euch besser geht." Meine Worte waren an niemanden Speziellen gerichtet, aber ich konnte mir sicher sein, dass ich die richtigen Zuhörer erreichte. Die Magie des Buchlandes überschritt also langsam ihre Grenzen, streckte die Finger nach der Nachbarschaft aus. Das war ja grundsätzlich nicht schlecht.

Auch mir ging es besser. Meinen Stock hatte ich drinnen glatt vergessen. Es wäre mir allerdings wohler bei der Sache gewesen, wenn ich mich der Illusion hätte hingeben können, dass dies alles noch von mir gesteuert wurde. Doch der gestrige Tag hatte mir diese Flausen ausgetrieben. Ich war nur ein Nebendarsteller, der sich dem Plot beugen musste. Die Fäden in diesem Strippenspiel hatten längst andere übernommen.

Ein leises Brummen drang die Straße herauf und kurz darauf bog der Bus um die Ecke. An der Haltestelle öffneten sich zischend die Türen, Beatrice stieg aus und kam mir entgegen. Sie war blass. Die Ringe unter ihren Augen bezeugten eine schlaflose Nacht. Sie trug dieselben Sachen wie gestern. Das ließ mich darauf schließen, dass sie gar nicht erst ins Bett gegangen war. Mit beiden Händen hielt sie fest umklammert die Kladde vor ihre Brust. Wäre es ein Kruzifix gewesen, ich hätte mir Sorgen machen müssen, ob sie einen Exorzismus an mir probieren wollte. „Guten Morgen, Herr Plana", sagte sie mit brüchiger Stimme. Sie zitterte wie Espenlaub. Von dem neu erworbenen Selbstbewusstsein fehlte nun jede Spur.

„Guten Morgen, Beatrice." Ich breitete meine Arme aus und umarmte sie zum Gruße. „Haben Sie das Buch gelesen?"

„Natürlich habe ich das." Beatrice drückte sich sanft von mir fort. „Drei Mal. Denken Sie, dass es stimmt?"

„Was?"

„Dass Ingo nur noch zwölf Wochen hat." Beatrice schlug die letzte Seite auf und deutete auf die Kopfzeile mit dem Datum.

„Lassen Sie uns einen kleinen Spaziergang machen", schlug ich vor. Ich hakte mich bei ihr ein, obschon ich auch allein hätte gehen können. Doch die Nähe schaffte Vertrautheit.

Und so schlenderten wir über den verlassenen Bürgersteig, hörten das Laub unter unseren Füßen rascheln und nahmen den angenehmen Geruch der modernden Blätter in uns auf.

„Müssen wir denn den Laden nicht öffnen?"

„Ist Ihnen nicht aufgefallen, dass heute Sonntag ist?", fragte ich.

„Sonntag?"

Ich erlaubte mir ein Schulbubenkichern. „Schön, dass Sie trotzdem gekommen sind."

Ich lenkte unsere Schritte in den angrenzenden Friedhof. Er glich einer gepflegten Parkanlage und erwies sich als eine rechte Kulisse für ein Gespräch über Leben und Tod.

„Zwölf Wochen", stellte ich nüchtern fest, „sind eine Menge Zeit. Haben Sie den Radiergummi und den Bleistift mitgebracht?"

Beatrice griff in ihre Manteltasche und holte die Utensilien hervor. „Mir ist nicht ganz klar, was Sie im Schilde führen."

Ich lachte herzhaft und ein paar Tauben stoben erschrocken davon. „Beatrice! Was sollte ich im Schilde führen? Es obliegt mir gar nicht, auch nur irgendetwas im Schilde zu führen. Die Frage ist doch, was Sie tun wollen. Behaupten Sie nicht, dass Sie nicht bereits mit dem Gedanken spielen."

„Mit welchem Gedanken?"

„Ein Buch dessen mit Bleistift geschriebener Inhalt Ihnen nicht gefällt. Sie besitzen einen Radiergummi und einen Bleistift. Ihre Schlussfolgerungen müssen Sie schon selber treffen."

Beatrice blieb stehen. „Ist es denn so einfach? Kann ich Ingos Ende einfach umschreiben?"

„Das müssen Sie mir verraten. Ich bin kein Schriftsteller."

„Ich auch nicht." In ihren Worten lag ein Flehen. Doch es lag nicht in meiner Absicht, ihr etwas ihrer Last abzunehmen.

„Dann erübrigt sich jeder weitere Gedanke.“ Ich machte mich von ihr los und ging ein paar Schritte alleine weiter. Sie verharrte einige Sekunden, eilte mir dann aber hinterher und nahm meinen Arm wieder.

Ich verstand die Geste. „Erinnern Sie sich an Goethes Worte? Schreiben ist zu einem großen Teil Handwerk. Ein jedes Handwerk lässt sich erlernen.“

„Aber“, sagte Beatrice, „es ist nicht nur Handwerk. Es hat auch mit Talent und Kreativität zu tun.“

Ich nickte. „Sehr viel sogar.“

„Was ist, wenn ich ein Roe bin? Was ist, wenn ich nach Publikum strebe und nicht reif dafür bin?“

„Wer hat gesagt, dass man für ein Publikum schreiben muss? Man muss doch kein großes Konzert geben, wenn man nur Kammermusik spielen möchte.

Machen Sie sich keine Gedanken, ob Sie genug Kreativität oder Talent besitzen. Die Bücher haben Ihnen dies längst bescheinigt. Sonst wäre dies neulich im Keller nicht passiert. Das Buchland wartet auf Sie und Ihre Wörter. Wer kann so was schon von sich behaupten? Allerdings müssen Sie über Ihren Schatten springen und tatsächlich mit dem Schreiben wieder anfangen.“

„Ich soll also das Leben meines Mannes umschreiben? Ist das machbar?“

„Es liegt in Ihrer Hand.“

„Würden Sie mir helfen?“

„Nichts lieber als das.“

Wenig später saßen wir auf einer Parkbank. Der Friedhof umgab uns. Das Leben hielt den Atem an. Beatrice legte die Kladde auf ihren Schoß, blätterte zur letzten Seite. Ingo starb dort. Atemstillstand und Herzversagen. Er lag auf den kalten Fliesen neben der Toilette im eigenen Erbrochenen. In der Hand hielt er ein Foto von Rachel, die in Beas Armen ruhte. Eine Aufnahme, die noch im Kreissaal gemacht worden war.

Beatrice legte den Radiergummi an. Hielt inne. Ihre blauen Augen suchten die meinen. Tränen rannen ihr über die Wange. „Er liebt mich noch", flüsterte sie. Dann begann sie, den Text zu tilgen. Das Foto verschwand. Die Toilette. Ingo.

Wind kam auf und zerrte an den Seiten. Der Herbst hatte sich entschieden, uns seine ungemütliche Art zu zeigen. „Ich denke, wir sollten uns ins Antiquariat zurückziehen." Schon fielen die ersten Tropfen. Schwer klatschten sie auf den Asphalt. Blätter wurden aufgepeitscht und Zweige und kleine Äste wurden von den Bäumen gerissen. In der Ferne donnerte es. Bebte der Boden?

Beatrice steckte die Kladde unter ihre Jacke und lief los. Ich hatte Mühe, ihr nachzukommen.

Eine Bö schlug mir ins Gesicht, mit einer Kraft, dass es mich fast von den Füßen riss. Die Erkenntnis traf mich wie einer der zahlreichen zuckenden Blitze, die der Erde entgegendonnerten: Das war kein normales Unwetter.

„Ihr wolltet es doch", schrie ich in den Sturm, doch das Tosen übertönte meine Worte. „Dem Buch wird kein Leid angetan! Es wird nur erneuert. Die Geschichte wird größer!" Meine Worte blieben ungehört. Der Sturm wurde noch stärker. Ich taumelte dem Haus entgegen. Beatrice schloss bereits die Tür auf.

Ich wiederholte keuchend immer wieder: „Ihr wolltet es so. Ihr wolltet es so." Doch plötzlich kam mir in den Sinn, dass ich mit den Falschen sprach. Nicht das Buchland zürnte. Wir hatten gerade ganz andoren Mächten ins Handwerk gepfuscht.

Wir stolperten in die Sicherheit des Antiquariats. Nass bis auf die Haut und völlig verausgabt, ließen wir uns auf Hände und Knie fallen und bemühten uns, wieder zu Atem zu kommen.

Beatrice fasste sich als erste wieder: „Waren wir das?"

„Ich befürchte schon." Ich drehte mich in eine sitzende Position. Der Schmerz in mir erreichte ungeahnte Dimensionen. Selbst wenn ich hätte aufstehen wollen, es wäre mir nicht gelungen. „Sie erinnern sich an die Buchführung? Wir haben einen Tod getilgt. Die Bilanz stimmt im Augenblick nicht mehr. Auf der Haben-Seite steht ein Posten zu viel."

„Was sollen wir tun?"

„Keine Ahnung. Zuerst mal muss ich wieder zu Kräften kommen, damit ich wieder einen klaren Gedanken fassen kann."

Beatrice verstand. „Vorlesen?"

„Das wäre wundervoll. Es sollte etwas sehr Gehaltvolles sein."

Beatrice stand auf, nahm vom Büchertisch mit den antiquarischen Übersetzungen etwas ganz Altes. Das konnte dann kein Fehlgriff sein.

Der Titel ließ mich dann aber dennoch entsetzt nach Luft schnappen. „Divina Commedia", entfuhr es mir. Eine Übersetzung. ‚*Die göttliche Komödie*' von Dante Alighieri. Bücher können grausam sein.

Beatrice mühte sich durch den anstrengenden Text. Der veraltete Sprachgebrauch lag ihr nicht. Trotzdem schaffte sie es, einige Seiten leidlich vorzutragen.

„… Bring' an die Orte mich, die du genannt,
Und laß mich bald Sanct Petri Pforte sehen,
Und Jene, wie du sprachst, zur Qual verbannt.
Er ging; ich säumte nicht, ihm nachzugehen."

Das Ende des ersten Gesangs. Ich hob meine Hand und deutete Beatrice, dass sie mir helfen solle, aufzustehen. Es ging mir nicht wirklich gut, doch ich war mir der dringlichen Lage durchaus bewusst. Außerdem formte sich in mir ein erster Plan für unsere Notlage.

Der Sturm hatte sich weiter gesteigert. Die Straße hatte sich in einen kleinen Fluss verwandelt. Es war ein höllisches Inferno, das einem Orkan gleich die Welt dort draußen zu vernichten drohte. „Wir sollten keine Zeit mehr verlieren. Es drängt. Wo ist Ingos Buch?"

Beatrice legte die Kladde neben die Kasse auf den Verkaufstresen. Ich blätterte rasch zur letzten Seite. „Bea, jetzt hören Sie mir gut zu. Das wird Ihnen nicht leicht fallen. Doch es muss sein." Ich drückte ihr einen Bleistift in die Hand. „Egal, was wir mit diesem Büchlein machen, egal, was wir hier hineinschreiben … Der letzte Satz muss stehen bleiben."

Die Schrift war ausradiert. Der Grafit war gründlich abgerieben. Doch die Spuren des Bleistifts waren in das Papier eingedrückt. Mit gutem Willen, konnte man den Text noch immer lesen. Zwei Worte bildeten den letzten Satz. „Ingo starb."

„Das können Sie nicht von mir verlangen", flüsterte Beatrice.

„Es ist unabänderlich“, erklärte ich sanft.

„Ich kann Ingo doch nicht töten!“

„Sie haben die Macht es zu tun.“ Ich deutete zum Fenster hinaus. „Sie haben die Pflicht.“

„Ich kann Ingo nicht töten.“

„Uns bleiben doch alle Wege offen“, erklärte ich. „Wir verschaffen uns nur Zeit. Schauen Sie, das Datum haben wir doch auch ausradiert. Der Tod ist die letzte Gewissheit. Sie muss da sein. Über das *Wann* entscheiden Sie später.“

„Ich?“

„Sie.“

Ihre Hand zitterte, als sie die Mine auf das Blatt setzte. Unglaublich langsam ließ sie den Stift seine Bahnen ziehen. Sie schrieb „Ingo starb.“ und wir wussten beide, dass Ingo sterben würde.

Die Welt beruhigte sich wieder. Der Sturm verschwand zurück in das Nirgendwo, aus dem er gekommen war. Beatrice und ich zogen uns in mein Wohnzimmer zurück. Über den niedrigen Tisch gebeugt, studierten wir den Text aus dem Lebensbuch.

„Wir haben eine wichtige Lektion gelernt“, stellte ich schließlich fest. „Wir müssen behutsamer vorgehen. Wir sollten nicht gleich zu Anfang das größte Ziel setzen. Ingos Tod können wir nicht mit einem Radiergummi verhindern.“

Beatrice wippte auf ihrem Sitzplatz neben mir immer wieder vor und zurück. Ihre Nerven waren zum Zerreißen gespannt. Vielleicht würde ihr ein wenig Entspannung gut tun. „Wann hatten Sie das letzte mal …“ Ich bemühte mich möglichst gleichgültig zu klingen. „… Sex?“

Es brauchte keine Sekunde, da sah ich auch schon, dass sie mich vollkommen falsch verstanden hatte. So kurz hatte ich noch nie vor einer Backpfeife gestanden. „Nein, nein! Das war kein unmoralisches Angebot meinerseits.“ Ich blätterte in Ingos Buch zur Seite des heutigen Tages. Der Text gab nicht viel her. Eine Flasche Wodka würde ihm gleich die Zeit vertreiben. „Ich schätze, dass die Welt nicht davon untergehen wird, wenn Sie an dieser Stelle den Radiergummi ansetzen. Was Sie in die entstehende Lücke hineinschreiben werden, geht mich nichts an. Ich werde jetzt unten meinen Pfeifentabak holen gehen und Sie etwas allein lassen. Falls Sie etwas Inspiration möchten: Wie wäre es mit Frank Harris. Eine Ausgabe seiner freizügigen Autobiografie ‚Mein Leben und Lieben' steht rechts neben dem Fenster. Lassen Sie sich Zeit."

Ich verzichtete darauf, diese Seite, die Beatrice in den nächsten zwei Stunden schrieb, zu lesen. Auch später war jener spezielle Text für mich immer tabu. Bea wusste dies sicher zu schätzen.

Natürlich war diese Manipulation in Ingos Leben in gewisser Weise verwerflich. Doch in meinen Augen hatte er es verdient. Indem Beatrice für ihn die Verantwortung übernommen hatte, ihn versorgt und toleriert hatte, war sie mehr und mehr zu seiner Marionette geworden. Sie hatte nur noch das getan, was er wollte und stellte ihre eigenen Belange vollkommen zurück. Ich wollte nicht wissen, wie oft sie sich für ihn bei den Nachbarn entschuldigt hatte. Ich wollte auch nicht wissen, wie oft sie für ihn sein Erbrochenes oder andere Exkremente aufgewischt hatte. Sie brachte das Geld nach Hause. Sie kaufte ein. Sie wahrte das kleine bisschen Normalität in seinem Leben, das geblieben war und opferte sich vollkommen dafür auf.

Beatrice hatte auch Bedürfnisse. Es war nur recht und billig, wenn wir mit Ingos Büchlein dem Schicksal trotzten. Heute Nacht würde Ingo nüchtern sein. Heute Nacht würde er sich an seine Liebe erinnern. Mit der Macht der Feder – beziehungsweise des Bleistifts – würde Ingo gezwungen sein, seinen Mann zu stehen. Im wahrsten Sinne des Wortes.

Nun war es Mitternacht und ich saß in meinem Wohnzimmer, betrachtete den Himmel. Die Wolken hatten ihre Schleusen geschlossen und gaben hin und wieder den Mond frei. Verloren im Schattenspiel des Firmaments bemerkte ich nicht, dass ich nicht mehr allein war.

„Interessante Gedankengänge sind das, die du da hast“, sagte eine Stimme hinter mir. Erschrocken fuhr ich herum. Im Halbdunkel des Türrahmens stand ein Mann. Schwarzer Anzug, schwarzes Hemd, weiße Fliege. Er kam mit leeren Händen. „Unbewaffnet“, kommentierte ich, sorgsam darauf bedacht, nicht nervös oder gar ängstlich zu klingen. „Wie beruhigend.“

„Du stehst nicht auf meiner Liste.“ Der Mann glitt zu mir herüber, legte in einer vertraulichen Geste einen Arm auf meine Schulter und gab mir Gelegenheit, sein Antlitz zu studieren. Es zeigte sich knöchern, doch nicht alt; lächelnd, aber nicht herzlich. Er schaute mich nicht an, als er wieder sprach. Die vereinzelten Fußgänger unten auf der Straße schienen sein Interesse zu wecken. „Dein Buch liegt nicht in meinem Regal. Wie hast du das angestellt?“

„Ich habe keinen Schimmer.“ Nun, ich hatte eine vage Ahnung, wo mein Buch sein könnte. Doch meine Vermutungen diesbezüglich wollte ich mit diesem Herrn nicht teilen. Schließlich lag es nicht in meinem Interesse, schlafende Hunde zu wecken. Außerdem bedeutete „glauben“ nicht das gleiche wie „wissen“.

„Wenn ich im Keller suchen würde“, hob mein Gast an, „zwischen den Romanen …“

„Ich weiß nicht, wovon du sprichst“, sagte ich ein wenig zu hastig.

„Natürlich nicht. Leben. Tod. Das sind Themen, die an dir vollkommen vorbeigehen. Nicht wahr?“ Seine Stimme war nicht bedrohlich. Das brauchte sie auch nicht zu sein.

Mir brach der Schweiß aus. Wann hatte ich damit begonnen, mit den Händen zu ringen? Ich ließ sie sinken. „Worauf willst du hinaus?“

„Schriftsteller.“

„Was ist mit ihnen?“

„Mit Schriftstellern kennst du dich aus. Nicht wahr? Ich möchte dich etwas fragen: Glaubst du, dass Schriftsteller so etwas wie Götter sind?“ Er machte eine rhetorische Pause. „Immerhin erschaffen sie ganze Welten. Und sie schaffen Leben. Es ist für mich faszinierend. Wusstest du, dass ich diese kleinen, erfundenen Leben spüren kann? Es ist wie so ein Kribbeln unter der Haut. Juckt manchmal.“

Ich ertappte mich dabei, dass ich mich unwillkürlich am Arm kratzte. Der Buchhalter sprach unbeirrt weiter. „Schriftsteller sind für mich keine Götter. Sie sind in meinen Augen Betrüger. Sie spenden Leben, das sie nicht haben. Ihre Protagonisten erwachen aus dem Nichts, ohne dass sie in das Nichts zurückkehren. Haben ohne Soll.

Aber das ist nicht alles. Nein. Damit ist es nicht genug. Ein Schriftsteller verlängert ebenso das Leben seiner Leser. Er erfüllt ihre Geister mit Erfahrungen und Erinnerungen, die nicht ihre eigenen sind. Früher war das anders. Es gab bei weitem nicht so viele Geschichten. Keine Bücher. Kein Theater. Keine Filme. Lange ist das her. Die einfachen Leute mussten selbst erleben oder sich die wenigen, immer gleichen Geschichten erzählen. Einfache Zeiten waren das.

Heute ist das anders. Die Geschichten geben zu viel. Die Köpfe werden regelrecht überschwemmt mit dem Leben anderer." Er seufzte tief. „Das ist das, was man in diesen Tagen als Kultur bezeichnet. Sie lebt fort, lange nachdem ich die persönlichen kleinen Rechnungen der Leser ausgeglichen habe.

Nun … Alles in allem ist das natürlich kein Problem. Ich bleibe als letzte Gewissheit. Würdest du mir zustimmen, dass sich daran auch in Zukunft nichts ändern sollte?"

Ich antwortete nicht. Was hätte ich auch sagen sollen? Jede Aussage wäre falsch.

„Wo kämen wir hin, wenn wir dem Schicksal ein Schnippchen schlagen würden? Ich meine: Wenn Schriftsteller sich nicht nur an fiktiven Leben vergreifen und die Bilanz verfälschen – wo würde das hinführen? … Es liegt nicht an mir. Ich bin doch kein Unmensch." Er lachte. „Oh! Eigentlich bin ich das schon. Aber das tut nichts zur Sache. Was ich sagen will: Wenn *deine Bea* mir Tage stiehlt, dann werde ich sie mir an anderer Stelle wiederholen. Verstehst du mich? Es ist mir dann egal, wo dein Buch steht. Ich werde es finden."

Seit mein Besucher das Zimmer betreten hatte, hatte sich etwas verändert. Erst jetzt fiel mir auf, was es war. Das Wispern war verstummt.

„Deine Freunde haben viel Macht", sagte der dunkle Mann ruhig. „Doch ich muss sie nicht fürchten. Sie dürfen nur nicht vergessen, dass ich es war, der Beatrice das Buch Ingos gegeben hat." Langsam hob er die Hand, griff nach meinem Hals. Doch er strich nur sanft über die ungeschützte Haut. Trotzdem wagte ich es nicht, mich zu bewegen. Ich spürte einen langen Fingernagel, einer Klinge gleichend, über meine Kehle gleiten.

Das Wispern kehrte zurück, schwoll zu einem Tosen an. Protest und Empörung klang darin mit.

Der Mann legte den Kopf schief, lauschte dem beinahe unverständlichen Kauderwelsch aus geschrienen Worten. Dann ließ er von mir ab und schritt zurück zur Tür. Es wurde augenblicklich wieder still.

Bevor er sich zum Gehen wandte, drehte er sich nochmals um. „Wisst ihr noch“, fragte er in den Raum hinein, „was er ist? Wisst ihr noch, was er einst war? Ist ihm selbst noch bewusst, woher er kommt? Oder hat er seine eigene Vergangenheit – seinen Ursprung – vergessen?“

In diesem Augenblick wusste ich nicht, wovor ich mehr Angst haben sollte: Vor dieser Person oder vor der Tatsache, dass ich keine Ahnung hatte, wovon sie gerade redete.

Er fuhr zu mir herum. „Am Ende der Rechnung wird null herauskommen. Das weißt du. Ich habe dich gewarnt. Dein Pakt mit den Büchern wird dich nicht davor bewahren. Das Leben, das du aus ihnen herausgelesen bekommst, ist nicht dein eigenes. Geliehenes muss man zurückgeben. Diesbezüglich kann man mit mir nicht feilschen. Um es mit deinen Worten zu sagen: Ich werde es dir zu Buche schlagen.“ Mit diesen Worten verließ er endgültig den Raum.

„Was ich einst war?“, fragte ich. „Was meint er damit?“ Doch meine sonst so geschwätzigen Mitstreiter hatten mir gegenüber die Sprache verloren.

Der Ohrensessel fühlte sich gut an. Er gab mir ein Gefühl von Geborgenheit und Vertrautheit. Ich hatte beschlossen, hier unten auf den neuen Tag zu warten. Auf meinem Schoß lag aufgeschlagen ‚De mundi sensibilis atque intelligibilis forma et principiis‘. Doch ich konnte mich auf die ‚Abhandlung über die Erscheinung der Dinge‘ von Immanuel Kant nicht so recht konzentrieren.

Als Beatrice zum ersten Mal in mein Antiquariat kam, hatte ich mich der Erwartung hingegeben, dass dies alles ein großer Spaß werden würde. Meine Bea bei der Hand nehmend, wollte ich das Buchland bereisen und sie dazu bringen, wieder die Bücher zu lieben. Ich wollte ihr das Schreiben ermöglichen, damit sie das Ungeschriebene endlich verfassen konnte. Es wäre so einfach gewesen.

Jetzt saß ich hier und dachte darüber nach, wie viel Fiktion und wie viel Realität mich umgab. Ich konnte diesbezüglich keine klaren Grenzen mehr ziehen.

Es war anmaßend von mir gewesen, die anderen steuern zu wollen. Die unangenehme Wahrheit war, dass ich längst selbst an unsichtbaren Strippen hing. Dass ich in die Verlegenheit kommen würde, mich selbst in Frage zu stellen, wäre mir nie in den Sinn gekommen. Trotzdem stellte ich mir gerade diese existenzielle Frage. Was bin ich? Denn Teile meiner Vergangenheit, die ich bislang nie vermisst hatte, lagen tatsächlich in einem unbestimmbaren Nebel.

„Was bin ich?", flüsterte ich mit wachsender Verzweiflung in die Nacht. „Was bin ich?"

„Der Auktoral", bekam ich die vielstimmige Antwort.

Zögerlich wurde es hell. Meine trübsinnigen Gedanken machten dem Licht des neuen Tages Platz. Ich freute mich auf das Läuten der Türglocke. Es würde mir Beatrice ankündigen. Ich brauchte dringend ein kleines Erfolgserlebnis. Beatrice würde es mir gewiss schenken.

Und genau so war es auch.

Beatrice schloss die Tür auf, lief mir lachend entgegen und als ich aufstand, um sie zu begrüßen, fiel sie mir um den Hals. Ihre Augen leuchteten glückselig und auch der ganze Rest ihres Körpers schien in einer unsichtbaren Aura zu strahlen. Beinahe hätte mich die Eifersucht auf Ingo befallen. Doch die Freude, dass Beatrice mit ihrem ersten Schreibversuch einen Triumph einfahren konnte, überwog.

Als ich Luft holte, um was zu sagen, legte sie mir ihren Zeigefinger auf den Mund. „Sie werden mich nicht danach fragen."

Ich zog überrascht die Augenbrauen hoch und gab mich gespielt ahnungslos. „Wonach?"

„Ich sehe", sagte sie, „dass wir uns verstehen." Tänzelnd trieb es sie zurück in den Laden. Sie legte die Lichtschalter um, schaltete die Kasse ein und summte dabei beschwingt vor sich hin. Dann zog sie die Kladde aus ihrer Tasche, winkte mir lässig damit zu. „Ich denke, dass ich Gefallen daran finde. Ich brauche Ihre Hilfe nicht. Wer konnte ahnen, dass das Schreiben so … inspirierend sein kann."

Die nachfolgenden Tage schienen ihre Kreativität wirklich zu fördern. Beatrice trug die Kladde immer mit sich, radierte und schrieb darin herum, wann immer ihr etwas einfiel. Hin und wieder durfte ich mitlesen. Dabei registrierte ich zufrieden, dass sie handwerklich durchaus hochwertig formulierte. Der Inhalt erwies sich leider als äußerst profan. Doch der Zweck wurde erfüllt. Sie schrieb keine Story mit Dramaturgie, die einem Höhepunkt entgegentrieb. Vielmehr erschuf sie sich einen Traummann, der ihr jeden Wunsch von den Augen ablas, der den Haushalt schmiss und der vor allem nicht mehr trank.

Die aufgezwungene Veränderung in Ingos Leben beeinflusste natürlich auch Beatrice. Ihre Kleidung wurde farbenfroh, ihr Auftreten selbstbewusster. Allein ihr strahlendes Lächeln, das ich schon immer so sehr an ihr zu schätzen wusste, zog nun jeden in den Bann.

Dazu kam der Erfolg in meinem Laden. Die Geschäfte liefen hervorragend und viele meiner neu hinzu gewonnen Stammkunden wollten sich nur von dieser „tollen Mitarbeiterin" bedienen lassen. Niemandem, der mein Buchgeschäft in diesen Tagen betrat, kam hinterher nochmals in den Sinn, Bücher im Internet zu bestellen, denn es war etwas Besonderes, Bücher in meinem Hause zu erwerben.

Das Buchland entfaltete beinahe seine ganze Magie. Es erfasste nicht nur den Laden. Nein. Das ganze Haus erstrahlte in neuem Glanze und auch die angrenzenden Fassaden reinigten sich wie durch Zauberhand von selbst. Dadurch, dass so viele Kunden den Weg wieder in unsere Straße fanden, hatten auch ein Bäcker und ein Metzger Interesse gefunden, hier eine Neueröffnung zu wagen. Es war abzusehen, dass wahrscheinlich andere Geschäfte bald folgen würden. Ich spielte mit dem Gedanken, auch Frank, den Friseur, in München anzurufen. Seine Nummer war bestimmt herauszufinden.

Die Ereignisse rissen mich mit, überholten mich und ließen mich schließlich atemlos zurück. Dennoch war ich glücklich in diesen Tagen und ich verschwendete auf das Sträflichste kaum einen Gedanken an das Damoklesschwert, das über uns hing.

Doch schließlich holte uns die Wirklichkeit ein. Es war an einem Abend Ende November. Beatrice sortierte die Regale neu, während ich die Tageseinnahmen der Kasse entnahm. „Was halten Sie davon, wenn wir uns morgen ein neues Thema für die Schaufensterdeko einfallen lassen?“, fragte ich. „Wir haben viel zu lange keinen richtigen Ausflug mehr in den Keller gemacht.“

„Ich war erst gestern unten, um das Sortiment aufzufüllen.“ Beatrice klang ungewohnt lustlos, beinahe trübsinnig.

„Ja, aber Sie waren doch bestimmt nur vorne. Ich möchte Sie einladen in ein paar Winkel und Nischen zu schauen, die Sie noch nicht kennen.“

„Einladen?“ Ihre Gedanken schwebten ganz eindeutig in anderen Gefilden. Doch plötzlich zog es sie zurück ins Hier und Jetzt. Sie hatte offensichtlich einen Entschluss gefasst. „Einladen!“ Sie drehte sich mir zu und versuchte ein gut gelauntes Gesicht zu machen. Aber ihre Augen verrieten sie. Etwas bereitete ihr Sorgen. „Möchten Sie mich morgen besuchen kommen?“

„Sie besuchen?“

„Ja. Wir … könnten was essen und uns unterhalten.“

Ich dachte unwillkürlich an Ingo und an den Eifer, mit dem Beatrice sein Leben gestaltete. „Störe ich denn nicht? Sie und Ihr Mann haben doch bestimmt Besseres vor. Alte Männer, wie ich, sind nicht besonders gesellig.“

„Nein, nein. Sie stören bestimmt nicht. Ich würde mich freuen.“

Einen dezenten Blumenstrauß in der Hand, stand ich am folgenden Abend vor Beas Wohnungstür. Ingo öffnete. Mit Mühe verbarg ich mein Erstaunen darüber, wie sehr sich dieser Mann verändert hatte. Äußerst gepflegt wirkte er. Die Ringe unter den Augen waren verschwunden, die Wangen nicht mehr hohl. Außerdem schien sich seine Gestalt gestrafft zu haben. Aufrecht und einen Hauch muskulöser, gehüllt in eine leichte Wolke aus Rasierwasser, hätte er für eine griechische Götterstatue Modell stehen können. „Willkommen, Herr Plana“, sagte er galant, trat einladend zur Seite. Mit einer fließenden Bewegung griff er mir dabei in den Kragen und half mir aus dem Mantel. Meinen Stock nahm er auch und brachte beides zum Garderobenhaken. Dann hakte er sich meinen Arm unter und führte mich ins kleine Wohnzimmer. „Sind Sie gut durch den Verkehr gekommen?“

Ich nickte stumm.

„Wie schön. Beatrice ist noch nicht ganz fertig. Sie ist im Bad. Setzen Sie sich doch. Ich gehe noch eben in die Küche, den Aperitif vorbereiten. Mit der Vorspeise bin ich auch noch nicht ganz fertig. Sie entschuldigen mich?“ Alle diese Sätze kamen wohl formuliert und überaus akzentuiert aus ihm herausgesprudelt. Doch ihnen haftete etwas Unbestimmbares, etwas Falsches an. Es klang wie der Vortrag eines Laienschauspielers. Da stand ein kultivierter Mann, attraktiv und gebildet. Aber da stand vermutlich nicht Ingo.

Die Badezimmertür öffnete sich und Beatrice betrat die Bühne. Nervös reichte sie mir die Hand zum Gruße, doch ich erlaubte es mir, sie an mich heranzuziehen und eine Umarmung anzudeuten.

„Schön ist es hier geworden“, sagte ich. Tatsächlich hatte sich in der Wohnung einiges gewandelt. Vor allem war alles sehr sauber. Sauber war eigentlich gar kein Ausdruck. Der Raum schien zu glänzen. Auf den polierten Möbeln standen überall Kerzen. Im frisch gewachsten Laminat konnte man beinahe ein Spiegelbild erahnen. Bilder schmückten die Wände. Von der Decke hingen orientalische Dekotücher, die in den Zimmerecken herunterflossen. Ich schnupperte. „Räucherstäbchen?“

Beatrice lächelte verlegen. „Ein Themenabend.“

„Oh“, machte ich. Mein Blick fiel auf Ingo, der in der Küchenzeile zwei Cocktails anmischte.

„1.5cl Karamelsirup, 2cl Maracujasirup, Orangensaft, Mangalore, etwas Mandelsirup und Amarula“, dozierte er, „Arabian Nights.“

„Alkohol?“

„Keine Bange, nicht für mich. Aber ein kleiner Muntermacher für meine Bea und unseren Gast, das kann nicht schaden.“

Meine Bea. Ein unangenehmes Gefühl erfasste mich und schnürte mir die Kehle zu. Alter Mann, schalt ich mich selbst, Beatrice gehört dir nicht. Misstrauisch nahm ich das Getränk entgegen und prostete Beatrice damit zu.

„Hmm“, machte Beatrice, „lecker.“

Das stimmte. Trotzdem stellte ich das Glas rasch ab. Meine Aufmerksamkeit richtete sich unweigerlich wieder auf Ingo, der einen Teller mit Fladenbrot auf den Tisch vor uns stellte. Dazu platzierte er eine kleine Schüssel mit … mit …

„Was – äh – ist das?“

Ingo verschränkte die Arme hinter dem Rücken, beugte sich leicht vor und begann einen Vortrag: „Babaganoush. Eine Vorspeise. Sie brauchen eine Aubergine, anderthalb Esslöffel Sesampaste, etwas Zitronensaft, bestes Olivenöl, frischen Knoblauch, viel Salz und Pfeffer aus der Mühle. Das Ganze begraben unter Petersilie und einigen gehackten Oliven.“

„Mir war nicht bekannt, dass Sie solch ein passionierter Koch sind“, erwiderte ich höflich. Doch Ingo antwortete nicht. Er verharrte nur in seiner Pose und lächelte vor sich hin. Dieser merkwürdige Augenblick zog sich etwas in die Länge. Von einem Augenblick konnte man schon bald nicht mehr reden. Eine peinliche Lücke entstand, die ich mit einem Scherz zu überbrücken versuchte. „Beatrice? Braucht Ihr Mann neue Batterien?“

Erst jetzt fiel mir auf, dass Beatrice ein kleines Handtäschchen mit sich trug. Sie kramte eilig darin herum und zog die Kladde daraus hervor. „Entschuldigung“, murmelte sie, zog sich zwei Schritte zurück, radierte und schrieb eifrig darin herum.

Ingo setzte sich wieder in Bewegung. „Gegrilltes Hähnchen mit Kichererbsensalat“, sagte er mit monotoner Stimme und trottete zurück in die Küchenzeile. Die zuvor an den Tag gelegte Anmut war von ihm abgefallen.

„Verdammt“, entfuhr es mir, „Beatrice, was passiert hier?“

„Wir sollten zuerst das Essen genießen“, schlug Beatrice vor. „Ingo hat sich mit den ganzen Gängen viel Arbeit gemacht.“

„Wie viele?“

„Was?“

„Wie viele Gänge hat Ihr Mann zubereitet?“

Beatrice setzte sich an den Tisch und bedeutete mir, dass ich den Platz neben ihr nehmen sollte. So konnten wir beide Ingo beim Hantieren zusehen.

„Zehn."

„Zehn Gänge?"

„Magische Orientalische Küche. Das ganze erste Kapitel."

„Sie haben ein Kochbuch abgeschrieben?"

Beatrice nahm sich ein Stück Brot, ignorierte aber das Babaganoush. „Ich musste ziemlich klein schreiben", erklärte sie kauend. „Aber mit spitzer Mine und ruhiger Hand hat alles auf drei Seiten gepasst. Wenn wir gegessen haben, werde ich die Rezepte wieder ausradieren."

Ich hatte noch keinen Bissen im Mund und hatte schon allerhand zu verdauen.

Wir aßen im Großen und Ganzen schweigend und hingen unseren Gedanken nach. In welchen Sphären sich Bea dabei bewegte, vermochte ich nicht zu sagen. Allerdings machte sie dabei keinen glücklichen Eindruck. Mir dämmerte bereits, warum.

Ingo hantierte zwischen Herd und Backofen, Kühlschrank und Arbeitsfläche. Mit jedem Arbeitsschritt zeigte er die Effizienz, aber auch die Seelenlosigkeit, eines Roboters.

„Schmeckt es?" Beatrice' Stimme ließ mich erschrocken zusammenfahren.

„Wie? Oh … Ja, es ist … interessant", sagte ich. Doch ich legte Messer und Gabel am Tellerrand ab, wischte mir mit der Serviette den Mund ab. „Ich denke, es ist genug. Wir sollten einen Verdauungsspaziergang machen."

Mit schweren Gliedern mühte ich mich, aufzustehen. Beatrice sah mich mitfühlend an. „Bevor wir runtergehen, sollten Sie vielleicht noch etwas Literatur zu sich nehmen." Was für eine Wortwahl! Aber sie hatte nicht ganz Unrecht. Meine Schmerzen verboten mir das Treppenhaus.

„Möchten Sie mir etwas vorlesen?"

„Ich habe eine bessere Idee", erklärte Beatrice. Sie legte dabei die Begeisterung eines Kindes an den Tag, das den Lehrer mit einer besonderen Fleißaufgabe beeindrucken möchte. „Neuerdings ist Ingo ein virtuoser Vorleser. Oooder er wird es in wenigen Minuten sein."

Schon zückte sie den Stift, schlug die Kladde auf und schrieb.

„Beatrice", sagte ich, „bitte … Das ist nicht richtig."

„Nicht richtig? Wenn ich die richtigen Worte finde, dann wird er es richtig machen. Gestern habe ich ihn singen lassen. Wussten Sie, dass er das hohe C schafft, wenn ich es ihm andichte? Er kann nähen. Er kann tanzen. Er kann sportlich mit jedem Leistungssportler mithalten."

„Tanzen?"

„Tanzen. Ja. Wir haben hier gestern Abend einen Tango aufs Parkett gelegt. Er führt wunderbar. Ich brauchte fast gar nichts zu tun. Ich schwebte."

Ich musste die Worte auf mich wirken lassen. „Hat es Spaß gemacht?", fragte ich schließlich. Sie antwortete nicht gleich. „Natürlich", sagte sie schließlich halbherzig.

„Warum sitze ich dann hier?"

„Weil wir uns zu dritt einen gemütlichen Abend machen wollen."

Ich deutete mit dem Daumen auf Ingo, der gerade zum wiederholten Male den Abwasch erledigte. Sein Gesicht war weder angestrengt oder emotional in irgendeiner Weise beschäftigt. „Glauben Sie, dass es für ihn gemütlich ist?"

Beatrice biss sich auf die Unterlippe. Dann beschloss sie, mit einer Gegenfrage zu kontern. „Warum mochten Sie nicht, dass Ingo vorliest?"

„Ich bin mir sicher, dass er es kann, wenn Sie es ihm in sein Buch reinschreiben. Ich kann mir allerdings nicht vorstellen, dass er die Worte dabei schmecken kann."

„Schmecken?"

„Erinnern Sie sich noch an unser Einstellungsgespräch?"

„Natürlich."

„Eine Geschichte entfaltet erst ihre Macht, wenn sie beseelt gelesen wird. Seele. Ein wunderbarer Begriff für das Geheimnis des Lebens. Wie soll etwas Seelenloses einem toten Ding aus Papier Leben einhauchen?"

Beatrice protestierte: „Ingo lebt doch!"

„Sein Herz schlägt. Sein Atem geht. Bis zu einem gewissen Grade denkt er vermutlich auch. Aber, liebe Bea, zu leben – dazu gehört mehr. Egal, was sie bislang in dieses Büchlein hineingeschrieben haben: Mit Leben oder gar mit Seele hat es nichts zu tun." Ich trank einen Schluck, suchte dann ihren Blick. „Das wissen Sie. Sonst hätten Sie mich heute

Abend nicht hierher eingeladen. Sie wissen, dass mit Ingo etwas nicht stimmt. Er ist vermutlich genau so, wie Sie ihn immer haben wollten. Und doch ist nichts mehr von dem übrig, was Sie an ihm liebten. Ist es nicht so?“

Ingo räumte unablässig die Küche auf. Wenn er unsere Worte hörte, dann reagierte er nicht darauf. Deutlicher hätte seine Teilnahmslosigkeit nicht bewiesen werden können. „Wissen Sie, was ein Golem ist? Einer jüdischen Legende nach, hat man einer Tonfigur einen beschriebenen Zettel in den Mund gelegt, um ihn zum Leben zu erwecken. Ingo erinnert mich an dieses mittelalterliche Gegenstück eines Roboters. Auch Sie haben ihm Worte in den Kopf gesteckt.“

„Was“, flüsterte Beatrice, „… was mache ich dabei falsch?“

„Ich … bin kein Experte in Bezug auf Lebensbücher.“ Ich hüstelte. „Aber ich kann mir vorstellen, dass Sie einen der kapitalsten Fehler der Schriftstellerei begehen.“

„Der da wäre?“

„Sie werden dem Charakter des Protagonisten nicht gerecht.“ Ich lehnte mich zurück, schlug die Beine übereinander und rieb mir die Stirn. „Ein Roman kann der großartigsten Idee folgen, doch wenn die Darsteller zu Abziehbildern werden, taugt schlussendlich kein einziger Satz. Eine Schritt-für-Schritt-Anleitung für tägliche Abläufe werden Sie in keinem erzählenden Buch finden. Ein Protagonist braucht Platz, um sich zwischen den Zeilen zu entwickeln. Der Leser braucht Freiräume, die er mit Assoziationen und eigenen Empfindungen füllen kann.“

„Der Leser? Ich habe einen Leser?“ Beatrice war ehrlich erstaunt.

Ich zuckte mit den Schultern. „Sollen wir es Schicksal nennen?“

„Das Schicksal liest Lebensbücher? Und der Tod führt darüber Buch?“ Ihre Fragen waren ein Appell an die Logik und an den gesunden Menschenverstand. Mit beidem kam sie aber hier nicht weiter.

„*Ich* habe diese Welt nicht erschaffen. Die Dinge sind für uns, wie sie sind. Ob tatsächlich das personifizierte Schicksal liest, weiß ich nicht. Fakt ist, dass Ingo zwar macht, was Sie wollen, das Ergebnis für Sie dennoch nicht erfüllend ist.“

Beatrice dachte nach. Schließlich sagte sie: „Gut, lassen wir die Frage nach dem Leser unberücksichtigt. Ich muss das Schreiben lernen … das versuchen Sie mir doch gerade zu sagen. Ich brauche Handwerk?“

„Ein wenig. Was Sie viel mehr brauchen, das wäre ein Kuss. Ich denke, dass ich Sie mit Kalliope bekannt machen sollte.“

„Im Buchland?“

„Genau dort.“

Während Ingo das Geschirr wegräumte, die Tischdecke in die Wäsche brachte, den Tisch abwischte und nebenbei vermutlich im Nebenzimmer bügelte, strickte und ihre Lohnsteuererklärung vorbereitete, trug Beatrice „Alice im Wunderland“ vor. Wie immer ließ mich die Story ratlos zurück. Ich mochte dieses Buch nicht. Es ist Weltliteratur, deren Zugang mir auf ewig verschlossen bleiben würde. Trotzdem erfrischte mich Beatrice’ Stimme und nach nur einigen Seiten fühlte ich mich stark genug, den Weg ins Parterre anzutreten. „Sollen wir den Verdauungsspaziergang nicht ausfallen lassen? Ich bin mir sicher, dass uns Kalliope auch schon heute empfangen wird.“

Und so fuhren wir schon kurze Zeit später mit meinem Auto zurück zum Antiquariat, gingen die Treppe in den Keller hinunter und rüsteten uns am Spind mit Faden und Lampen aus.

Unsere Handgriffe waren geübt. Ich kam mir vor, wie ein Feuerwehrmann, der vor seinem Einsatz schweigend seine Werkzeuge anlegt.

Schon schritten wir in das düstere Labyrinth aus Buchregalen. Als wir bereits einige hundert Meter gewandert waren, fragte Beatrice: „Wer ist eigentlich diese Kalliope?“

„Lösen Sie Kreuzworträtsel?“

Beatrice wirkte irritiert. „Ja … Manchmal.“

„Wenn dort nach der Muse der erzählenden Dichtkunst oder nach einer Tochter des Zeus gefragt wird, dann sollten Sie den Begriff Kalliope mal ausprobieren“, sagte ich schmunzelnd.

„*Die* Kalliope?“

Ich erlaubte mir ein saloppes „Jap.“

Diese neue Information musste erst einmal verarbeitet werden. Als Beatrice sich wieder gesammelt hatte, fragte sie ganz pragmatisch: „Wo finden wir sie?“

„Ziemlich weit hinten. Und ziemlich weit oben.“ Der Weg war tatsächlich weit. Mit meinen morschen Knochen war die Distanz kaum zu bewältigen. Ich fragte mich … „Vielleicht können wir unseren Weg etwas beschleunigen.“

„Wie?“

„Mit dem Zauber der Poesie.“

„Poesie?“

Flüchtig las ich die Schriften auf den Buchrücken in den Bücherregalen. Und ich wäre wohl kein Auktoral, wenn ich nicht binnen weniger Minuten genau das richtige Buch gefunden hätte. „Na bitte! Friedrich Schiller.“ Ich schlug die Lektüre auf, ließ die Seiten an meinem Daumen entlang gleiten, bis ich die Stelle fand, die ich benötigte. „Lesen Sie's. Ab hier.“

Beatrice nahm das Buch und trug mit kräftiger Stimme vor.

„Auf einen Pferdemarkt – vielleicht zu Haymarket,
Wo andre Dinge noch in Ware sich verwandeln,
Bracht einst ein hungriger Poet
Der Musen Roß, es zu verhandeln.
Hell wieherte der Hippogryph
Und bäumte sich in prächtiger Parade;
Erstaunt blieb jeder stehn und rief:
‚Das edle, königliche Tier! Nur schade, …
Daß seinen schlanken Wuchs ein häßlich Flügelpaar
Entstellt! Den schönsten Postzug würd es zieren.
Die Rasse, sagen sie, sei rar,
Doch wer wird durch die Luft kutschieren?“

Irgendwo erklang das Rauschen von mächtigen Flügeln. Die ganze Magie des Buchlands schwang darin mit.

„Das dürfte reichen“, sagte ich und nahm Beatrice das Buch aus den Händen, stellte es zurück an seinen Platz. „Sind Sie schwindelfrei?“

Rechts von uns klapperten plötzlich Hufe. Vielleicht zwei oder drei Gänge entfernt schnaubte ein Pferd.

„Pegasos“, erklärte ich, „ist das geflügelte Roß der Musen. Es trägt die Dichter. Und hoffentlich auch uns.“

„Kann uns Mythologie tragen?“ Beatrice erwies sich abermals als erstaunlich skeptisch. In diesem Moment erstrahlte alles in gleißendem Weiß. Kaltes Licht umgab uns. Geblendet kniffen wir die Augen zusammen.

„In der Mythologie der alten Griechen liegen viele Wurzeln unserer Literatur. Im Buchland gibt es somit nur weniges, das mächtiger ist“, flüsterte ich.

Das Leuchten ließ nach und die Konturen eines geflügelten Pferdes formten sich darin. In einer zutiefst ehrlichen Geste der Demut verneigte ich mich vor dem Tier. Beatrice tat es mir nach.

Pegasos legte die Flügel an, drehte sich so, dass wir seine makellosen Flanken sehen konnten. Es bot sich ein wunderbarer Anblick. Selten habe ich ein Wesen erblickt, das so viel Anmut, solch eine Eleganz ausstrahlte.

„Ich bin kein Dichter“, sprach ich behutsam. „Ich bin in keinster Weise würdig von deinen Schwingen getragen zu werden. Trotzdem möchte ich dich um deine Dienste ersuchen.“

Pegasos näherte sich uns langsam. Als er mich erreicht hatte, drückte er mich beinahe grob mit seinem Kopf zur Seite. Dann wand er sich Beatrice zu und stupste sie vorsichtig an der Stirn an. Es war ein magischer Augenblick, den ich nicht annähernd zu beschreiben vermochte.

„Ich … ich …“, stammelte Beatrice, „ich glaube, er mag mich.“ Als das Ross sein Haupt behutsam an ihrer Brust rieb und sie ihm daraufhin mit den Händen durch die strahlende Mähne fuhr, sagte ich: „Das trifft es nicht ganz.“

Die Welt schien den Atem anzuhalten, als Pegasos die Flügel wie ein Schwan anhob und die Vorderläufe leicht einknicken ließ. Beatrice tauchte unter dem Gefieder hindurch und konnte ohne große Mühe auf den Rücken des Tieres hinaufklettern. Pegasos richtete sich wieder auf und Beatrice thronte zwischen den Schwingen mit einer Selbstverständlichkeit, als gehöre sie schon immer dorthin.

„Jetzt muss nur noch ich irgendwie …“ Klang da ein Hauch von Verzweiflung in meiner Stimme mit? Irgendwie kam ich mir gerade wie das fünfte Rad am Wagen vor. Doch Pegasos wartete auf mich. Ein ungeduldiges Schnauben ließ keinen Zweifel aufkommen, dass das Pferd nicht ewig hier verweilen wollte – aber es wartete.

Allerdings machte es keine Anstalten, mir mit einem Knicks das Aufsteigen zu erleichtern. Wie sollte ich bloß mit meinem desolaten Körper meinen Platz hinter Beatrice einnehmen? Weder mit einem Steigbügel noch mit einer Treppe durfte ich hier zwischen all den Regalen rechnen. Das einzige, was es hier unten in rauhen Mengen gab, das waren Bücher.

Nur Bücher …

Bücher?

Hastig riss ich mehrere Dutzend Bücher aus den Regalen, errichtete mit ihnen drei verschieden hohe Stapel und nutzte sie als Stiege. Beatrice reichte mir die Hand und zog mich hinauf. Froh darüber, dass ich hier unten kein Publikum hatte, landete ich wenig elegant hinter meiner Begleiterin.

Pegasos ließ mir keine Zeit mich fest und bequem hinzusetzen. Schon hob er die Flügel, stieß sich kraftvoll vom Boden ab und schaffte es alsdann sich in die Lüfte emporzuheben, ohne die eng beieinanderstehenden Regale links und rechts auch nur mit einer Feder zu streifen.

Während Beatrice vor mir aufrecht und entgegen aller physikalischen Gesetze sicher saß, mühte ich mich verzweifelt, Halt zu finden. Im Geiste sprach ich so manches Stoßgebet.

„Ich hoffe, dass unser Freund weiß, wohin wir möchten“, rief Beatrice gegen das Tosen des Windes.

„Daran habe ich keinen Zweifel“, gab ich zurück. „Die nicht vorhandenen Zügel können wir getrost loslassen!“

Ja, dachte ich bei mir, die Führung habe ich leider mal wieder aus den Händen gegeben …

Der Kuss der Muse

Die Aussicht, die sich uns vom Rücken des geflügelten Pferdes aus bot, war selbst mir vollkommen neu. Zwischen dem Deckengewölbe und dem Bücherlabyrinth waren in diesem Teil des Kellers gut zehn Meter Raum. Säulen ragten an verschiedenen Stellen empor, trugen die Last des Steins und die Last der Jahrhunderte. In atemberaubenden Manövern glitt Pegasos mit ausgebreiteten Schwingen dazwischen hin und her. Sein leuchtendes Fell tauchte die Welt aus Papier und Holz in ein eigentümliches blaues Licht und gab uns die Gelegenheit, weite Teile des Kellers zu überblicken.

Bald schon erreichten wir Gefilde, die selbst ich nur äußerst selten, oder auch gar nicht, auf meinen weiten Wanderungen durch das Buchland zu Gesicht bekommen hatte.

Plötzlich legte sich das Tier in eine scharfe Rechtskurve und hielt direkt auf die in Fels geschlagene Wand zu. Beatrice und auch mir entfuhr ein erschrockener Schrei. Doch bevor wir am Stein zerschellten, ließ Pegasos sich mit eng angelegten Flügeln fallen, tauchte mit uns hinab in eine fast unsichtbare Öffnung in der Wand. Im nächsten Augenblick waren wir im Freien, spürten die Wärme des Sonnenlichts in unseren Gesichtern.

Pegasos landete auf grauem, staubigem Boden und knickte unmissverständlich wieder die Vorderläufe ein. Rasch glitten wir von dem Pferderücken herunter. Während wir uns noch zu orientieren versuchten, hob Pegasos bereits wieder ab und verschwand schon bald am fernen Horizont.

„Ist das die Akropolis?“ Beatrice deutete auf die Bergkuppe vor uns. Marmorne Säulen ragten von dort aus in den Himmel, trugen ein Palastgebäude.

„Zumindest nicht die in Athen“, wagte ich eine erste Einschätzung. Wir standen auf einem Felsplateau. Um uns herum war eine wild zerklüftete Berglandschaft. Im Stein hinter uns war ein schmaler Durchlass, in dem ich einige Bücherregale des Kellers erahnen konnte. Eine eigenwillige Perspektive. „Schon mal was vom Olymp gehört?“

„Olymp?“

„Der Götterberg. Die Musen sind die Töchter des Zeus. Kalliope wohnt hier bei ihrem Vater, wenn ihr Mann auf Geschäftsreise ist.“

„Ihr Mann?“

„Apollon. Er wird wohl gerade die ersten Vorbereitungen für den Frühling treffen. Keine Ahnung, was man als griechische Gottheit in unseren Zeiten noch so zu tun hat.“ Endlich konnte ich wieder die Führung übernehmen. Hoffte ich.

Beatrice schaltete ihr Erstaunen ab und wurde wieder ganz pragmatisch. „Müssen wir da hoch?“

„Ich glaube nicht, dass dies ratsam wäre. Der Club dort oben ist doch recht exklusiv. Aber vielleicht hat Pegasos unser Kommen angekündigt.“

Ich setzte mich auf einen großen Stein und bedeutete Beatrice, neben mir Platz zu nehmen.

„Waren Sie schon mal hier?“, fragte Beatrice.

„Oh, das ist lange her. Ich kann mich kaum noch daran erinnern.“ Das war wirklich so. Jetzt, wo ich versuchte mir diesen Besuch nochmals konkret ins Gedächtnis zu rufen, wusste ich weder den Anlass noch den Zeitpunkt. War es möglich, dass ich ein solch denkwürdiges Geschehnis einfach so vergessen konnte? In mir schlummerte die Erinnerung an diesen Ort, blass und fade. Wenn ich mich hier umschaute, war es mir, als würde ich alles wiedererkennen. Aber die Reminiszenzen waren vage wie ein Déjà-vu.

Verunsichert wechselte ich das Thema. „Ich denke, dass Kalliope gleich zu uns kommen wird. Vielleicht bringt sie Ihren Dämon mit.“

„Meinen Dämon? Was denn für einen Dämon?“

„Aus heutiger Sicht ist das kaum zu erklären. Die Künstler unserer Zeit sind zu eitel, als dass sie bereit wären, einen Teil an ihre Genien abzugeben. In der Antike war dies anders. Man sprach davon, dass man ein Daimonium habe, das einem die Ideen einflüstere. Das war recht praktisch. Wurde etwas verbockt, dann war auch der Dämon schuld.“ Ich ließ meine Augenbrauen ironisch zucken. Beatrice quittierte dies mit einem kleinen Lachen, das ich dankbar annahm. „Das Daimonium lässt sich am leichtesten als kreatives Ich, als Gewissen oder auch Seele in unsere Zeit übertragen."

Beatrice fragte: „Wie sieht denn so ein Daimonium aus?"

Ich zuckte mit den Schultern. „Keine Ahnung. Sokrates hat es damals ziemlich bildhaft beschrieben. Aber gesehen hat es bei ihm niemand. Weil er selbst es im wahrsten Sinne des Wortes anpries, nahmen ihm das einige seiner Mitmenschen besonders übel."

„Ich würde meinen Dämon gerne mal kennenlernen", flüsterte Beatrice an sich selbst gewandt. „Kalliope bringt ihn mit?"

Wir zuckten beide zusammen, als hinter uns plötzlich eine leise, kiksende Stimme sprach. „Sie braucht mich nicht mitzubringen. Bin immer bei dir."

Auf Beatrice' Schulter hockte ein kleines und überaus nacktes Kerlchen. Sein Äußeres ließ sehr zu wünschen übrig. Kurze Beine, ein kugelrunder Bauch und ein fast gleichgroßer Kopf, der geziert mit Ohren, die den Flügeln von Fledermäusen glichen auf einem viel zu dünnen Hals wackelte.

„Bin ein kümmerlicher Anblick", feixte das Wesen mich an. Ein kleiner Rülpser entfuhr ihm. Er lächelte entschuldigend und entblößte dabei eine Reihe spitzer Reißzähne. „Is' nich' meine Schuld. So sieht man halt aus, wenn man so lang unterdrückt wird." Dabei warf er Beatrice einen vorwurfsvollen Blick zu. „Aber das ändert sich gleich. Da kommt Kalliope." Er deutete den Berg hinauf. Vor der Akropolis formte sich das leuchtende Gegenstück eines Schattens, der uns durch die Luft schwebend entgegenglitt.

Der Dämon lachte wie ein Schuljunge, der gleich seine Mitschüler beim Direktor verpetzen wollte. Doch als Kalliope den Boden vor uns erreichte, kroch der Dämon an Beatrice herunter und versteckte sich feige hinter dem Stein, auf dem wir saßen.

Ihre Göttlichkeit Kalliope stand nun vor uns. Eine hochgewachsene und – wie soll ich sagen? – angenehm beleibte Frau stand dort. Gewandet in ein beinahe transparentes Tuch, das lose über die rechte Schulter hing, eine Brust und ihre Blöße bedeckend bis zum Boden an ihrer makellosen Haut hinunter floß.

Ihre schwarzen Haare, die fast ebenso lang waren, wehten in einem für uns nicht spürbaren Wind, als sie uns die wenigen verbleibenden Schritte entgegenkam.

Kalliope reichte zunächst mir die Hand. Dabei lag ein seltsamer Ausdruck in ihren Augen. Er ließ sich am besten mit „wohlwollendem Mitleid“ beschreiben. Als sie sanft zu sprechen begann, lag ein leises Echo in jeder Silbe: „Dir kann ich leider keine Inspirationen schenken. Dein ganzes Selbst ist angefüllt mit geborgten Ideen. Es ist gut, dass die Bücher deine Freunde sind. Bewahre dir ihre gute Gesinnung.“

Ich schluckte, bemüht den Kloß im Hals loszuwerden. Krampfhaft suchte ich nach Worten, wollte etwas erwidern. Doch mein Geist war wie leergefegt.

Dann drehte Kalliope sich schon zu Bea, ergriff feierlich beide Hände. „In dir schlummert so viel Schmerz. In dir schlummert so viel Liebe. Eingeschlossen in einem starken Herz, das bis zum Bersten gefüllt ist. Lass es heraus. Nichts davon wird verloren gehen, wenn du es auf Papier bannst.“

Ich rief mir diesen ersten Vormittag in Beas Wohnung ins Gedächtnis zurück: Das Foto ihrer Eltern, ihr alkoholkranker Mann, die im Keller verwahrte Babygarnitur. Kalliope nickte mir zu.

„Das ist die Geschichte, die in ihr schlummert.“

„Ich werde kein Buch schreiben“, protestierte Beatrice kraftlos. Ihre Stimme klang matt und verloren, als wäre sie in Trance.

„Diese Wahl hast du nicht. Du wirst schreiben. Deiner Gabe kannst du nicht entfliehen.“

„Ich kann doch nicht über mich selbst schreiben.“

„Dann verfremde! Schreibe deine Geschichte. Aber schreibe nicht über dich. Lade deine Gefühle auf das Papier. Alles, was schwer ist, dich belastet … Papier ist stark. Es kann viel tragen.“

Kalliope beugte sich vor, hauchte Beatrice zärtlich ins Ohr, küsste ihren Hals.

Der Dämon kam aus seinem Versteck hervor, schaute Kalliope misstrauisch an. Doch sie sagte zu ihm: „Hab keine Angst mehr.“

Und der Dämon veränderte sich. Es war, als würde ein neues Wesen durch seine Poren gelangen, ihn von innen heraus eine andere Gestalt durchdringen. Seine Haut bekam die Farbe von weißem Marmor, seine Augen verloren alle Feindseligkeit. Sie glänzten nun blau. Sein Körper streckte sich, sein Kopf bekam angenehmere Proportionen.

Bevor ich aber sein Äußeres genauer betrachten konnte, löste er sich in weißen Dunst auf. Der Dunst trieb hinauf in Beas Gesicht, die ohne es zu merken ihr Daimonium einatmete.

Kalliope nahm Beatrice' Gesicht in die Hände, strich mit dem Daumen über die Unterlippe. „Hab keine Angst mehr."

Beatrice schloss die Augen. Kalliope schloss die Augen. Ihre kaum geöffneten Lippen berührten sich. Die Zeit blieb stehen.

Ich kam mir seltsam körperlos vor. Kann man sich selbst vergessen? Dort waren nur noch diese beiden Frauen. Und ich. Körperlos. Vom Geist befreites Betrachten eines unglaublichen Augenblicks.

Nichts weiter geschah.

Bis sich ihre Lippen wieder voneinander lösten.

Ein Augenblinzeln später – und wir waren allein auf dem Plateau. Nichts zeugte noch davon, dass wir solch hohen Besuch bekommen hatten.

„Wir sollten uns auf den Rückweg machen. Ohne Pegasos Hilfe dürfte es ein langer Marsch werden." Ich ging durch den Riss im Fels, den Büchern entgegen. Beatrice war still und in sich gekehrt, überließ mir die Führung und folgte mir in einem Abstand von zwei Metern.

Sie brauchte Zeit. Ich gab sie ihr.

Verdammt! Ich selbst brauchte auch Zeit. Immerhin hatte mir Kalliope mitgeteilt, dass ich durch sie nicht inspiriert werden könne. Wie sollte ich das deuten?

Keine Ahnung, wie lange wir schweigend durch die mir so vertraute und doch so fremde literarische Welt schritten. Es musste längst tiefste Nacht sein. Meine Glieder waren steif und schwer. Aber wenn wir nicht zwischen den Regalen schlafen wollten, blieb mir nichts anderes übrig, als mich weiterzuschleppen. Im Vorbeigehen las ich die Buchtitel, um mich zu orientieren.

Irgendwann sagte ich „Zhang Yiping."

Beatrice schreckte aus ihren Gedanken hoch. „Was?"

„Zhang Yiping. Wir haben die chinesischen Schriftsteller erreicht. Hier stehen die Bücher, die nach der Kulturrevolution verfasst wurden."

Beatrice schaute sich kurz um. „Was bedeutet das für uns?"

„Das bedeutet", seufzte ich schwer, „dass unser Fußmarsch noch ungefähr zwei Stunden dauern wird."

„Über Musenpferde haben die Chinesen wahrscheinlich nicht geschrieben."

„Eher über Drachen. Als Reittier dürften sie eher ungeeignet sein. Da möchte ich lieber keine Experimente wagen."

Also trotteten wir weiter. Und um mich ein wenig von meinen Schmerzen abzulenken, versuchte ich mehrmals Beatrice ein Gespräch aufzuzwingen. Meine Bemühungen blieben erfolglos. Sie war zu sehr mit sich selbst beschäftigt. Ich gab es schließlich auf und war umso überraschter, als sie irgendwann von selbst zu reden begann.

„Mich hat die Tochter eines Gottes geküsst."

Ja, das konnte einen tatsächlich zum Grübeln bringen. „Das können nicht viele Menschen von sich behaupten", stellte ich fest. „Schlimm?"

Beatrice schüttelte nachdenklich den Kopf. „Nein. Schlimm ist das nicht. Wenn man davon absieht, dass ich katholisch erzogen wurde und mich selbst als modern und aufgeklärt betrachte. Was …"

„Ja?"

„Was ist mit dem Urknall?"

„Was soll mit ihm sein?"

Beatrice kaute auf ihrer Unterlippe. „Die Dinge sind für mich nicht mehr so, wie sie sein sollten. Ich meine … Der Götterfels! Das ist Teil einer vergangenen Religion. Wir leben im Zeitalter der Wissenschaft."

„Wissenschaft ist auch nur eine Religion. Man kann an sie glauben. Denn sie beantwortet viele Fragen unserer Zeit. Die Existenz der antiken Götter hat auch viele Fragen jener Zeiten beantwortet."

„Wissenschaftler können ihre Theorien aber belegen", wandte Beatrice ein.

Ich nickte zustimmend. „Ja. Ebenso wie die Katholiken, Juden, Muselmanen in den Jahrhunderten zuvor, suchen nun Wissenschaftler und Mathematiker nach Beweisen für ihre Theorien. Sehr erfolgreich, das muss ich zugeben.

Aber wenn die Jünger der Wissenschaft an alle ihre Ergebnisse glauben, … dann ist es eben genau das: eine Glaubenssache."

„Eine sehr philosophische Einstellung", stellte Beatrice fest.

„Oh! Philosophie", frohlockte ich. „Die einzige Religion, die nie die absoluten Antworten zu geben wusste, aber immer die richtigen Fragen gestellt hat."

Einige Schritte später blieb Beatrice stehen. In ihrem Gesicht arbeitete es angestrengt. „Kalliope ist real. Ich habe sie berührt. Ihre Existenz ist für mich somit bewiesen."

„Natürlich", erklärte ich. „In den Büchern dieser Welt sind alle Religionen, alle Wissenschaften und alle Philosophien zu finden. Niedergeschrieben und festgehalten für die Ewigkeit. Zwischen den Buchdeckeln sind sie real. Warum also, liebe Beatrice, sollten Sie denn im Buchland nicht auch die antiken Götter finden?"

„Haben sie Macht?"

„Sie wurden geküsst. Sagen Sie es mir."

„Mir rast der Kopf", sagte Beatrice. „Ich … ich habe Ideen."

„Dann haben sie Macht. Nicht wahr?"

Die hohe Kunst des Weglassens

Endlich erreichten wir den Ausgangspunkt unserer Flugreise mit Pegasos. Auf dem Boden verstreut lagen die Bücher, die mir als Aufsteighilfe gedient hatten. Ich hob sie vorsichtig auf, murmelte eine leise Entschuldigung und schob sie dann zurück an ihre Plätze in den Regalen.

Beatrice half mir dabei. Sie wirkte immer noch etwas entrückt. Ich konnte es ihr nicht verübeln.

„Was meinte Kalliope damit“, fragte sie unvermittelt, „dass ich verfremden solle?“

„In Ihnen, liebe Beatrice, steckt eine Geschichte, die geschrieben werden muss. Das wissen Sie, das weiß ich. Alle Bücher um uns herum wissen dies. Und auch Kalliope hat es gespürt.

Ich weiß nicht, wovon die Geschichte handeln wird. Aber ein großer Teil von dem, was Ihre Persönlichkeit ausmacht, wird in diese Geschichte einfließen. Sie können sich noch so sehr davor sträuben; Sie werden über sich selbst schreiben … Das ist nicht leicht.“

Auf dem Boden lag der Faden, der uns von hier aus sicher zurückgeleiten würde. Ich nahm ihn wieder auf.

„Verfremden macht es für den Schriftsteller leichter über sich selbst zu erzählen. Ihre Geschichte muss nicht von Beatrice Liber erzählen. Sie muss nicht von einer Buchhändlerin erzählen, die keine Zeit hatte ihre Trauer hinter sich zu lassen, weil sie sich um ihren ständig betrunkenen Mann kümmern musste …“

„Das reicht“, unterbrach mich Beatrice. Zorn brandete mir entgegen. „Das geht Sie nichts an.“

„Nein“, bestätigte ich. „Mich geht das wirklich nichts an. Das geht die Buchhändlerin Frau Liber etwas an. Und wenn eine Schriftstellerin über Frau Liber schreiben möchte, muss sie nicht mal den Namen von Frau Liber erwähnen. Sie muss nichts von Alkohol oder einem toten Kind berichten. Nur ihre Gefühle und Erfahrungen muss sie einbringen.“

Noch bevor ich meinen letzten Satz gesprochen hatte, klatschte es. Meine Wange brannte. Ich hatte es vermutlich verdient. Doch wenigstens war es ausgesprochen worden. Wenngleich ich mich dabei nicht besonders geschickt angestellt hatte.

„Ich wollte Ihnen erklären, was Kalliope gesagt hat", rechtfertigte ich mich. Doch meine Bea hatte mir bereits den Rücken zugekehrt und den Weg fortgesetzt. Weinte sie?

Also weiter. Dem Ausgang entgegen. Wo hatte ich nur meinen Stock gelassen? Und wieso kam der Schmerz so plötzlich wieder? Meine Schritte wurden mehr und mehr zu einem Hinken. Aber ich versuchte erst gar nicht, Beatrice zu einer kleinen Lesepause zu bewegen.

Als uns das Buchland endlich wieder ausspuckte und wir mein Antiquariat wieder betraten, schien der Mond kühl durch das Fenster. Keuchend und mit verzerrtem Gesicht, ließ ich mich in meinen Sessel fallen. Mit geschlossenen Augen erwartete ich, dass sich gleich mit einem wütenden Scheppern die Ladentür hinter Beatrice schließen würde.

Ich befand mich im Irrtum. Sie hatte wieder einen ihrer sagenhaften Stimmungswechsel hinbekommen. „Herr Plana?", sagte sie in einem bemüht neutralen Tonfall, „Haben Sie eine Schreibmaschine für mich?"

„Eine Schreibmaschine?"

„Ich habe doch gesagt, dass ich Ideen habe. Wenn ich noch lange mit dem Schreiben warten muss, wird mir wohl der Schädel platzen."

Um mich herum setzte das Wispern ein. Leise und dennoch tosend brandeten Abertausende von Worten auf mich ein. Aufgeregt. Erwartungsvoll. Drängend.

„Was ist das?" Beatrice legte den Kopf schief. Sie lauschte. Also hörte sie es inzwischen auch! Vielleicht nicht so deutlich wie ich. Aber sie hörte es. Ist es möglich, dass in ihr auch das Stückchen eines Auktorals lag?

Für den Moment war es egal. Es galt den Zauber des Augenblicks einzufangen. Ich rappelte mich auf, eilte so schnell es mir möglich war, zu dem Maschinentelegraphen. Noch bevor ich den Schalter überhaupt berühren konnte, stellte er sich wie von Geisterhand selbst in die Position „iNet“. Schon öffnete sich der Boden und meine Internetmaschine entfaltete sich. Da war kaum ein Klappern, kein Rattern oder Ächzen. Die Apparatur hob sich aus ihrer Versenkung, als hätte sie es besonders eilig.

Bildschirm und Tastatur, mehr brauchte es jetzt gar nicht. Doch die Maschine wollte heute mehr sein. Neben all den mir bereits bekannten Utensilien, Peripherien und Antrieben, fuhren immer mehr Bauteile empor. Ich erkannte allein vier verschiedene Druckwalzen, zahlreiche Matrix- und Typendruckräder, eine Thermotransfer-Presse, einen Roboterarm mit eingespanntem Pinsel und einen Bleistifthalter inklusive automatischem Spitzer.

Neben der Schreibmaschinentastatur entdeckte ich eine Käseglocke, die ich auch als neu einstufte. Als ich den Deckel hob, entdeckte ich eine kleine weiße Maus, die zufrieden an einem Stück Gouda nagte. Ihr rosafarbenes Schwänzchen war auf unbestimmbare Weise mit der Maschine verbunden, was das Tier jedoch nicht im Geringsten zu stören schien.

Beatrice nahm das alles nicht wahr. Sie blendete wieder alles aus, was für sie nicht wichtig war. Dort waren eine Tastatur und ein Monitor, hier waren ihr übervoller Kopf und ihre Hände. Sie zog meinen Stuhl heran, setzte sich und begann endlich zu schreiben.

Eine Weile schaute ich Beatrice zu. Ihre Finger tanzten geradezu über die Tasten. Ohne, dass ich den Sinn des Geschriebenen mit meinem Geist erfasste, genoss ich die Tatsache, dass hier Gedanken aus dem Nichts eine Gestalt bekamen. Es wirkte geradezu hypnotisch auf mich.

Doch schließlich riss ich mich von dem Anblick los. Meine Taschenuhr verriet mir, dass der Morgen begonnen hatte. Wir hatten tatsächlich die Nacht durchgemacht. Flüchtig dachte ich aufgrund dieser Tatsache an Ingo. Ob er das Ausbleiben seiner Frau bemerkt hatte? Oder stand er seit getaner Arbeit abwartend neben dem Herd?

Ich legte diese Fragen beiseite. In zwei Stunden musste ich den Laden wieder aufmachen. Vielleicht sollte ich mich vorher etwas frisch machen. Ein Kaffee würde gewiss auch nicht schaden.

„Haben Sie etwas dagegen, wenn ich Sie kurz allein lasse?“

Als Antwort erhielt ich von Beatrice ein unartikuliertes Grunzen.

„Vermutlich nicht", deutete ich und erklomm alsdann die Treppe in das obere Stockwerk.

„Ich habe doch auch keine Ahnung, wovon sie schreibt!" Meine Worte wurden von dem Papier in meinem Wohnzimmer geradezu geschluckt. Die Bücher, die die Wände zierten, verharrten reglos und stumm, so wie sie es für gewöhnlich immer taten. Und dennoch wirkten sie auf unbestimmbare Weise unruhig, unstet, ungeduldig. Das Flüstern in meinen Ohren geriet zu einem Wortbrei; trotzdem verstand ich.

„Seht es als positives Zeichen an. Sie schreibt jetzt seit vierzehn Stunden ohne Unterlass. Weder gegessen noch getrunken hat sie. Und ... eine Notdurft hat sie auch noch nicht verrichtet. Es muss ihr also wichtig sein, was sie dort schreibt. Den Laden hab ich ganz allein geschmissen. Es war wieder richtig viel zu ..."

Ich lauschte.

„Seid ihr euch sicher?"

Das waren keine guten Neuigkeiten.

So schnell es mir möglich war, eilte ich nach unten. Schon auf der obersten Stufe hörte ich das Surren des Druckers. Ein großer Stapel Blätter lag im Ausgabefach. Das Manuskript war also zu einem Ende geführt und wurde von der Apparatur gedruckt. Noch war nichts verloren!

„Sie sind fertig?" Beatrice saß noch immer auf dem Stuhl. Mit müden, geröteten Augen las sie die Buchstaben auf dem Monitor.

„Ich habe verfremdet", erklärte sie. Es klang matt. Es klang unzufrieden. Es klang vorwurfsvoll. „Alles rausgelassen habe ich. Das wollte Kalliope doch."

Vorsichtig nickte ich. Mir war, als wäre ich ein Wanderer, den es versehentlich auf die viel zu dünne Eisfläche eines zugeschneiten Sees verschlagen hatte. Jede Bewegung konnte falsch sein. „Es ist leichter über sich zu schreiben, wenn man sich dabei niemandem offenbart."

„Ich habe von einem Mann geschrieben."

„Ein guter Schritt."

„Er heißt Frank.“

„Ein allgemein üblicher Name“, stellte ich fest.

„Er ist auch kein Buchhändler. Ein anderer Beruf. Und andere Probleme. Sein Kind ist nicht gestorben. Ich dachte mir, dass es ähnlich schmerzen muss, wenn man jemanden verliert, den man von Herzen zu lieben gelernt hat.“

Eine leise Ahnung beschlich mich, pflanzte mir einen unangenehmen Kloß in den Hals. Konnte das sein?

Beatrice sprach leise weiter. „Er hat alles verloren. Seine Arbeit, sein Haus, seine Familie. Zum Schluss gibt er auf und versucht einen Neuanfang in einer anderen Stadt.“

Sollte ich tatsächlich fragen, ob dieser Protagonist Haare schneidet? Sie hatte Frank nie kennengelernt und ich hatte es auch nie für nötig gehalten, ihr von meinem Nachbarn zu erzählen.

„Was geht hier vor?“ Meine Frage war nicht an Beatrice gerichtet.

„Ich habe gerade das erste Kapitel, von dem, was ich geschrieben habe, durchgelesen … es ist Schrott.“

„Ist das nicht ein bisschen hart?“, wollte ich wissen. Betont gleichgültig näherte ich mich dem Fach, in dem sich die Ausdrucke stapelten. Dabei streckte ich die Hand aus, in der Hoffnung, dass ich mir das Skript nehmen konnte. Beatrice war schneller. Sie nahm es und hielt es sich hinter ihren Rücken, um es vor mir zu verbergen.

„Es ist Schrott. Ich … wollte mich darin einbringen. Aber ich erkenne mich darin nicht wieder. Darin liegt keine …“ Sie scheute sich davor, es auszusprechen. „… Seele.“ Sie ging zum Maschinentelegraphen, drückte den Hebel. „Wenn ich jetzt in den Keller gehe, werden dort die Leseratten und die Würmer auf mich warten?“

Ich war gewarnt. „Bitte, vernichten Sie diesen Erstling nicht. Sie würden es später bereuen“, flehte ich. „Lassen Sie es mich wenigstens erst lesen. Sie sind vollkommen übermüdet. In Ihrem Zustand sollte man keine Entscheidungen treffen, die man nicht mehr rückgängig machen kann.“ Gerade schloss sich das Parkett. In wenigen Sekunden würde der Weg in den Keller frei sein. Und ich konnte in Beas Augen lesen, dass sie immer noch die Absicht hatte, das Buch über Frank zu vernichten.

Neben der Sorge, dass Beatrice im Begriff war, etwas Kostbares zu zerstören, beschlich mich auch die Angst um Frank. Wenn seine Geschichte wirklich auf diesen Seiten niedergeschrieben war und wenn die Ratten … Eigentlich war dieser Gedankengang ein Ding der Unmöglichkeit. Doch das Buchland war in den letzten Tagen um so vieles mächtiger geworden. Konnte es sein, dass die Grenzen zwischen Wirklichkeit und Fiktion tatsächlich soweit verwischen? Würde ein Friseur in München einfach aufhören zu existieren, wenn Ungeziefer seine Geschichte in meinem Keller auffraß?

Noch eine andere Frage drängte sich mir auf. Existierte die Geschichte, weil Frank existierte oder war es genau umgekehrt? An einen Zufall mochte ich in diesem Fall einfach nicht glauben.

„Bitte", wiederholte ich beinahe wimmernd, „lassen Sie es mich lesen."

Beatrice legte ihre Hand auf die Türklinke.

„Schlafen Sie erst mal drüber …"

Langsam drückte sie die Klinke herunter. Verzweifelt suchte ich nach den rechten Worten, um sie von ihrem Vorhaben abzubringen.

„Denken Sie an Ingo."

Sie hielt inne.

„Er wartet zu Hause auf Sie. Seit vorgestern haben Sie sich nicht mehr um ihn gekümmert."

Beatrice ließ die Klinke los.

„Das war knapp", stellte ich fest. Meine Stirn presste ich gegen das kühle Glas der Ladentür. Kopfweh bereicherte nun das Konzert der Schmerzen in mir. Beatrice stand draußen an der Bushaltestelle, gedankenverloren, in sich selbst versunken. Als der Bus kam, um sie zu Ingo und seiner Kladde zu bringen, dachte ich darüber nach, was ich nun tatsächlich von dem, was ich mir vorgenommen, erreicht hatte.

In Bezug auf die Beeinflussung von Ingos Leben hatte Beatrice während unserer letzten Reise nichts gelernt. Diesbezüglich war dieses Abenteuer absolut wertlos. Vermutlich schrieb sie gleich wieder minutiös und Schritt für Schritt auf, was Ingo zu tun hatte.

Dafür konnte ich einen anderen Erfolg verbuchen. Kalliope sei Dank, hatte Beatrice den Mut aufgebracht, zu schreiben. Auch wenn sie mit dem Ergebnis nicht zufrieden war, war dies ohne Zweifel als Fortschritt zu verbuchen.

„Es *wird* knapp", sagte eine Stimme hinter mir. Ich fuhr erschrocken herum. Aus dem Dunkel des unbeleuchteten Raumes trat Tod hervor. Das Erscheinungsbild eines Buchhalters hatte er abgelegt. Gekleidet in eine dunkelgraue Kutte, entsprach er nun dem mittelalterlichen Bild. „Die zwölf Wochen sind bald um. Ingos Zeit läuft ab."

„Beatrice hat sein Lebensbuch. Du weißt nicht, was geschrieben steht." Ich krächzte beinahe unverständlich. Warum nur packte mich dermaßen die Furcht? Doch mein Protest blieb nicht ungehört.

„In jeder guten Buchführung gibt es einen Durchschlag. Das verhindert Betrug." Tod grinste. „Beatrice kann Ingos Leben beeinflussen. Aber das hat sie immer schon getan. Ganz im Vertrauen: Dazu braucht sie das Buch nicht. Allerdings lasse ich um die Anzahl der Tage keinen Zweifel aufkommen. Auf dieser Welt wird in die Waagschale des Lebens nur so viel gelegt, wie es *meine* Bücher zulassen."

Der Tod kam zu mir, legte die Hände auf meine Schultern. Sie wogen so schwer wie tausend Schicksale. „Ich habe es dir schon einmal gesagt: Ich werde dein Buch suchen, wenn ich Ingos Buch nicht zurückbekomme." Es hörte sich wie eine Drohung und ebenso wie eine bloße Feststellung an.

Ich raffte mein letztes Stück Selbstachtung zusammen, mühte mich, nicht vor Angst und Pein in Tränen auszubrechen. „Das heißt, Ingos Ende steht nicht fest?"

„Würdest du für diesen Säufer sterben wollen? Würdest du nur einen deiner Tage an ihn abtreten? Würdest du eine Stunde von deiner Waagschale nehmen, um sein Tara etwas auszugleichen? Würdest du das tun?"

Für Ingo? Ich schüttelte den Kopf. Tod lachte. Noch schlimmer: Er lachte mich aus.

Und ich … Ich brach unter der Last seiner Hände zusammen. Wimmernd lag ich am Boden, ergab mich der Panik, die in mir kochte. Wogen des Schmerzes tosten wie ein aufgepeitschtes, stürmisches Meer in mir, raubten mir den Verstand und die Sinne.

Fühlte sich so das Sterben an?

Etwas Warmes, das mir feucht und weich über die Wange glitt, weckte mich aus meiner Bewusstlosigkeit. Ich lag noch immer auf dem Boden im Laden. Beatrice kniete neben mir und tupfte vorsichtig mit einem feuchten Handtuch über meine Stirn. „Gottlob!“, flüsterte sie. „Ich dachte schon, Sie wären tot.“

Der neue Tag begrüßte mich auf ungewöhnliche Weise, doch wenigstens schien die Sonne warm durch das Schaufenster.

Besorgt versuchte Beatrice mich aufzurichten. „Was ist passiert?“

Von meinem Besucher wollte ich ihr nichts erzählen. „Ein Schwächeanfall“, erklärte ich.

„Soll ich Ihnen etwas vorlesen?“ Beatrice wusste, wie sie mich wieder aufpäppeln konnte.

„Das wäre nett. Denn eigentlich hatte ich mir vorgenommen, Ihr Manuskript zu lesen. Bin leider nicht dazu gekommen. Aber zuerst“, sagte ich, „brauche ich einen Kaffee.“

Wir lasen den ganzen Tag, nur unterbrochen von der gelegentlichen Kundschaft. Da das erste schöne Wetter in diesem Monat die Menschen in die Parks lockte, hielt sich der Betrieb in einem Buchgeschäft in engen Grenzen.

Ich saß im Ohrensessel und lauschte, während Beatrice mir Einblicke in Franks Alltag gab, die ich bis dato noch nicht gekannt hatte. Inzwischen war für mich jeder Zweifel ausgeräumt: Solch einen Frank gab es nur einmal. Beatrice hatte ohne es zu wissen, den Roman zu einer realen Person verfasst.

Schließlich legte Beatrice die letzte Seite auf den Stapel. Erwartungsvoll schaute sie mich an. „Schrott, nicht wahr?“

Nein, das war es nicht. Es war … nicht wirklich gut. Aber es war auch nicht schlecht. Wie sollte ich es ihr erklären? Vielleicht mit dem, was ich schon nach dem Essen bei Ingo hatte sagen wollen.

Ich legte die Fingerspitzen aneinander. „Legen Sie Franks Geschichte zur Seite. Verwenden Sie sie zu einem späteren Zeitpunkt. Sie ist kein Schrott. Doch das, was Sie da erzählen, kann man auf wenige Seiten reduzieren. Das Auslassen von Geschehnissen ist eine Kunst für sich. In einer Geschichte sollte man dem Leser Lücken lassen, damit er sie mit seiner Phantasie auffüllen kann. Eine gute Geschichte erzählt nicht alles. Die Protagonisten befüllen ihre Leben selbst. Beatrice, Sie können viel davon auslassen und zwischen den Zeilen erzählen."

„Soll ich daraus eine Kurzgeschichte machen?"

„Hm. Eigentlich mag ich keine Kurzgeschichten", stellte ich mürrisch fest. „Sie sind nichts Halbes und nichts Ganzes. Junkfood für den Kopf. Aber wie wäre es, wenn Sie Franks Geschichte in ein anderes – in ein größeres – Buchprojekt einfließen lassen? Es könnte ein kleiner Handlungsstrang werden, der eine größere Geschichte ergänzt und bereichert. Viele großartige Romane erzählen gleich mehrere Geschichten. Das ist für einen Anfänger nicht leicht. Aber mit ein wenig Übung und …" Jetzt erlaubte ich mir eine kleine Eitelkeit. „… mit Unterstützung von mir, dürfte es für Sie machbar sein."

„Ich erzähle zuviel?" Beatrice ließ den Gedanken auf sich wirken.

Nickend bestätigte ich. „Es ist so. Kein Mensch möchte in einem Buch lesen, wie ein Menü zusammengestellt wird. Die einzelnen Handgriffe beim Kochen sind nicht von Wichtigkeit. Anstatt ein Kochbuch abzuschreiben, hätte es genügt, zu erwähnen, dass Ingo ein köstliches orientalisches Abendessen gemacht hat." Meine Überleitung zu Ingo glänzte nicht durch besondere Redegewandtheit.

Beatrice störte mein rhetorischer Holzhammer anscheinend nicht. „Wenn ich also nicht so viel in Ingos Buch hineinschreibe, dann kann ich eigentlich viel mehr erzählen?"

„Genau. Obendrein wird er durch mehr schriftstellerische Freiheit wieder mehr zu dem, was er einst war. Befreien Sie seinen Charakter aus diesem viel zu engen Korsett aus Wörtern."

„Er würde selbstständig essen."

„Ja", sagte ich munter. „Nicht nur das." Sie hatte verstanden, worauf ich hinauswollte.

Doch Beatrice legte nach. Die Traurigkeit in ihrer Stimme gab dem nächsten Satz erst seine besondere Bedeutung. „Er würde selbstständig trinken."

Alkohol. Sie hatte Angst, dass Ingo mit dem kleinsten Stückchen Autonomie direkt wieder in seine Sucht verfallen musste. Ein nachvollziehbarer Gedankengang.

„Ich habe nie behauptet, dass das Schreiben leicht ist", erklärte ich.

Mark Twain hätte mir in Bezug auf das Schreiben an dieser Stelle vermutlich schmunzelnd widersprochen: „Schreiben ist leicht. Man muss nur die falschen Wörter weglassen."

Die nächsten drei Tage erwiesen sich als überaus interessant. Beatrice erschien immer sehr früh zur Arbeit. Doch die meiste Zeit verbrachten wir nicht im Laden, sondern wir diskutierten über das Manuskript, schauten uns zeitgenössische Literatur an und blätterten in allerhand Essays über das kreative Schreiben.

Wir redeten über Erzählperspektiven, über Stilrichtungen, über Prologe, Epiloge und dem dazwischen, über Handlungsstränge, über Recherche und über alles andere, was uns noch zum Thema Literatur in den Sinn kam. Beatrice entwickelte sich während der Gespräche zusehends. Es machte mir allerhöchstes Vergnügen, ihre Begeisterung für das geschriebene Wort zurückzuholen. Ihre aufgestaute Kreativität brach sich Bahn und schwemmte die Sorge und Furcht, die Trauer und auch die Wut der letzten Monate mit sich fort. Sobald die richtige Inspiration sie treffen würde, dessen war ich mir bald sicher, würde sie ein gutes Buch zu Stande bringen. Vielleicht sogar das, was meine zahlreichen Freunde von ihr erwarteten.

Kummer bereitete mir nur die Tatsache, dass Beatrice in Ingos Kladde immer noch haarklein hineinschrieb, was er zu tun oder zu lassen hatte. Sie konnte nicht loslassen. Es schien, dass sie lieber mit einem Roboter leben wollte, als Gefahr zu laufen, wieder einen Alkoholabhängigen in der Wohnung zu haben.

Noch viel größere Sorge machte ich mir aber um Ingos drohendes Ende. Würde Tod tatsächlich Ingo zur vorbestimmten Zeit holen, dann würde Beatrice gewiss keine einzige Silbe mehr formulieren. Und damit wäre schlicht alles verloren.

„Herr Plana?“ Ich schreckte aus meinen Gedanken hoch. Ertappt wie ein Schuljunge, wurde mir bewusst, dass ich nicht bei der Sache war. Eigentlich hatte ich gar keine Ahnung, was im Augenblick Thema war.

„Äh, ja?“

„Was halten Sie davon?“ Beatrice lächelte. Sie hielt eine Ausgabe von ‚Vier Seiten für ein Halleluja‘ hoch.

„Ein Schreibratgeber“, stellte ich fest. Ich bemühte mich, nicht zu zeigen, dass ich mich eben in meinen Gedanken verloren hatte.

„Ja“, bestätigte Beatrice, „das weiß ich. Aber was halten Sie von der zitierten Stelle?“

„Ich …“

„Ja?“

„Ich …“

„Sie haben keine Ahnung, wovon ich gerade rede. Stimmt's?“ Und so wurde ich ein zweites Mal in diesen Tagen ausgelacht. Aber es war bei weitem angenehmer, dass es nun Beatrice und nicht so ein Typ in Kutte mit Kapuze war. Ich stimmte mit ein. Nie hatte ich mich meiner Bea so nah gefühlt, wie in diesem Moment.

„Sie halten nicht viel von Schreibratgebern“, stellte Beatrice schließlich fest. Sie legte das Buch auf den Stapel mit den erledigten Titeln.

„Mache ich den Eindruck?“ Ich griff danach, ließ meinen Daumen über die Seiten gleiten, so dass sie surrend darunter vorbei rauschten. „An dieser Art Lektüre ist nichts auszusetzen. Bei so mancher Veröffentlichung unserer Tage wünsche ich mir, dass wenigstens die Ratschläge, die ein Ratgeber vermittelt, beherzigt werden. Talent kann man sich jedoch nicht erlesen.“

„Ist Schreiben denn etwas, das nur den Könnern vorbehalten ist?“ Beatrice verschränkte die Arme vor der Brust.

„Oh, keinesfalls! Jeder sollte den Mut finden zu schreiben. Schreiben ist befreiend. Eine kreative Tätigkeit darf nicht sanktioniert sein.“ Ich legte das Buch fort. „Es ist ein Segen, dass es in unseren Breitengraden so vielen Menschen ermöglicht wird, Schrift zu beherrschen.“

Beatrice legte den Kopf schief. „Widersprechen Sie sich nicht gerade selbst? Sie reden davon, dass so viele untalentierte Autoren Bücher verfassen und gleichzeitig loben Sie den Umstand, dass jeder schreiben kann.“

„Drücke ich mich so missverständlich aus? Nun, dann muss ich es genauer erklären: Es waren einmal Zeiten, da war das Schreiben ein Privileg. Die Dienste eines Schreibers galten als kostbar. Gegenwärtig ist das Schreiben zu billig geworden. ‚Billig‘ meine ich nicht im Sinne von ‚preiswert'. Vielmehr meine ich, dass manchmal die Worte, die umsonst sind, den Preis der geopferten Zeit nicht wert sind.

Wir leben im Kommunikationszeitalter. Es wird im Internet gechattet, getwittert und gebloggt, was das Zeug hält. Daneben buhlen Illustrierte und Zeitungen um Beachtung. Radio und Fernsehen grölen im Sekundentakt beinahe synchron das Neueste und Sensationellste in die Welt. Es kommt wirklich viel Interessantes durch den Äther. Allerdings fällt es zunehmend schwer, die relevanten Sätze herauszufiltern.

Jeder kann schreiben. Und jeder macht es. Jeder heischt um ein Stück Aufmerksamkeit. ‚Hört her, was ich zu sagen habe! In China ist ein Sack Reis umgekippt.'

Die Geschwindigkeit, in der ein Gerücht die Welt umrundet, hat sich vervielfacht. Die Wahrheit bleibt nicht selten auf der Strecke, erschlagen von der Profanität des Geplappers in den Medien.

Ich blicke neidvoll zu den alten Meistern zurück. Man hat ihnen zugehört, weil um sie herum alles schwieg. Was für ein Privileg!

Heute muss man den Stecker ziehen, wenn man sich selbst noch hören will."

„Was hat das mit Büchern zu tun?" Beatrice wirkte ehrlich irritiert. Natürlich. Ich ereiferte mich in Kritik, die vom Thema abzudriften drohte.

„Ja, Sie haben recht. Bücher … Jeder kann einen Roman verfassen, ein Gedicht ersinnen oder sonst wie seine Gedankenspielereien in Form bringen. Das ist gut.

Aber! Warum unterliegen so viele Leute dem Irrglauben, dass all diese geistigen Ergüsse auch veröffentlicht werden müssen? Bislang war es so, dass ein Autor sich wenigstens der Kritik eines Lektors beugen musste. Noch vor wenigen Jahren überlegte es sich jeder Verleger drei- oder viermal, ob er ein Manuskript durch eine Veröffentlichung adeln wollte."

„Die freie Kunst wurde durch den Markt und den Kommerz bestimmt", warf Beatrice ein. „Jetzt bestimmt das Publikum …"

„Ein solches Argument hätte ich von Roe erwartet", tadelte ich Beatrice. „Kunst und Kultur müssen vielfältig sein. Da haben Sie recht. Doch sie dürfen nicht beliebig werden. Wenn alle gleichzeitig drauflosschreien, ist niemand mehr da, der zuhört. Das gilt für Lieder, Bilder und eben auch für Bücher.

Jede Geschichte ist es wert, erzählt zu werden. Doch man sollte sich dafür Zeit nehmen. Es kommt nicht darauf an, möglichst viel in die Welt zu rufen. Es kommt darauf an, die Welt mit dem Gesagten zu bereichern. Schreiben ist Handwerk. Man kann es erlernen. Kreativität hingegen ist Kunst. Sie kommt aus dem Geist. Je mehr ein Autor von sich in ein Buch investiert, desto geistreicher wird sein Werk. Mit Geist und Seele erwachen Bücher zum Leben. Verstand oder Gefühl Hand in Hand ermöglichen erst die wahre Kunst."

„Wer soll denn Ihrer Meinung nach bestimmen, was zur Veröffentlichung taugt?" Beatrice schob herausfordernd das Kinn vor.

„Hmm, zumindest niemand, der Geld vom Autoren für das Veröffentlichen bekommt. Und auch niemand, der ohne qualitative Kontrolle E-Books anbietet. Ebenso falsch ist es, dem Autoren selbst die Entscheidung zu überlassen." Ich zog meine Taschenuhr hervor. „Haben Sie Lust auf einen Abstecher ins Buchland?"

„Jetzt?"

„Warum nicht?" Ich ging schon zum Maschinentelegraphen. „Es dauert nicht lange. Wir können den Fahrstuhl nehmen. Ich zeige Ihnen die Halle der entbehrlichen Bücher."

Die Kabine bewegte sich ratternd nach unten. Beatrice diskutierte immer noch mit mir. Irgendwie war sie auf den Gedanken gekommen, dass ich ein Problem mit den modernen Medien habe. „Ist es denn so schlimm, dass im Social Web so viel geschrieben wird? Es wird doch so vieles erst durch die Portale möglich. Da gibt es einen riesigen Austausch von Wissen. Kontakte werden geknüpft und vertieft. Und …"

Sie hatte natürlich recht. Zugeben mochte ich das aber nicht. Deshalb versuchte ich ihre Argumentationen von vorneherein abzublocken. „Entschuldigen Sie, Beatrice. Ich weiß, dass wir das Millennium überschritten haben, im Kommunikationszeitalter leben und ich vermutlich ein ewig Gestriger bin. Vermutlich liegt es daran, dass im Alter das Gehirn knorpelig und unflexibel wird. Ich bin ein alter Mann."

Mit dieser Aussage schaffte ich es wirklich, das Thema zu wechseln. Leider.

„Wie alt sind Sie denn?“ Beatrice stellte mir eine harmlose, ganz alltägliche und simple Frage. Perplex musste ich feststellen, dass ich nicht in der Lage war, sie zu beantworten. Konnte es sein, dass man sein eigenes Alter vergaß? Ich ließ mir meine Verwirrung nicht anmerken. „Alt“, antwortete ich Beatrice betont ruhig.

Etwa zehn Minuten dauerte die Fahrt und wir erreichten so eine besonders tiefe Ebene des Buchlandes. Als wir den Fahrstuhl verließen, entfuhr Beatrice ein kurzer, erstaunter Laut. Kein Wunder, denn das Buchland empfing seine Besucher mit einem Anblick, der stark an ein Gemälde von Salvador Dalí erinnerte.

Zunächst einmal erschlugen jeden Betrachter die unglaublichen Dimensionen der Halle. Einige tausend Meter entfernt konnte man die gegenüberliegende Wand erahnen. Auch nach links und rechts musste man eine ähnlich große Distanz bis zu den angrenzenden Mauern hinter sich bringen. Die Decke, ein gotisches Kathedralengewölbe, wurde von einem Dutzend imposanter Säulen getragen.

Der Boden schien auf den ersten Blick vollkommen leer zu sein. Doch bei genauerem Hinsehen bewegte sich die ebene Fläche leicht. Sie glich einem ruhigen See, dessen glatte Wasseroberfläche nur hin und wieder von einem zarten Windhauch gekräuselt wurde. Kleine Wellen leckten an dem hölzernen Steg, der vom Fahrstuhl aus in die Halle hineinragte.

Das mich ständig begleitende Wispern hatte hier unten eine andere Qualität. Aufgeregt schnatternd, manchmal aggressiv oder wirr und verrückt, hin und wieder auch fröhlich und lachend drangen die Stimmen auf mich ein. Es erinnerte an spielende Kinder.

„Das ist die Halle der entbehrlichen Bücher?“ Beatrice legte den Kopf in den Nacken, um die Decke eingehender zu begutachten. Dann ließ sie den Blick sinken. „Nicht viel los hier. Ziemlich leer. Wo sind die Bücher?“

„Vor Ihnen. Direkt zu Füßen.“ Ich deutete auf das vermeintliche Wasser.

Beatrice hockte sich hin, streckte vorsichtig die Hand aus, tauchte schließlich den Finger in die flüssige Masse.

„Wortbrei", kommentierte ich, als sie den Finger wieder herauszog und an der gallertartigen Masse roch. „Papier und Druckerschwärze, allerhand Elektronen, ein wenig Licht. Keine Ahnung, was sonst noch alles in dieser Mischung ist."

Einige Blätter trieben darin. Vereinzelt konnte man auch Kartonagen erkennen. Ein trostloser Anblick.

„Warum sind die Bücher in einem so schlechten Zustand?" Beatrice hatte eine Miene aufgelegt, als wolle sie einen Welpen aus dem Tierheim retten.

„Es gibt Bücher, die nur sehr wenige Menschen erreichen. Nicht mal Leseratten und Bücherwürmer nehmen sich ihrer an. Diese Bücher bekommen keine Gelegenheit, ihre Magie zu entfalten. Wenn sie überhaupt welche haben. Diese Bücher versauern in ihrer eigenen Existenz.

Andererseits gibt es auch Bücher, die zwar sehr viele Leser gefunden haben, aber kaum eigene Substanz haben. Geborgte Ideen, ausgelutscht und verwässert ... Diese Bücher sind von innen heraus so weich, dass sie hier unten im Einerlei der Halle mit den anderen Büchern verschmelzen."

Ein Taschenbuch trieb heran. Getragen von einer eingetrockneten Schaumkrone präsentierte es uns sein Titelbild. Eine junge Frau warf ihren Kopf in einer lasziven Pose nach hinten. An ihrem entblößten Hals saugte eine blasse Type. Beatrice fischte das durchweichte Teil heraus, hielt es mit zwei Fingern empor, ließ den Papierbrei und einige Buchstaben davon abtropfen. „Ein Vampirroman", stellte sie mitleidig fest.

„Romantische Vampire", schnaubte ich verächtlich. „Seit Anne Rice ihren Erfolg mit dem grandiosen Vampirinterview hatte, gibt es tragische Blutsauger *biss zum* Abwinken. Meistens sind es minderwertige Plagiate! Seit ein paar Jahren bestimmt in dieser Sparte überwiegend nur noch ein hoffnungslos überlaufener Mainstream den Markt. In ein paar Jahren wird man sich an die Mehrheit dieser Machwerke nicht mehr erinnern.

Gleiches gilt für J. R. R. Tolkien. Nach dem Urknall der modernen Fantasy-Literatur kann man sich spätestens seit der Verfilmung vom ‚Herr der Ringe' der Orks und Elben kaum noch erwehren."

„Ich frage mich, warum Sie mir das hier zeigen", sagte Beatrice schließlich.

„Weil ich möchte, dass Sie etwas schreiben, das es wert ist, geschrieben zu werden."

„Warum möchten Sie das?"

„Nun … Eigentlich möchten es die Bücher. Die Bücher möchten von Frau Liber ein Buch haben. Nicht irgendeines. Sie möchten *das* Buch haben."

Den Blick auf den Nackenbeißer gerichtet, heiser und unsicher, fragte Beatrice: „Warum möchten die Bücher, dass ich schreibe?"

Eine elementare Frage, befand ich. Es war an der Zeit wahrheitsgemäß zu antworten. „Sie sagen, dass durch Ihr Tun erst alles möglich wird."

„Durch mein Tun? Was wird dadurch alles möglich?"

„Keine Ahnung", gestand ich.

Beatrice schnaubte unzufrieden. „Wie soll ich einer Anforderung gerecht werden, wenn ich nicht weiß, worin sie liegt?" Sie stampfte zurück zum Fahrstuhl. „Dieses Possenspiel ist lächerlich! Seit Wochen versuchen Sie mich dazu zu bewegen, dass ich schreibe. Wir kauen die Theorie durch, lesen alle möglichen Bücher. Und jetzt bin ich so weit, will schreiben und Sie sagen mir, dass Sie keine Ahnung haben, warum ich schreiben soll. Verdammt nochmal: Was soll ich schreiben? Was ist so verdammt bahnbrechend und weltbewegend, dass ich es schreiben muss? Ich habe verflucht nochmal andere Probleme als dieses Buch."

Einige Blasen stiegen aus dem Meer der Bücher auf.

„Ich muss mich um Ingo kümmern", wetterte Beatrice, „nicht um dieses verkorkste Buchland. Die Qualität von Büchern geht mir, gelinde gesagt, am Arsch vorbei." Etwas Hartes schlug von unten gegen die Bretter und ließ den Steg leicht zittern. „Meinetwegen kann die Welt in Schund ersaufen. Ich bin nicht Goethe! Wenn Sie Weltliteratur zu Errettung ihrer Bücher brauchen, dann fragen Sie ihn!" Wellen schlugen gegen den Steg. Das Holz knirschte protestierend auf. Schon stieg der Brei aus Worten und Papier über einige Planken. Beatrice ignorierte es.

„Mäßigen Sie sich.“ Mit erhobenen Händen versuchte ich sie zu beschwichtigen. „Hier unten sollten Sie sich Ihrem Ärger nicht auf diese Weise Luft verschaffen. Wir sollten oben weiterreden.“

Ich zog sie in den Fahrstuhl und schloss eiligst die Tür. Auf der Fahrt nach oben wagte ich es kaum, Beatrice anzusprechen. Doch es war besser, jetzt nicht zu schweigen. „Niemand erwartet von Ihnen Weltliteratur. Vielleicht genügt schon eine Geschichte, die es vermag, das Fundament des Buchlandes auf irgendeine Weise zu stärken.“

„Welche Geschichte?“ Die Wut verrauchte, machte der Resignation Platz.

„Ich weiß es nicht. Sie sind die Autorin.“

Beatrice verdrehte genervt die Augen. „Jetzt bin ich genau so schlau wie vorhin. Ich weiß rein gar nichts.“

„Ich weiß, dass ich nichts weiß“, zitierte ich. „Das stammt von …“

„… Sokrates. Ich weiß“, unterbrach mich Beatrice.

„Es stammt von Platon“, verbesserte ich. „Und dieser Satz ist ein guter Ausgangspunkt, um neu anzufangen. Wir sollten damit beginnen, unser bisheriges Wissen zu hinterfragen. Vielleicht kommen wir dann dahinter, welcher Art das Buch sein wird, das Sie schreiben müssen.“

Doch dazu kam es nicht mehr.

Wandelnder Tod

Die Fahrstuhltür glitt auf. Vor uns lag mein Arbeitszimmer. Alles wie immer. Doch wir spürten es beide. Subtil. Es glitt mit kalten Fingern über unser Unterbewusstsein. Meine Nackenhaare richteten sich auf. Beatrice schüttelte es kaum merklich.

„Ist es hier kälter als sonst?“, fragte sie und rieb sich dabei unbewusst über die Arme.

Mein Atem kondensierte vor meinem Mund. Das beantwortete ihre Frage ohne Worte. Doch die gefallene Temperatur allein machte die Veränderung nicht aus. Was war es?

Die Tür zum Verkaufsraum stand offen. Die Tür zur Straße ebenso. Kalter Wind wehte herein. So kalt wie im tiefsten Sibirischen Winter. Ich eilte nach vorne, humpelte auf die Straße. Sie lag menschenleer da, bedeckt von Rauhreif und Eis. Kein Mensch, kein Fahrzeug weit und breit. „Was geht hier vor?“

Die Welt hatte ihre Farben verloren. Alles schien nur noch aus groben Umrissen und Schraffuren zu bestehen, erinnerte an eine Skizze, die mit fahrigem Bleistift auf grobem Papier gezeichnet worden war.

An der Bushaltestelle lag etwas auf dem glänzenden Asphalt. „Mein Mantel“, entfuhr es Beatrice. Das Entsetzen stand ihr ins Gesicht geschrieben. „Ingo!“

Ich konnte mir nicht vorstellen, was der Mantel mit Ingo zu tun haben sollte, doch als Beatrice in panischer Angst zu dem Stoffhaufen lief, bemühte ich mich, einigermaßen mit ihr Schritt zu halten.

Sie hob den Mantel auf, tastete ihn ab. Erleichtert zog sie Ingos Kladde aus der Innentasche heraus. „Ingo. Oh, mein Gott. Ich dachte schon …“

Die Luft veränderte sich und das Grau von den Fassaden schien wie Tünche im Regen herabzulaufen. Es sammelte sich in den Schatten, kroch von dort auf zu uns und erhob sich schließlich zu einer nachtschwarzen Silhouette. Die Stimme, die nun zu uns sprach war dünn und verwaschen, so als gehöre sie nicht in unsere Realität. Diese Einschätzung entsprach vielleicht sogar der Wahrheit.

„Es reicht nicht ganz", sagte die Stimme. „Hier draußen habe ich noch nicht genügend Wirklichkeit. Die Macht deiner Freunde hat die Grenzen noch nicht ausreichend aufgeweicht. Aber das wird kommen."

Beatrice kniff die Augen zusammen. „Tod?"

„Ingo wird mir nicht entgehen. Niemand kann das. Meine Bilanz wird aufgehen." Er sprach mit mir, ignorierte Beatrice vollkommen. „Die sechs Wochen sind bald vorbei. Dann kann ich mir das Buch nehmen, es greifen und tilgen."

„Das. Wirst. Du. Nicht", schrie Beatrice und warf sich mit aller Kraft gegen die Gestalt.

Es gab keinen Aufprall. Das Schwarz stob auseinander wie ein körperloser Nebel. Beatrice fiel hindurch, stürzte auf ihre Hände und Knie und blieb weinend dort unten.

Tod verschwand, mit ihm die seltsame Leblosigkeit um uns herum. Die Sonne brach durch die Wolkendecke, gab der Welt die Farben zurück. Ein Wind wirbelte um uns herum, blies die Kälte fort und kurz darauf traten die ersten Leute wieder auf die Straße, wie Statisten, die auf ihr Stichwort gewartet hatten. Ein vorbeifahrendes Auto hupte lautstark und wütend, um uns darauf aufmerksam zu machen, dass wir uns mitten auf der Fahrbahn befanden. Erste neugierige Blicke trafen uns.

„Meine Bea." Ich sprach es zum ersten Mal laut aus. Es hörte sich richtig an. „Wir können hier nicht bleiben."

Ich half ihr beim Aufstehen, führte sie zurück in den vermeintlichen Schutz meines Antiquariats. „Beinahe hätte er Ingos Buch geholt", stellte Beatrice entsetzt fest. Dabei ließ sie sich ermattet in den Ohrensessel fallen. „Er wollte damit zu Ingo."

Im Regal über ihr stand das Regal mit den Lexika. Auch ein sehr spezielles über Spirituosen gehörte zu dieser Sammlung. Hin und wieder zog ich es heraus, denn dahinter verbargen sich eine Flasche Weinbrand und zwei Cognacschwenker. Das war vollkommen unmagisch und nur für Notfälle. Ich hielt mich nicht mit den üblichen Konventionen auf und schenkte großzügig ein. Heute wäre es mir egal gewesen, wenn mich jemand einen Banausen geschimpft hätte. „Hier, meine Liebe", sagte ich und streckte Bea eines der beiden Gläser entgegen. „Auf den Schrecken."

Die ersten Schlucke nahmen uns die noch allgegenwärtige Kälte aus den Gliedern. Die darauf folgenden Schlucke vertrieben die Kälte aus unseren Herzen. Beas Wangen röteten sich ein wenig.

„Warum wollte er mit dem Buch zu Ingo? Viel leichter wäre es für ihn gewesen, damit zurück in sein Reich zu gehen." Beatrice leerte ihr Glas und schaute mich dann fragend an.

„Es war unser Glück, dass er es zu Ingo bringen wollte. Seine Manifestation ist anscheinend noch nicht stark genug. So weit kann er sich noch nicht vom Buchland entfernen."

„Aber der Tod ist ein Bestandteil unserer Welt."

Ich legte den Kopf schief und zog vielsagend die Augenbrauen hoch. „Natürlich wird gestorben; aber bislang ist mir die Tatsache verborgen geblieben, dass Tod als leiblicher Gevatter mit Sense und Sanduhr durch die Straßen marschiert. Nur für uns beide ist er eine leibliche Personifizierung. Ein fester Bestandteil im Buchland … Aber inzwischen ist er erstarkt …"

Entsetzen machte sich in Beatrice' Zügen breit. „Er wird stärker?"

„Das Buchland ist stärker geworden", erklärte ich ruhig. Die Zeichen waren untrüglich. Schon allein das verjüngte Erscheinungsbild der angrenzenden Häuser war ein mächtiges Indiz. „Er ist Teil davon. Somit wird auch er mächtiger."

„Warum wird das Buchland stärker?" Natürlich musste sie diese Frage stellen.

„Weil du wieder schreibst", hätte ich beinahe geantwortet. Aber dann hätte vermutlich alles sofort an Ort und Stelle geendet. Also sagte ich nur: „Ich weiß es nicht genau." Diese Halbwahrheit konnte ich einigermaßen glaubhaft vermitteln. „Aber viel wichtiger ist die Frage, wie viel Zeit uns noch bleibt. Tod wird langsam ungeduldig. Wenn er darauf drängt, seine Buchführung in Ordnung zu bringen, dann dauert es bestimmt nicht mehr lange, bis Ingos eigentliche Zeit abläuft. Wissen Sie noch das Datum für sein planmäßiges …", ich hasste mich dafür, dass ich es so ausdrückte, „… Ableben?"

Beatrice sog hörbar die Luft ein. Doch dann griff sie unvermittelt nach der Kladde, blätterte die letzte Seite auf. Ganz unten stand noch immer der einzelne Satz: „Ingo starb." Eine Verabredung mit dem Schicksal. Ich rief mir den plötzlichen infernalen Sturm in Erinnerung. Mit diesem einen Satz ließ sich das Universum besänftigen. Er war ein Ankerseil zur letzten Bestimmung, gebunden an die Realität. Doch Tod genügte das nicht. Ihm verlangte es danach, dass seine Bücher stimmten.

Beatrice hielt die Kladde hoch, ließ das Licht der Deckenlampe flach über das Papier gleiten. Zart glänzten die Abdrücke der fortradierten Bleistiftstriche. Das Datum hatte rechts oben gestanden.

„Wir haben nur noch drei Tage", stellte sie tonlos fest.

Ein Buch in so kurzer Zeit zu schreiben, musste ich mir eingestehen, erwies sich als vollkommen unmöglich. Insbesondere, weil Beatrice nun vollkommen andere Absichten hegte: „Ich muss Ingo und die Kladde vor Tod schützen."

Ich kannte ihre Antwort, trotzdem musste ich fragen: „Und das Buch?"

„Vergessen Sie es. Ich habe andere Sorgen."

Das Wispern um uns herum schwoll zu einem lautlosen Schrei an. Es schmerzte mir nicht in den Ohren. Es schmerzte tief in meinem Bewusstsein. Ich krümmte mich zusammen. Sämtliche Kraft, die noch in mir wohnte, verpuffte. Mir wurde schwarz vor Augen. Dann vergaß ich, wo ich war. Dann vergaß ich, wer ich war. Mir war, als löste ich mich förmlich auf in einem Strudel aus Nichts. Die Panik fiel von mir ab und eine grenzenlose Ruhe umfasste mich. Wie ein Gewand legte ich meine Gefühle ab, verlor mich.

Ein Stift glitt über handgeschöpftes Papier. Leise, langsam, aber stetig. Mit Bedacht wurde Zeile um Zeile geschrieben. Ein faszinierender Anblick.

Schon erreichte die Mine den untersten Rand des Blattes, formulierte den letzten Satz, der noch auf den verbleibenden Platz passte: „Ich denke, also bin ich!" Ich hatte das vor kurzem erst selbst gesagt. War dies *mein* Buch?

Kaum fertig geschrieben löste sich das Graphit vom Papier. Die Worte flogen mir entgegen, drangen mir unter die Haut, erfüllten mich und ließen mich wieder mir selbst bewusst sein.

Die Wirklichkeit holte mich zurück ins Hier und Jetzt. Meine Lider flatterten kurz, bis ich sie wieder unter Kontrolle brachte. Verwundert stellte ich fest, dass ich nicht zusammengebrochen war. Ich stand noch immer vor Beatrice.

„Vergessens Sie es. Ich habe andere Sorgen", sagte sie und bescherte mir ein sehr, sehr intensives Déjà-vu.

Es gelang mir dennoch meine Gedanken zu sammeln. Grübelnd griff ich nach meiner Pfeife, die mich auf dem Sekretär fertig gestopft erwartete. Hatte ich sie dort hingelegt? Aufgeschlagen darunter lag eine unversehrte Ausgabe von ‚Beeton's Christmas Annual'. Das Titelbild im Jugendstil pries ‚A Study in Scarlet' als Titelgeschichte an. Sherlock Holmes?

„Jetzt könnten wir ein wenig Hilfe gut gebrauchen", murmelte ich, während ich paffend dem Tabak Feuer gab. Beinahe rechnete ich damit, dass sich unverzüglich die Ladentür öffnen und zwei Herren aufrechten Ganges hereinschreiten würden. Leider blieb die personelle Unterstützung aus. Also begnügte ich mich mit der Pfeife und einem Zitat: „Nichts ist trügerischer als eine offenkundige Tatsache."

„Wie bitte?" Natürlich konnte Beatrice meinen wirren Äußerungen nicht folgen.

„Sie sagten, dass Sie andere Sorgen haben. Ich kann Ihnen nicht verbieten, jetzt nach Hause zu gehen. Nehmen Sie die Kladde mit und bewachen Sie Ingo und dieses Büchlein. Glauben Sie, dass sich der Tod von Ihnen aufhalten lässt? Welche Chancen rechnen Sie sich aus, wenn Sie ihm in den eigenen vier Wänden entgegentreten?

Die Grenzen zwischen unserer Wirklichkeit und der Wirklichkeit der Bücher dort unten ist durchlässig geworden. Tod wird stärker. Es ist nur eine Frage der Zeit, bis es im gelingt, Sie in Ihrer Wohnung zu erreichen. Er wird die Kladde an sich nehmen."

„Aber was kann ich tun?"

„Wir könnten eine andere Richtung einschlagen. Holen Sie Ingo hierher. Gehen wir gemeinsam ins Buchland." In mir reifte ein Plan, den ich zeitgleich in Worte fasste.

„Dort ist Tod bereits mächtig. Warum sollten wir ihm entgegengehen?"

„Er weiß nicht, wo *mein* Buch steht. Er hat es mir selbst gesagt! Mein Lebensbuch ist nicht in seiner Buchführung. Es muss ein gutes Versteck sein. Ingos Buch sollte dort auch gut aufgehoben sein. Unterwegs dorthin sollten Sie Ingos Geschichte schreiben. Und Sie sollten sie zu einem Ende bringen, so dass nichts mehr nachträglich geändert werden muss." Erstaunlich wie schnell mein Gehirn arbeitete. Fast hatte ich den Eindruck, als wären dies nicht meine Ideen, die ich gerade laut aussprach. Ich verstummte. Doch die Worte in mir flossen weiter.

„Beatrice muss einen Blick in ‚das Buch der letzten Wahrheit' werfen." Was sollte das nun wieder bedeuten?

Beatrice stellte eine viel elementarere Frage: „Wissen Sie denn, wo Ihr Buch steht?"

Ich schüttelte den Kopf. „Nein. Ich kann nur raten. Allerdings hat Tod eine Vermutung, die ich mit ihm teile." Dann erzählte ich Beatrice von dem Gespräch, das ich mit Tod geführt hatte, kurz nachdem Beatrice damit angefangen hatte, Ingos Leben neu zu schreiben. „Er hat angedeutet, dass er zwischen den Romanen suchen würde", schloss ich meine Ausführungen.

„Hm", machte Beatrice. Es lag etwas Hoffnungsloses in ihren Gesichtszügen. „Zwischen den Romanen. Ein bisschen ungenau, oder? Ich meine: Wie viele Romane lagern dort unten? Wir könnten dort unten monatelang umherirren, sämtliche Buchrücken der Reihe nach abklappern und würden Ihr Buch trotzdem nicht finden. Und selbst wenn wir es finden würden, hätten wir nichts gewonnen. Alle Gänge sind offen. Sie bieten keinen Schutz."

Beatrice ging zum Sekretär, schlug die Kladde vor sich auf. Umstandslos zog sie eine Schublade heraus und nahm sich einen Bleistift. Mir war bislang nicht aufgefallen, mit welcher Selbstverständlichkeit sie sich im Antiquariat bewegte. Sie war inzwischen ein fester Bestandteil von ihm geworden.

Meine Freunde sprachen plötzlich wieder. Ich lauschte ihrem Wispern. Ungestüm und so hastig, dass es fast nicht mehr verständlich war, drang es auf mich ein. Auch Beatrice schien es zu hören. Der Stift in ihrer Hand verharrte einen Zentimeter über dem Papier, während sie in die Stille des Raumes hineinlauschte. „Wenn alle durcheinander reden, verstehe ich kein Wort", protestierte sie schließlich. Mir ging es genau so. Aber das gab ich natürlich nicht zu. Stattdessen tat ich so, als würde ich nun die Führung wieder übernehmen. Entschlossen trat ich hinter Beatrice, drückte sanft ihre Hand herunter, bis der Stift das Papier berührte. „Schreiben Sie."

Und sie schrieb. Sie schrieb, dass Ingo sich gerade die Jacke anzog, dass er hinaus in den Flur ging, dass er gewissenhaft die Tür hinter sich abschloss, eilig – aber vorsichtig – die Treppe hinunterging und dass er in den Bus einstieg.

„Sie müssen ihm keine Schritt für Schritt Anleitung geben", sagte ich. Doch Beatrice ließ sich von meinem Einwand nicht beirren. Schon beschrieb sie, wie Ingo nochmals aufstehen musste, um noch eine Fahrkarte zu lösen. Ein genervtes Seufzen konnte ich mir nicht verkneifen.

„Ich bin der Autor", erklärte Beatrice trotzig. Ihre Augen funkelten mich kurz herausfordernd an. Dann fügte sie noch einen Satz hinzu, mit dem sie erzählte, dass Ingo vergnügt ein Liedchen pfiff.

„Jetzt müssen wir nur noch warten", stellte Beatrice fest. Sie rutschte mit meinem Stuhl zurück und legte die Füße hoch. Bei aller damit verbundenen Respektlosigkeit, achtete sie wenigstens sorgsam darauf, nicht versehentlich auf Ingos Kladde zu treten.

„Es ist ein merkwürdiges Gefühl, die Macht über ein Leben auszuüben", sagte sie. Sie drückte dabei mit ihrem Rücken die Lehne des Stuhls so weit zurück, wie es dessen Gelenke erlaubten. Dabei wippte sie unstet mit den Knien. Ihre Wut war verpufft, ihre Angst schien im Griff. Was übrig blieb, war eine Beatrice, die ich kaum einzuschätzen wagte. Da lag etwas mehr als nur Zufriedenheit in ihren Zügen. Ein Hauch von Selbstgefälligkeit lag in der Luft.

„Ingo ist mein Protagonist. Er muss tun, was ich ihm schreibe", sagte Beatrice.

„Gefällt es Ihnen?“

Mit Daumen und Zeigefinger massierte sie sich den Nasenrücken. „Es ist besser als …“ Sie hielt inne, unterbrach sich selbst. „Nein, ist es nicht. Es ist nicht besser als früher. Es gefällt mir nicht.“ Schon perlte ihr Selbstbewusstsein ab wie Wassertropfen von einer Lotusblüte. „Aber es ist gut, wenigstens einmal im Leben die Führung zu übernehmen. Ich war immer nur ein Nebendarsteller in den Geschichten anderer. Die graue Maus, die niemand beachten musste. Die Ereignisse haben mich immer nur mitgerissen. Ich habe mich treiben lassen.

Das ist nun zum ersten Mal anders. Ich brauche nur den Stift zu zücken und bin der Gebieter über einen echten, lebenden Protagonisten.“

Sanft schob ich Beas Füße hinunter und setzte mich auf die Tischkante des Sekretärs. Dann sog ich kräftig den Rauch der Pfeife ein um alsdann ein paar Kringel aus Qualm in die Luft zu blasen. Gebieter sein, dachte ich bei mir, das kann in der Tat ein wenig selbstgefällig machen. Die Macht, die einem Autor innewohnt, kann mitunter sehr verführerisch sein. Doch ich gestattete mir einen Einwand: „Der Leser ist der wahre Gebieter über eine Geschichte.“

„Der Leser?“

„Ja. Der Leser. Autoren können zwar das Schicksal formulieren, doch in der Hand des Lesers liegt die Macht, die Geschichte zum Leben zu erwecken. Durch ihn wird die Zukunft zur Gegenwart geführt, so dass sie schließlich zur Vergangenheit wird. Beschließt der Leser am Ende einer Seite, nicht umzublättern, sind die Protagonisten auf ewig dazu verdammt, in der Zeit zu verharren.“ Ich deutete auf die Bücher, die uns umgaben. „Das alles ist nur Papier. Die Seele, die ihnen eingehaucht wurde, ist so gut wie tot. Erst ein Leser schenkt den Worten tatsächliches Leben. Es ist ein Prozess, der nur so lange andauert, wie der Leser seinen Geist darin einbringt.“

Beatrice nickte. Schwieg. Lauschte. Und sie schien auf irgendetwas zu warten …

„… Beruhigend“, sagte sie schließlich. „Wer auch immer unser Buch betrachtet, hat beschlossen weiterzulesen.“ Das Lächeln, das ich so sehr vermisst hatte, eroberte das Gesicht von meiner Bea zurück. Das Lachen, das sie mir schenkte, musste ich einfach erwidern. Auch wenn dieser Moment etwas ausgesprochen Surreales an sich gehabt hatte.

„Ich sehe, wir verstehen uns“, stellte ich immer noch schmunzelnd fest. „Wie lange wird es dauern, bis Ihr Mann eintrifft?“

„Die Busfahrt dauert ungefähr zwanzig Minuten.“

Ich schaute auf meine Taschenuhr. „Wir könnten die Zeit nutzen, um etwas zu lesen“, schlug ich vor.

Beatrice stand auf und schritt die Regale ab. „Steht Ihnen der Sinn nach etwas Bestimmten?“ Dabei ließ sie wieder die Finger an den Buchrücken entlanggleiten. Eine Angewohnheit, die mir inzwischen lieb geworden war. „Nein, nichts Bestimmtes. Lassen Sie die Bücher eine Wahl treffen.“ Ich war fest davon überzeugt, dass meine Freunde dazu bereit waren. Einige Schritte entfernt von mir hielt Beatrice inne. Es wirkte, als wären ihre Finger an einem der Bücher plötzlich festgeklebt. Sie zog es heraus, las die Überschrift auf dem Titelbild: „Magritte?“

Ich zog erstaunt die Augenbrauen hoch. „Kunst?“

„Ein Bildband über den Künstler Magritte.“

Nicht gerade das, was ich erwartet hatte. Würde Beatrice mir daraus vorlesen, hätte es für mich vermutlich keinen Genesungseffekt. Die Botschaft meiner Freunde musste also anderer Natur sein.

Zu dem Schluss kam auch Beatrice. Sie schlug eine beliebig gewählte Seite auf. Hochglanzpapier zeigte die Fotografie eines Ölgemäldes. Zu erkennen war eine vor einem Fenster aufgestellte Staffelei. Sie verdeckte die dahinterliegende Landschaft, die zugleich auf dem Bild zu sehen war. Motiv und Realität bildeten eine Symbiose. Beatrice las mir den Begleittext vor: „Der im Gemälde dargestellte Baum verbirgt den Baum, der sich außerhalb des Raumes dahinter befindet. Er existiert im Geist des Betrachters tatsächlich nun gleichzeitig, sowohl innerhalb des Raumes im Gemälde und außerhalb in der wirklichen Landschaft.“

„Ein Spiel mit der Betrachtung der Wirklichkeit“, kommentierte ich irritiert, „Irgendwie habe ich das Gefühl, dass uns das im Moment nicht weiterbringt.“

Beatrice nickte, legte Magritte zur Seite, griff ein weiteres Mal in ein Buchregal und zog William Shakespeare hervor. „Wie wäre es mit Hamlet?“

„Sein oder nicht sein?“ Ein vages Unwohlsein machte sich in mir breit. „Romeo und Julia wäre mir beinahe lieber.“

Als Ingo endlich eintraf, fiel Beatrice ihm um den Hals, küsste und drückte ihn. Mit tausend geflüsterten Liebesbekundungen ließ sie ihrer Sorge um ihn freien Lauf. „Gott sei Dank. Du bist heil angekommen."

Mit glasigen, entrückten Augen lächelte Ingo seine Frau dümmlich an. Er wirkte lange nicht so gepflegt wie bei unserem Abendessen. Stoppelbart, ungekämmtes Haar und die Kleidung vom Vortag erweckten alles in allem den Eindruck, als habe Beatrice ihre Aufgabe mit seinem Buch nur unzureichend erfüllt. Eine Marionette, die zu lange in der Mottenkiste gelegen hatte. Kummervoll nahm sie seine Teilnahmslosigkeit wahr, versuchte durch eine innige Umarmung und ihren damit verbundenen Gefühlen, einen Ausgleich ihrerseits zu erzwingen.

Seine Kladde lag, für den Augenblick ohne weitere Beachtung, auf dem Sekretär. Der Bleistift lag wie ein unförmiges Lesezeichen in der aktuellen Seite.

Ich humpelte dorthin, öffnete es, las die letzten Zeilen, die sie geschrieben hatte. Wie unmissverständlich und detailgenau sie sein Kommen geschrieben hatte. Jetzt stand Ingo da und wartete wie ein verstandloser Computer auf den nächsten Befehl.

Liebe Bea, dachte ich, wenn du ihm keine Gelegenheit mehr gibst, etwas Falsches zu tun, dann kann er auch nichts mehr richtig machen. Dann vergewisserte ich mich mit einem hastigen Blick über die Schulter, ob ich unbeobachtet war. Beatrice umklammerte immer noch ihren Mann, der artig alles über sich ergehen ließ. Seine Arme hingen dabei schlaff herunter. Den Bleistift in der zittrigen Hand, stellte ich fest, dass es mich tatsächlich große Überwindung kostete, das Folgende zu tun. Ich schrieb: „Ingo findet zu sich selbst." Und er tat es.

Auf eine undefinierbare Art fiel die Lethargie von ihm ab. Ein Blinzeln, ein Stöhnen. Da bewegten sich seine Hände, seine Arme, erwiderten die Umarmung, hoben Beatrice in enger, herzlicher Umklammerung einige Zentimeter hoch. Sie drehten sich dabei. Ihre Blicke trafen sich, verloren sich ineinander und die beiden vergaßen die Welt um sie herum.

Der Anblick kostete mich eine Träne. Ich vergoß sie nicht aus Freude. Meine Bea. Ihr Glück in Ingos Armen schmerzte mich an einer Stelle, die ich bislang nicht kannte. „Alter Mann“, schalt ich mich erneut, legte den Bleistift ab, schlug das Büchlein zu und zog mich für eine kleine Weile in die erste Etage zurück.

Leise klopfte es schließlich an meine Wohnungstür. Wir, Bea und ich, befanden uns beide nun in einem wesentlich aufgeräumteren Zustand. Ich, weil ich gerade Zuflucht in einem Buch gefunden hatte; Bea, weil Ingo hinter ihr stand und zärtlich ihre Hüften umfasste.

„Ich habe ihm alles erklärt“, sagte Beatrice. „Ich habe ihm auch seine Kladde gezeigt.“

Das war mutig, musste ich zugeben. Dafür machte Ingo einen recht gefassten, ja geradezu gelassenen Eindruck. Ob er wirklich begriffen hatte, was hier vorging? Vermutlich nicht. Aber für tiefenpsychologische Analysen blieb keine Zeit mehr. Es drängte, dass wir endlich in den Keller kamen.

„Wir sollten aufbrechen“, ertönte es zu unserem Erstaunen plötzlich. Ingo war es, dem dieser Satz über die Lippen gekommen war. Vollkommen perplex beobachteten Beatrice und ich, wie dieser Mann zum aktiven Teil unserer Komödie wurde und energischen Schritts voranging.

Ich beugte mich an Beatrice’ Ohr. „Was haben Sie mit ihm angestellt?“

Beatrice gab sich empört. „Ich? Seitdem Sie eigenmächtig in das Buch hineingeschrieben haben …“ Sie hatte meine Intervention also schon entdeckt. „… habe ich nicht mehr hineingeschrieben. Alles, was er gerade tut, geht auf Ihre Verantwortung.“

Wir folgten Ingo die Stufen hinab zurück ins Arbeitszimmer. Dabei grübelte ich kurz, ob ich tatsächlich für das, was Ingo in seiner Selbstständigkeit tat, die Verantwortung trug. Trägt ein Gefängniswärter die Verantwortung für einen entlassenen Sträfling?

Nun, weder Beatrice noch Ingo wirkten unglücklich. Ungeachtet meiner Indiskretion hatte ich vermutlich ein gutes Werk vollbracht.

Frohen Mutes schritten wir in den Keller. Der Bücherwagen im Eingangsbereich erwartete uns. Darauf war ein einzelnes, in schwarzes Leder eingebundenes Buch. Es war größer als die Ladefläche, stand an den Seiten mindestens vierzig Zentimeter über. Noch beeindruckender war der Umfang: Ich schätzte es auf mindestens zweitausend Seiten. „Da war ein begnadeter Buchbinder am Werk“, entfuhr es mir.

Der Buchdeckel hatte einen kunstvollen Rahmen als Blindprägung. In der Mitte befand sich der vergoldete Schriftzug „Register Pla-Plz“.

„Wenigstens müssen wir Ihr Buch nicht aufs Geratewohl suchen“, sagte Ingo energisch. Schon griff er nach dem Deckel, um ihn zu öffnen. Es war seltsam, diese Person so entschlossen handeln zu sehen. Weder hielt er sich mit dem wundersamen Anblick des Kellers auf, noch hinterfragte er die Tatsache, dass das benötigte Register aus dem Nichts heraus für uns bereitstand. Das verschaffte mir ein erhebliches Unbehagen.

Wild blätterte er drauflos, befeuchtete in dieser allgemein verbreiteten Unart ständig seinen Zeigefinger an der Zunge, damit die Seiten besser an seinen Fingern hafteten. „Hier, auf Seite 57! Plana. Artikel 19081972 Westflügel in Reihe 3101, Regal 2012.“

Beatrice warf mir einen fragenden Blick zu. „Ist das weit?“

Ich rechnete. „Etwa zwölf Kilometer. Das könnten wir in drei Stunden schaffen.“

„Dann nichts wie los“, kommandierte Ingo, packte die verdutzte Beatrice bei der Hand und zog sie nach rechts. Ich blieb wartend zurück.

Kurz bevor Ingo in die erste Regalreihe einbog, drehte er sich erstaunt zu mir um. „Worauf warten Sie?“

Ich deutete in die entgegengesetzte Richtung. „Wir müssen da lang.“

Beatrice, die sich schon ein wenig hier unten auskannte, überlegte kurz. Ihr Fluchtweg fort von Tod musste ihr noch lebhaft in Erinnerung sein. „Wir müssen nicht zu den Biografien?“

„Seltsamerweise nicht. Die Regalreihen im Westflügel sind für die phantastische Literatur reserviert …“ Ich zögerte. „… um genau zu sein befindet sich mein Buch offensichtlich in der Märchenabteilung.“

„Kein Wunder, dass Tod es nicht findet. Er wird nicht gerade dort nach Lebensgeschichten suchen“, analysierte Beatrice.

„Verwunderlich, dass ein Buchhalter den Umgang mit Registern nicht kennt“, sagte ich leise, an mich selbst gewandt. „Aber vermutlich haben meine Freunde ihm nicht die Register auf einem Wagen geliefert.“

„Am besten“, bestimmte Ingo, „gehen Sie vor, bevor ich mich mit meiner Unkenntnis hier unten nochmal blamiere.“ Er lächelte schief. Unter anderen Umständen hätte ich dies als Entschuldigung aufgefasst. Unter anderen Umständen hätte ich Ingo sogar sympathisch gefunden. Aber unter diesen Umständen … Er hielt meine Beatrice im Arm als gehöre sie ihm.

Wir machten uns auf in Richtung Westen. Die Gänge zwischen den Regalen waren hier besonders eng. Dicht an dicht drängten sich die Bücher auf den Brettern. Immer wieder hörten wir qualvoll das Holz ächzen, das sich unter dem Druck und der Last bog. An manchen Stellen wurden sie von den nachrückenden Büchern nach vorne gepresst. Sie quollen buchstäblich hervor. Hin und wieder erreichten wir Orte, an denen einige Paperbacks den Kampf gegen die Artgenossen verloren hatten und zu Boden gestürzt waren.

Der Weg wurde immer mühsamer. Manchmal blieben nur wenige Zentimeter als Durchgang. „Nichts für Klaustrophobiker“, ächzte Ingo, während er sich zwischen zwei besonders eng stehenden Regalen hindurchzwängte.

„Welcher Stümper baut hier eigentlich die Regale? So arbeitet doch kein vernünftiger Mensch.“ Beatrice’ Beschwerde wurde vom Papier regelrecht aufgesogen.

Mir lag auf der Zunge „Hey, das ist eine Art Magie“ zu sagen. Aber ein Filmzitat empfand ich als unpassend. Also entschied ich mich dafür, es mit Michael Endes Worten zu formulieren: „Das ist eine andere Geschichte. Und soll ein andermal erzählt werden.“

Es roch überall nach Papier und altem Holz. Der Staub, den wir mit jeder Bewegung aufwirbelten, fraß sich unangenehm in Nase und Hals. Schon bald schmerzte jeder Atemzug. Mir begann die Zeit lang zu werden, denn um meine Kondition war es immer noch nicht gut bestellt.

Immer häufiger müsste ich mich an den Regalen abstützen und schlurfte mit bleischweren Füßen über den steinernen Boden.

Plötzlich strauchelte ich und ich wäre wohl sehr übel gestürzt, wenn mich nicht ein beherzter Griff unter den Arm aufgefangen hätte. Ingo hielt mich.

„Ich glaube, dass ich lieber Sie in den Arm nehmen sollte“, scherzte er, ließ Beatrice los und hakte sich stattdessen bei mir stützend ein.

„Keine Bange“, sagte Beatrice, „ich bin gut zu Fuß.“

„Ich hätte meinen Stock mitnehmen sollen“, stellte ich zerknirscht fest. Doch es blieb mir nichts anderes übrig, als Ingos Hilfe anzunehmen.

Unvermittelt traten wir durch einen besonders engen Durchgang hinaus auf einen hell erleuchteten Platz. Er wirkte wie eine Lichtung, die jeder Wanderer im Märchen unverhofft im finstersten Wald anzutreffen pflegt. Doch anstatt eines Lebkuchenhauses stand in der Mitte der Freifläche unter einem monströsen Leuchter ein Schrein. Drei Bücher waren darauf arrangiert. Hinter dem Schrein ragte eine Säule empor, die ganz allein den hiesigen Teil der Gewölbedecke zu tragen schien.

Ingo pfiff durch die Zähne, denn er hatte den Boden in Augenschein genommen. Güldene Fliesen, sauber und blankpoliert, bildeten einen unübersehbaren Kontrast zu der Wegstrecke, die hinter uns lag. In jeder Kachel waren kunstvoll Motive eingraviert. Elben, Orks, Drachen, Könige … und Hobbits. Sie blickten uns zwischen fremd anmutenden Kalligraphien entgegen.

Die Wände wurden durch Kopfenden von Buchregalen gebildet. Sterförmig führten die Wege dazwischen in alle Richtungen fort.

„Der Gral der phantastischen Literatur“, stellte ich fest. „Dies ist einer der zentralen Räume hier im Westteil.“

„Imposant“, kommentierte Ingo. Der Gute schien mir zu Untertreibungen zu neigen.

Beatrice erwies sich als pragmatischer. „Ich denke, dass wir hier eine kleine Rast einlegen sollten. Was halten Sie davon, wenn wir hier eine kleine Lesung abhalten würden?“

Dankbar nickte ich. Dann ließ ich mich mit knackenden Gelenken auf dem Boden nieder, lehnte mich an ein Regal und schloss kurz die Augen. Ich hörte, dass Beatrice wieder mit den Fingern über die Buchrücken glitt und auf dieses Weise nach geeigneter Lektüre suchte. Welche Wahl würde sie treffen, so nah bei den Werken von Tolkien? Es hätte mich nicht gewundert, wenn sie mit einem Christopher Paolini oder einem Markus Heitz in der Hand zurückgekommen wäre. So nah an dieser Halle gab es eigentlich nicht viel Abwechslung. Doch sie überraschte mich schließlich mit Marion Zimmer Bradley. Sie hielt mir das Hardcover vor mein Gesicht. „Die Nebel von Avalon?“, fragte sie.

„Das wird helfen.“

Ingo setzte sich neben mich und tastete geistesabwesend seine Jacke ab. In seiner Brusttasche fand er schließlich, was er suchte. Er zog einen Flachmann hervor, schraubte den Verschluss auf und … hielt inne. Alle Blicke ruhten auf ihm. Weder ich noch Beatrice wagten zu atmen. Ingo setzte ein entschuldigendes Lächeln auf. „Dumme Angewohnheit“, flüsterte er verlegen, schraubte die metallene Flasche hastig wieder zu und steckte sie zurück an ihren Platz in der Jacke.

Beatrice seufzte erleichtert. Doch ich registrierte auch die Tatsache, dass Ingo den Flachmann äußerst sorgsam verstaute. Ich fragte: „Angewohnheit?“ Er neigte wirklich dazu, zu untertreiben.

Eine peinliche Lücke entstand, die Beatrice schließlich beendete, indem sie einige Seiten vorlas.

Während ihre Worte durch die Luft schwebten und den Nebeln Gestalt gaben, zollte ich meiner Müdigkeit Tribut. Ich merkte nicht, dass ich hinwegdämmerte, fand mich jedoch irgendwann an König Artus Hof wieder.

Mein Kinn berührte die Brust. Meine Hände ruhten in meinem Schoß. So wachte ich auf. Allein.

Zuerst dachte ich, dass Beatrice und Ingo den Weg ohne mich fortgesetzt hatten. Doch dann sah ich sie. Einige Schritte von mir entfernt lehnten sie im Halbdunkel eines Regals.

„Das ist also mein Buch?“ Ingo hielt die Kladde unschlüssig in den Händen. Er wagte es nicht, darin zu blättern. Stattdessen reichte er es zurück an Beatrice. Sie nahm es entgegen und steckte es zurück in ihre Tasche. Dann lehnte sie ihren Kopf an seine Schulter. „Es ist ziemlich dünn“, stellte er fest. Seine Stimme klang brüchig. Ich konnte nicht erkennen, ob er weinte.

„In den letzten Monaten hast du nicht viel erlebt“, erklärte Beatrice.

„Doch“, widersprach er leise, „meine eigenes kleines Fegefeuer.“ Dann machte er eine kleine Pause. Seine Hand wanderte zu der harten Ausbeulung in seiner Jacke, tätschelte das Metall unter dem Stoff, als ob die bloße Anwesenheit des Alkohols ihm für den Augenblick Sicherheit geben würde. „Aber vielleicht kann man mit dem, was man dort erlebt keine Lebensbücher füllen.“

„Ich habe dich da raus geholt, dein Schicksal ausradiert und umgeschrieben. ... An wie viel erinnerst du dich noch?“ Beatrice flüsterte. Manchmal wagte man auf dem Weg zur Wahrheit nicht laut zu sprechen.

„Man sollte jemanden, der zu vergessen versucht, nicht danach fragen, an wie viel er sich erinnert.“ Dieser Satz hätte von mir sein können, dachte ich. So ein Gedankengang konnte kaum von Ingo stammen.

Sie schwiegen eine Weile miteinander, lauschten der Stille, in der Papier jeden Ton zu verschlucken schien. Schließlich beantwortete Ingo doch noch die Frage: „Die letzten Tage sind sehr vage. Ich habe nur blasse Erinnerungen. Es fühlt sich nicht wie was Eigenes an. ... Ich kann kochen und Cocktails mixen?“

„Das habe ich in dein Buch geschrieben.“

Ingo dachte darüber nach. Dann rückte er ein Stück von ihr ab. „War dir das wichtig?“

„Entschuldigung.“

„Schon gut.“ Ingo stand auf und klopfte sich den Staub von der Hose. „Wer weiß, was ich an deiner Stelle mit mir gemacht hätte. Und ich war vermutlich wirklich gut.“

„Nicht nur beim Kochen.“ Beatrice erlaubte sich ein Lächeln, das Ingo aber nicht mit ihr teilen wollte. Schon vergaßen ihre Augen das Glück und der Kummer holte sie ein. Er verschwand zwischen den Regalen und kurz darauf hörte ich das Kratzen eines Schraubverschlusses.

Nachdem ich mit einem Husten zu erkennen gegeben hatte, dass ich aufgewacht war, verließen wir die Lichtung, begaben uns wieder zwischen die Regale. Ingos dargebotenen Arm ignorierte ich und kämpfte mich verbissen Meter um Meter weiter. Ich würde die restlich Strecke bestimmt auch ohne seine Hilfe schaffen.

Eine halbe Stunde später erreichten wir einen Wegweiser. Er stand inmitten einer Kreuzung. Ein schmiedeeiserner Pfahl, an dessen Kopfende in reich verzierten Rahmen Holzpfeile in die vier Himmelsrichtungen deuteten. Der Pfeil, der zu uns zeigte, hatte die sinnige Aufschrift „Zurück“. Der entgegengesetzte Pfeil wies nach „Weiter“. Nach rechts ging es nach „Norden“. Der Pfeil, der somit südwärts wies, trug nur drei Buchstaben: „BEA“

„Welch subtiler Hinweis“, stellte ich fest. „Ich glaube, da wünscht jemand, dass Sie einen kleinen Abstecher machen.“

Beatrice schluckte. „Ich?“

Ich hob meinen Arm in einer einladenden Geste. „Eindeutiger kann es kaum sein.“

Ingo schob sich zwischen uns, als würde er Beatrice vor mir beschützen wollen. „Beatrice wird hier unten nirgendwo allein hingehen.“

„Hier unten gibt es nichts, was Beatrice fürchten muss“, sagte ich mit Nachdruck. Dann verbesserte ich mich: „Zumindest gibt es nichts, wovor Sie sie bewahren könnten.“

Ingo streckte sich zu seiner vollen Größe, plusterte sich förmlich auf. Es war ihm anzusehen, dass Beatrice seine Statur in den vergangenen Tagen durch den einen oder anderen Eintrag in sein Buch verbessert hatte. Ließ er tatsächlich seine Muskeln spielen?

„Lass gut sein.“ Beatrice strich ihm besänftigend über den Arm. „Herr Plana kann nichts für dieses Schild. Und die Botschaft ist unmissverständlich.“

„Du willst doch nicht …“ Ingo wirkte entsetzt.

„Doch“, sagte Beatrice. „Die Bücher werden mir nichts tun.“

„Nein“, bestätigte ich, „sie brauchen Sie.“

Beatrice ließ keinen weiteren Einwand Ingos zu, machte auf dem Absatz kehrt und lief in die angegebene Richtung. Hinter ihr schoben sich die Regale wie eine Schiebetür zusammen, verweigerten mir und Ingo denselben Weg.

Allerdings stand nur einige Schritte entfernt eine Bibliotheksleiter. Ihre Fuße ruhten auf Rollen und die Holme lehnten in einer Führungsschiene. Ich zählte die Sprossen: Zehn. Zwanzig. Dreißig. Viele. Verdammt viele. Doch die Alternative war Unwissenheit. Ich kletterte nach oben und verfluchte dabei lautstark meine Gebrechlichkeit.

Was auch immer die Bücher ihr mitzuteilen gedachten, musste von äußerster Dringlichkeit sein. Ich wollte wissen, was das war und nahm den qualvollen Aufstieg dafür in Kauf.

Als ich endlich die oberste Sprosse erklommen hatte, hievte ich mich auf das flache Dach des Regals. Erschöpft blieb ich auf dem Rücken liegen und hoffte, dass meine Kräfte zurückkehren würden. Kurz nach mir erreichte auch Ingo diesen ungewöhnlichen Ort, stellte sich neben mich und bot mir seine Hand. Widerwillig ließ ich mir von ihm aufhelfen.

Der Ausblick unterband jegliches Gespräch, machte uns sprachlos.

Die Regale vor uns schienen alle in Bewegung zu sein. Ein langsamer Tanz. Sie schoben und drängten sich, glitten wieder auseinander, kreisten unstet um einen beweglichen Punkt in dessen Mittelpunkt Beatrice zielstrebig voranschritt.

Plötzlich blieb sie stehen.

Plötzlich blieb alles stehen.

Der Boden vor ihr teilte sich. Gras kam zum Vorschein. Die Bücher und die Regale verschmolzen miteinander, pressten sich zu hohen Säulen zusammen. Rinde bildete sich darauf, Äste schossen hervor. Blätter trieben aus. Leuchtend grün und saftig. Auch das Deckengewölbe öffnete sich über ihr. Der Himmel verdrängte den Stein.

Vögel zwitscherten. Die Luft roch nach Sommerregen und frisch gesägtem Holz.

Ich gestattete mir einen Blick über die Schulter. Doch hinter mir lag unverändert das Buchland mit seiner dunklen kathedralenartigen Bibliothekslandschaft. Links und rechts von uns erstreckte sich das Regal, auf dem Ingo und ich standen. Und vor uns verschmolz die Realität mit einer anderen, wie eine Fata Morgana mit dem Wüstensand.

Vor Beatrice stand nun ein Pult. Schweres Eichenholz mit kostbar gearbeiteten Intarsien. Auf dessen Tischfläche lag ein aufgeschlagenes Buch. Die Seiten schienen zu leuchten. So hell, dass man die Augen zusammenkneifen musste. Auf dem Papier strahlte die Sonne an einem unschuldig blauen Himmel. Vereinzelt trieben kleine Wolken dahin. Das war kein Gemälde. Das war kein Foto. Das war, als könne man hineingreifen.

Beatrice hob den Kopf. Die Welt um sie herum hatte sich just in diesem Moment invertiert, ins Gegenteil verkehrt. Das Blau des Himmels über ihr war einem matten Weiß gewichen. Darauf standen unzählige Buchstaben in einem Fließtext. Die Textspalten reihten sich aneinander, vom höchsten Punkt, bis zum Horizont. Der Boden, das Pult und die Bäume: alles ergraute in der diffusen Mischung aus weißem Papier und Druckerschwärze. Nur das Buch zeigte noch seine kräftigen Farben und verriet, wie die Realität auszusehen vermochte, während seine Seiten in einem unspürbaren Wind leicht auf und ab wippten.

Vorsichtig griff Beatrice nach dem Buch und schlug es zu. Kein Titel, kein Autor. Nichts deutete auf den Inhalt hin. Also schlug sie es wieder auf. Die erste Seite war ein schlichtes Deckblatt. Beatrice blätterte um. Zwei Sätze in großen Lettern prangten dort.

Beatrice las. Sie las laut. So laut, dass auch ich sie hören konnte.

„Die Realität steht geschrieben. Das Geschriebene ist Realität."

Kaum hatte Beatrice die beiden Sätze gesagt, geriet alles erneut in Bewegung. Die Buchstaben, die eben noch einer Textur gleichend, alles bedeckt hatten, verschwammen vor den Augen, lösten sich schließlich auf und gaben die ursprüngliche Natur aller Gegenstände preis. Die ganze Metamorphose, die sich eben abgespielt hatte, verlief nun rückwärts, bis nur noch Bücher, Regale und das Buchland, wie ich es kannte, zurückblieben.

Beatrice war schon auf dem Weg zu uns zurück, bahnte sich zielsicher einen Weg, durch das Labyrinth, bis zu dem Durchgang, der sich für sie bereitwillig öffnete. Als sie das Schild erreichte und sich suchend umblickte, rief Ingo nach ihr. „Hier sind wir." Er schickte sich an, nach unten zu klettern. Ich hielt ihn zurück und einer Eingebung folgend forderte ich Beatrice mit beiden Händen winkend auf, ebenfalls die Leiter hinaufzusteigen.

„Warum möchten Sie Bea hier oben haben?" Ingo schien nicht einverstanden. Aber das war mir egal. Ich war auch nicht damit einverstanden, dass dieser Mann aus dem Hals roch, als ob er eine Schnapsbrennerei geplündert hatte. Wie viel von dem Zeug mochte in dem Flachmann gewesen sein? Und wieviel war jetzt noch drin?

Es war beruhigend zu wissen, dass sein Vorrat begrenzt war.

„Die Regale stehen hier so dicht, dass wir hier oben schneller vorankommen", erklärte ich. „Wenn ein Regal zu Ende ist, können wir mit einem großen Schritt auf das nächste wechseln."

„Gut", sagte Ingo. Als ob ich sein Einverständnis bräuchte! Mir entfuhr ein verächtliches Schnauben, das Ingo aber geflissentlich ignorierte. Er schaute hinunter, behielt Beatrice bei jedem Schritt, den sie tat, im Auge.

Ich nutzte die kurze Pause, setzte mich an den Rand und ließ die Beine über dem Abgrund baumeln.

Ein seltsames Gefühl beschlich mich, denn ich erkannte, dass ich keine Angst vor der Tiefe hatte. Aus irgendeinem Grund ahnte ich, dass in meinem Buch nicht geschrieben stand, dass ich hier in die Tiefe stürzen würde. Und es gab nur einen, der dies vielleicht ändern wollte. Doch Tod wusste nicht, wo mein Buch aufbewahrt wurde. Ingo, dessen Buch und meine Bea waren unter meinen Fittichen. Ich war auf dem besten Wege, dem Schnitter gehörig ins Handwerk zu pfuschen.

Ich konzentrierte mich auf das Wispern, das mich immer noch begleitete. Meine geschwätzigen Freunde plapperten alle gemeinsam drauflos, bemühten sich um meine Aufmerksamkeit. Beatrice hatte uns fast erreicht, als ich endlich verstand, worauf mich das Flüstern aufmerksam machen wollte: Ingo hielt einen Radiergummi in der linken Hand.

Beatrice ergriff Ingos ausgestreckte Rechte und zog sich auf das Regaldach. „Wow", kommentierte sie die ungewohnte Perspektive. Doch bevor sie mehr sagen konnte, schlang Ingo seine Arme um ihren Körper und drückte sie fest an sich.

„Ich hatte solche Angst um dich", raunte er in ihr Ohr. „Was ist da gerade passiert?"

Beatrice blickte kurz zu mir. Es lagen viele Fragen in ihren Augen. Und es lag eine Antwort in *ihrem* Herzen. Doch sie begriff diese Antwort noch nicht.

„Das war … das Buch der letzten Wahrheit", stammelte sie.

„Welche Wahrheit?" Die Irritation stand Ingo ins Gesicht geschrieben. Beatrice rang mit ihrer Erkenntnis, konnte sie aber nicht in Worte kleiden. Also sprang ich für sie ein. Sarkasmus und Ironie schienen mir jetzt das richtige Mittel zu sein. „Die Letzte."

Ingo löste die Umarmung, fixierte mich wütend. Eine giftige Erwiderung lag ihm wohl schon auf der Zunge, doch schließlich sagte er an Beatrice gerichtet nur: „Dein Chef möchte, dass wir hier oben weitergehen."

Also gingen wir hier oben weiter. Dabei verloren wir kein weiteres Wort über Beatrice' kleinen Ausflug ins Abseits unserer Route. Ingo grübelte über die letzte Wahrheit. Oder eventuell schmollte er auch, ob meiner Frechheit. Mir entging nicht, dass er einige Male an dem Flachmann nippte.

Beatrice ging vor ihm her. Auch sie war geistig vollkommen abwesend. Manchmal sah ich, dass ihr Mund unablässig, aber lautlos, „Das Geschriebene ist Realität“ formte.

Auch mir ging dieser Satz nicht aus dem Sinn. Was mochte diese letzte Wahrheit für uns bedeuten? Außerdem versuchte ich mir über Ingo klar zu werden. Mir passte es weder, dass er trank, noch dass er ein Werkzeug für sein Lebensbuch griffbereit hielt. Außerdem machte es mich misstrauisch, dass er das Buchland als eine Selbstverständlichkeit hinnahm. All die neuen, unfassbaren Eindrücke, die auf ihn einstürmten, schienen ihn nicht im Geringsten zu überraschen. Konnte es sein, dass diese Person tatsächlich so abgestumpft war?

Ingo zückte abermals den Flachmann, kippte den restlichen Inhalt in sich hinein. Mit hektischem Klopfen probierte er, auch den letzten Tropfen herauszuschlagen. Danach schien er zu versuchen, das Metall auszuwringen.

Unsere Blicke trafen sich. Wut blitzte mir entgegen. Doch dann wandelte sich sein Gesicht genauso unvermittelt in ein Abbild der Verlegenheit. Abgestumpft wirkte das dann doch nicht. Er war bereits wieder in seine alte Sucht verfallen. Der Mann war einfach nur krank, sagte ich mir. Und auch, wenn diese Krankheit selbst verschuldet war, so sollte ich doch wenigstens Mitleid mit ihm empfinden. Ich musste mir eingestehen, dass mir das schwer fiel. Sehr schwer.

Beatrice blieb stehen, schaute sich nach uns um und sah den Flachmann in Ingos Hand. „Du trinkst?“ Der entsetzte Vorwurf wurde nicht vom Papier geschluckt. Ein Echo hallte durch die Regale, als ob sich die Bücher Ingos Versagen weitererzählen würden

„Ich hab's mir eingeteilt. Es war nur, um die Nerven zu beruhigen. Ehrlich“, rechtfertigte sich Ingo. Verzweiflung lag in seiner Stimme. „Ich hab's im Griff.“ Eine kühne Behauptung, angesichts der Tatsache, dass der Flachmann leer war. „Ich kann jederzeit aufhören.“ Ingo holte hastig aus und warf die Flasche so weit er konnte von sich. Scheppernd fiel sie irgendwo zwischen die Regale. „Siehst du! Es macht mir nichts aus.“

Beatrice Miene wirkte wie versteinert. Sie griff in ihre Tasche und zog die Kladde heraus und zückte den Bleistift.

„Bea“, rief Ingo flehentlich, „gib mir eine Chance!“

„Du hattest deine Chance“, stieß Beatrice hervor. Sie blätterte, suchte die Stelle mit dem Satz, den ich geschrieben hatte. Sie würde sich nicht damit aufhalten, den Satz zu tilgen. Sie würde ihn einfach durchstreichen, zukritzeln, für immer unkenntlich machen.

„Beatrice“, sagte ich ruhig, aber mit all meiner mir gebliebenen Autorität, „lassen Sie es. Es wäre falsch.“ Ich wusste nicht, ob ich mir dies selbst glauben wollte, doch Beatrice verharrte kurz und nickte dann. Dabei presste sie die Lippen so fest aufeinander, dass ihr Mund nur noch ein schmaler Strich zu sein schien.

„Wir sollten weitergehen“, beschloss sie schließlich. Die Kladde verschwand wieder in ihrer Tasche.

„Danke“, brachte Ingo mit einem Keuchen hervor.

„Ich glaube nicht“, sagte ich aus tiefstem Herzen, „dass Sie mir dafür danken sollten.“ Mit diesen Worten ließ ich ihn zunächst stehen, folgte Beatrice. Dann bemerkte ich, dass Ingo nicht hinterher kam. Er stand wie angewurzelt dort, wo wir ihn zurückgelassen hatten. Zitternd. Kraftlos. Hoffnungslos.

Also schluckte ich meine Missachtung runter. Sie würde niemandem helfen. „Kommen Sie.“ Ich gab meiner Stimme etwas Aufmunterndes. „Es ist nicht mehr weit. Wir haben es fast geschafft.“

Ingo straffte sich, hob den Kopf und schloss zu mir auf. „Danke“, sagte er nochmals. Dieses Mal legte ich meinen Arm um ihn. Nicht, dass ich ihn stützen konnte, aber die Geste zählte.

Und so schritten wir oberhalb der mit Büchern eingefassten Schluchten, getragen vom Holz und der Kultur der ganzen Welt. Unsere Gratwanderung wurde nur gelegentlich kurz gestoppt, wenn die Strecke der eigentlich endlos anmutenden Regale durch eine Wegesschlucht unterbrochen wurde. Doch ein großer Schritt von einem zum nächsten Regal reichte immer vollkommen aus. Zwischendurch warf ich den einen oder anderen Blick nach unten, orientierte mich an Schildern, die mir durch Nummern und Buchstaben unseren Standort verrieten.

„Gleich sind wir da“, sagte ich endlich, „wir sollten die nächste Leiter, die kommt, zum Abstieg nutzen.“

Nun standen wir im Westflügel, wieder mit festem Grund unter unseren Füßen. Vor uns das Regal 2012.

Mich erfasste ein gewisses Unwohlsein. Hier im Westflügel, so kam es mir vor, würde ich gleich meinem Schicksal begegnen. Mein Buch, mein Leben. Nicht einfach eine Biografie, sondern das, was tatsächlich geschehen ist, geschieht und … geschehen wird. Wenn ich wollte, dann konnte ich einen Blick in meine Zukunft werfen. Ich war mir nicht sicher, ob dies vernünftig wäre. Aber die Versuchung war groß.

Auch Ingo wirkte aufgeregt. Ich war mir nicht sicher, ob es daran lag, dass Beatrice sein Buch hier verstecken wollte, oder ob es einen anderen Grund hierfür gab. Aber es entging mir nicht, dass er den Radiergummi noch immer griffbereit hielt und ihn unstet zwischen den Fingern hin und her gleiten ließ.

„Ich sollte mir langsam überlegen, wie ich Ingos Buch weiterschreibe“, sagte Beatrice zu mir. „Es muss etwas sein, das nicht mehr umgeschrieben wird. Wenn wir es hier versteckt haben, werden wir wohl kaum wiederkommen, um es ständig nachzubessern.“ Während sie sprach, ignorierte sie ihren Mann vollkommen. Sein künftiger Werdegang stand für Beatrice anscheinend einzig in ihrer und in meiner Macht.

„Denken Sie nicht, dass mein letzter Eintrag reicht?“ Ich hatte es kaum ausgesprochen, da biss ich mir auf die Lippen. Ich Dummkopf!

Beatrice schnaubte verächtlich. Wo waren nur all die liebevollen Empfindungen hin, die sie ihrem Mann im Antiquariat entgegengebracht hatte? Das war nur ein paar Stunden her, doch es fühlte sich wie Jahre an. „Er hat nicht nur zu sich selbst gefunden“, sagte Beatrice. In jeder Silbe lag tiefstes Bedauern. Oder war es unterdrückter Hass? „Auch den Alkohol hat er ohne lange Suche gefunden. Es ist der Beweis, dass ich in seiner Geschichte nichts auslassen darf. Wenn ich ihn beschützen will, dann dürfen keine Freiräume bleiben.“

„Ich … ich … bin doch nicht dein Gefangener“, stammelte Ingo. Sein Gesicht war ein Abbild des Schreckens. Doch Beatrice ignorierte ihn gänzlich.

„Wie stellen Sie sich das vor?“ Ich versuchte es mit Logik. „Sie können ihm doch nicht sein gesamtes Leben hier unten vorschreiben, ohne zu wissen, was für Geschehnisse in der Zukunft auf Sie und Ihren Mann warten. Sie können weder den Urlaub in zwei Jahren planen noch die zu erwartenden Toilettenbesuche des nächsten Monats bereits eintragen. Ihnen bleiben gar nicht genug Seiten, um lückenlos sein Leben zu schreiben."

„Ich muss … Irgendwie." Man konnte Beatrice ansehen, dass sie keinen blassen Schimmer hatte, wie sie dies anstellen wollte. Das letzte Wort war somit noch nicht gesprochen. Sie wandte sich dem Regal zu und begann mit der Suche nach meinem Buch.

„Warte", rief Ingo in einem verzweifelten Anfall von Hilfsbereitschaft, „ich helfe dir." Da kämpfte jemand um seine Rehabilitation. Ich widerstand der Versuchung, resigniert mit dem Kopf zu schütteln.

Die Suche nach meinem Buch stellte sich als schwerer als angenommen heraus. Ich schätzte die Anzahl der Bücher in diesem Regal auf etwas mehr als fünfhundert Titel. Es waren allesamt Hardcover (wie beruhigend, dass mein Leben nicht eine billige Kladde oder ein Paperback war), die allerdings nicht auf dem Buchrücken beschriftet waren. Wir mussten jedes Buch einzeln herausziehen, die Überschrift auf dem Buchdeckel lesen, das Buch zurückschieben und dann das nächste nehmen. Mit unserer anfänglichen Suche aufs Geratewohl hatten wir wenig Aussicht auf Erfolg. Also begannen wir alsbald mit einer systematischen Methode. Jeder nahm sich eine Reihe vor und arbeitete sich von links nach rechts durch. Dies war überaus anstrengend, denn diese Schmöker waren ausgesprochen umfangreich. Viele hundert Seiten, gefasst in hölzernen Deckeln, die wiederum mit Leinen bespannt waren. Da kamen allerhand Kilogramm zusammen, die von uns bewegt wurden.

Schon bald musste ich mich ermattet am Fuße des gegenüberliegenden Regals niederlassen, während Beatrice und Ingo weitersuchten.

Beatrice glaubte, dass ich sie nicht hören konnte, als sie Ingo leise zuflüsterte: „Ich glaube, dass ich Herrn Plana wieder etwas vorlesen sollte." Mal wieder hatte ihre Stimmung gewechselt. Wie schön. Sie konnte mit Ingo sachlich reden.

Aber auch Ingo durchlebte gerade einen erstaunlichen Gemütswandel. Mir erschien es, als würde sich plötzlich eine andere Person in ihm regen, als er überaus aufmerksam fragte: „Was hat es mit dem Vorlesen auf sich?“

Beatrice schien die Veränderung nicht zu bemerken. „Ich weiß es nicht genau. Und das, was ich weiß, kann ich nicht richtig erklären.“

„Versuch es“, drängte Ingo.

„Nun … Weißt du … Bücher sind nicht nur praktische Beförderungsmittel für Geschichten. Sie nehmen etwas Leben vom Schriftsteller. Oder vielmehr *gibt* der Schriftsteller etwas von seinem Leben.“

„Er erfindet auch Leben. Erschafft es neu“, ergänzte Ingo. Erstaunt schaute Beatrice ihren Mann an. Für Ingo waren dies bestimmt ungewöhnliche Erkenntnisse.

„So in der Art, ja. Vielleicht trägt Herr Plana zu wenig eigenes Leben in sich. Auf irgendeine Weise lassen ihn aber die Bücher aufleben. Auch Kalliope hat so etwas angedeutet.“

Ingo legte den Kopf schief. „Kalliope?“

„Die Muse. Ich bin ihr begegnet.“ Es klang beinahe alltäglich, wie Beatrice es erwähnte. Als ob die antike Gestalt ihre alte Schulkameradin gewesen wäre. „Sie sagte, Plana trage zu wenig Eigenes in sich. Oder so ähnlich.“

Ingo nickte. „Verstehe.“ Nachdenklich nahm er die Suche wieder auf. „Du solltest ihm wirklich etwas vorlesen. Ich suche alleine weiter.“ Der Radiergummi wippte wie eine Zigarette zwischen Mittel- und Zeigefinger auf und ab.

„Ich habe was Gutes für Sie ausgesucht“, sagte Beatrice leise, fast liebevoll, als sie sich neben mich hockte. „Im Regal, an dem wir eben runtergeklettert sind, habe ich einen Sammelband von Thomas Mann gefunden.“

Überrascht zog ich eine Augenbraue hoch. „Hier? Bei der Fantastik?“

„Sämtliche Erzählungen, erster Band“, verlas sie. Dann ließ sie die Seiten willkürlich zwischen den Fingern hindurchgleiten, stoppte an einer zufälligen Stelle und begann irgendwo inmitten des Textes. Ich lauschte ein paar Zeilen, erkannte sie. „Der Tod? Wie motivierend.

Manchmal frage ich mich, ob ich jeden Wink, den uns die Bücher geben, wirklich verstehen möchte.“

Besorgnis machte sich in Beas Zügen breit. „Soll ich was anderes lesen?“

„Nein, nein“, wiegelte ich ab, „es wäre eine Schande, nicht ein Stück hiervon zu lesen.“

„Nun ist der Herbst da, und der Sommer wird nicht zurückkehren ...“ So lauschte ich ein weiteres Mal Beas Worten, als sie mir die Geschichte von diesem Vater erzählte, der sich seinen eigenen Tod voraussagt und seine Prophezeiung für sich und seine Tochter selbst erfüllt. Obwohl ich nach der Geschichte einen Kloß im Hals verspürte, erwiesen sich meine Glieder und Muskeln als erstarkt und erfrischt. Ich raffte mich also auf, um die Suche nach meinem Lebensbuch fortzusetzen, da kam uns Ingo, der sich bis zum entferntesten Ende des Regals durchgearbeitet hatte, mit eiligen Schritten entgegen.

„Das solltet ihr euch ansehen!“ Der Klang seiner Stimme verhieß nichts Gutes.

„Hast du's gefunden?“ Beatrice versuchte ein zuversichtliches Lächeln, das aber schon im Ansatz erstarb, als Ingo mit dem Kopf schüttelte.

„Das wird euch nicht gefallen“, erklärte er, „ich habe den Stellplatz gefunden.“

Ich zog verwirrt die Stirn kraus. „Den Stellplatz?“

„Die Stelle, wo Ihr Buch stehen sollte. Aber es ist nicht da.“

„Woher weißt du denn, wo es stehen *sollte*?“ Beatrice zweifelte gerade an der Zurechnungsfähigkeit ihres Mannes. Aber ich fragte mich, wie sehr der Inhalt eines Flachmanns die Urteilskraft eines geübten Trinkers beeinflussen konnte. Zumal Ingo nicht betrunken wirkte. Im Gegenteil: Er wirkte erstaunlich agil. Keine Spur seiner Sucht zeichnete ihn und sein Gemüt schien erregt und nicht so entrückt wie vor der Suche.

An Beatrice' Gemütswandlungen hatte ich mich ja gewöhnt. Doch ich hätte nicht gedacht, dass auch Ingo seine Stimmungen und obendrein sein körperliches Befinden ähnlich rasch ändern konnte. Misstrauen keimte in mir.

„Das müsst ihr euch selbst ansehen“, sagte Ingo, fasste Beatrice bei der Hand und zog sie mit sich. Ich folgte. Am Ende des Regals angekommen, sahen wir, was Ingo meinte: Dicht an dicht, wie Zähne in einem Mund, standen die Bücher in der Reihe. Und einer Zahnlücke gleichend, fehlte ein Buch. Ein geisterhaftes Leuchten, wie fluoreszierender blauer Nebel, lauerte in dem Loch, gab die Umrisse eines Bandes wieder.

„Was ist das?“, fragte Beatrice.

„Keine …“, sagte Ingo.

„… Ahnung“, sagte ich.

Vorsichtig ließ ich meine Hand in die Lücke gleiten, tastete nach dem Dunst, der aber körperlos meinem Griff entfloh. Stattdessen spürte ich ein Stück Karton, das am angrenzenden Buch lehnte. Ich zog es hervor.

„Eine Postkarte“, entfuhr es Beatrice erstaunt.

„Ja“, sagte Ingo, „ich hab sie mir eben schon angeschaut. Lies, was drauf steht.“

Beatrice nahm mir die Karte aus der Hand. „Vorankündigung. Regalplatz Artikel 19081972. Lesen Sie die Abenteuer des tapferen Herrn Plana und seiner treuen Freunde. Tauchen Sie ein in das Buchland. ISBN-Nummer 9783862821860. Weitergehende Informationen erhalten Sie in der Buchbinderei.“

Eine schweigsame Minute schloss sich an.

Dann sagte Beatrice: „Was hat das …“ Sie brach den Satz ab.

„Keine …“ sagte Ingo.

„… Ahnung“, sagte ich.

„Herr Plana, ist Ihnen nicht gut? Sie sind auf einmal so blass?“ Ingo griff mir stützend unter die Arme.

Ich schüttelte ihn ab. „Nein, nein, mir geht es gut.“

Jedoch zeigte auch Beatrice ihre Besorgnis: „Soll ich Ihnen noch etwas vorlesen?“

„Verdammt! Nein“, entfuhr es mir. „Mir geht es gut.“

Ich dachte an meine Gedanken von neulich. Zuerst war ich der Strippenzieher. Dann kam ich mir vor wie eine Marionette. Und jetzt … musste ich feststellen, dass man mir die Fäden, nach denen ich tanzte, einfach durchtrennt hatte. Wir saßen hier in einer Sackgasse. Wir hatten weder mein Buch gefunden noch hatten wir Ingos Buch in Sicherheit gebracht. Unser Ziel geriet außer Sichtweite.

„Sollen wir die Kladde einfach hierlassen?“, fragte Beatrice.

„Nein“, riefen Ingo und ich gleichzeitig. Ich wusste, warum ich nichts davon hielt: Tod hatte vielleicht hier schon nach meinem Buch gesucht und es genausowenig gefunden wie wir. Aber hier war ein Ort, an dem er es finden könnte. Und Ingos Buch würde er hier somit auch finden. Mir war dies klar. Mir. Aber Ingo? Warum wollte er sein Buch nicht hierlassen?

Ich warf ihm einen fragenden Blick zu, doch er blieb eine Erklärung schuldig.

Stattdessen fragte er nur knapp: „Was machen wir jetzt?“

„Sollen wir denn nicht lieber zu dem Buchbinder gehen?“ Beatrice griff nach dem letzten Strohhalm. „Er hat doch angeblich Informationen.“

Ich seufzte aus tiefster Brust. „Wissen Sie, wo wir ihn finden können?“

„Wissen Sie es denn nicht? Sie sind doch schließlich der Auktoral.“

„Ich wünschte …“ Wie sollte ich das jetzt formulieren? „Ich wünschte, ich könnte mehr sagen. Eine Buchbinderei ist mir hier unten noch nicht begegnet.“

„Wo kommen die ganzen Bücher denn her?“ Ingo nahm die Karte an sich, betrachtete sie nochmals kurz und schob sie dann zurück an ihren angestammten Platz.

„Eine gute Frage“, stellte ich fest. Dabei bemühte ich mich besonders wissend und souverän zu wirken. Insgeheim hoffte ich darauf, dass mir meine Freunde eine brauchbare Antwort zuflüstern würden. Vielleicht lag es an ihrem speziellen Sinn für Humor, dass sie schwiegen. Nun gut, dann galt es, zu improvisieren. Mit einem „Gehen wir“, überging ich Ingo und setzte eine neue Marschroute fest: zurück zum Antiquariat.

Wir liefen dieses Mal nicht über die Regaldächer. Der Boden erschien mir im Augenblick reizvoller. Die Minuten verstrichen und wir passierten all die literarischen Schätze. Und während ich noch grübelte, welche Optionen uns denn nun blieben, gab das Buchland ganz von selbst ein weiteres seiner mir noch unbekannten Geheimnisse preis. Als wir den Wegweiser wieder erreichten, wäre ich um ein Haar an ihm vorbei gegangen, ohne ihn besonders zu beachten. Doch Beatrice griff nach meiner Schulter und deutete auf die kleinen Schilder, die im Zwielicht glänzten. Auf wundersame Weise hatten sich einige der Buchstaben gewandelt.

Zwar wiesen die Pfeile „Zurück“ und „Norden“ noch in ihre angestammten Richtungen. Doch die Angabe „Weiter“ zeigte nicht mehr die Richtung zum Regal 2012. Dort prangte nun nur ein einzelnes Satzzeichen. „?“. Ebenso war Beatrice’ Name verschwunden. Der entsprechende Pfeil verriet uns stattdessen, in welcher Richtung der Buchbinder zu finden war.

Ich hob dankbar die Arme. „Wer hätte gedacht, dass es so einfach sein würde?“

Ein leises Murren richtete meine Aufmerksamkeit auf Ingo.

„Wie bitte?“

Ingo wiederholte seine Worte: „Schade, dass auf dem Schild nicht steht, wo es zum nächsten Restaurant geht.“

Perplex fragte ich: „Hunger?“

Bevor Ingo antworten konnte redete Beatrice dazwischen: „Durst!“

Schuldbewusst ließ Ingo den Kopf zwischen die Schultern sacken. „Eigentlich wäre eine Toilette nicht schlecht. Und … und gegen was zu Essen hätte ich tatsächlich nichts.“

„Du musst pinkeln?“ Für Beatrice schien dieser Sachbestand abstrus zu sein. Andererseits waren wir nun seit einiger Zeit unterwegs. „Wir stecken inmitten eines großen Abenteuers und du musst pinkeln?“

„So profane Angelegenheiten kommen in den besten Geschichten vor“, schmunzelte ich amüsiert. „Das ist menschlich. Ich glaube, dass selbst Romeo und seine Julia hin und wieder austreten mussten.“

Peinlich berührt, versuchte Ingo das Thema zu wechseln. „Gehen wir jetzt zum Buchbinder?“

„Die Gelegenheit könnte nicht besser sein“, sagte ich.

Kaum hatte ich zu Ende gesprochen, da schoben sich die Regale weit auseinander. Knirschend und ächzend bewegten sie sich über die Steinplatten des Bodens, richteten sich neu aus, wie Soldaten, die in Reih’ und Glied ihrem großen Heerführer Spalier stehen. Der Gang, der sich uns nun breit und einladend auftat, führte etwa zweihundert Meter weit. An dessen Ende öffnete er sich in einer Lichtung, auf dessen Mitte eine kleine Holzhütte stand.

Als wir sie erreichten, spähte Ingo durch das einzige kleine Fenster. „Anscheinend ist niemand zu Hause“, stellte er fest. „Es brennt kein Licht. Da drinnen ist es finster wie in der Nacht.“

Beatrice reichte diese Aussage nicht. Sie trat auf die kleine Veranda vor der Tür und klopfte an. Wider meiner Erwartung erklang prompt die Antwort aus dem Inneren der Hütte: „Herein.“

Wir betraten einen Raum, in dem man die Hand vor Augen nicht sehen konnte. Die Dunkelheit hatte eine fast greifbare Konsistenz. Sie ließ sich nicht allein durch die Abwesenheit von Licht erklären.

„Ich bekomme selten Besuch hier. Schön, dass ihr zu mir gefunden habt.“ Eine Stimme, rauh, ausgefranst und brüchig wie alter Papyrus sprach zu uns. „Neben der Tür müssten Schwefelchen und eine Kerze sein. Falls ihr etwas Licht machen möchtet, dürft ihr euch gerne bedienen. Auf dem Herd steht eine Suppe und hinter dem Haus – he he he – findet ihr bei Bedarf die Gelegenheit, euch Erleichterung zu verschaffen.“

Zischend entzündete sich neben mir ein Streichholz. Beatrice hielt es an den Docht der Kerze, die auf einem Tischchen neben der Tür bereitstand. Die uns umgebende Schwärze floh zum Fenster hinaus …

… und wir erblickten die Werkstatt des Buchmachers. Am Kopfende des kleinen Raums war eine riesige hölzerne Werkbank. Darauf lagen alle möglichen Buchbinderutensilien: Bucheckenzangen, Zwingen, Hohlnietschlagsätze, Poliersteine, eine Ahle, einige Falzbeine in verschiedenen Größen, biegsame Maßstäbe aus Metall, unzählige Messer in verschiedensten Formen und Größen, Winkel und Schienen, lange Nadeln, die dazugehörigen Fäden, Pinsel und drei Leimtöpfe. Auf einem Regalbrett darüber lag ein Stapel Papier, der so hoch aufgestapelt war, dass er leicht zu schwanken schien.

Auf dem Boden neben der Werkbank stand ein zwei mal zwei Meter großer Kleintierkäfig. Hinter dem Gitter wuselten zwei fette, graue Leseratten herum.

… und wir erblickten den Buchmacher. Ein schmächtiger Mann mit Brille, vielleicht um die vierzig, der so gar nicht zu der Stimme passte, die wir eben vernommen hatten. Mit seiner schlichten Bekleidung, der hohen Stirn und den kurzgeschorenen Haaren, wirkte er nicht wie ein Darsteller des Buchlandes. Dieser Typ hätte uns vermutlich oben im Laden als Kunde begegnen können. Hier unten wirkte er deplatziert, wie aus einer anderen Welt.

Auf den zweiten Blick erkannte ich eine Besonderheit an ihm: Die Augen hinter seiner Brille waren geschlossen. Die vorgestreckten Hände und sein leicht schräg geneigter Kopf ließen erahnen, dass er mit den Ohren und den Fingern „sah“. Er war blind.

Der Buchbinder saß hinter der Werkbank, reckte uns sein Gesicht entgegen und lächelte in einer undefinierten Glückseligkeit. „Fühlt euch ganz wie zu Hause.“ Seine Stimme klang nun viel jünger, als habe sie entschieden, sich dem Äußeren des Mannes anzugleichen.

Seine Hände ertasteten ein Buch, das vor ihm auf der Arbeitsfläche lag. Ich schob mich ein Stück vor um die Buchstaben auf dem Ledereinband zu entziffern. ‚William Paley – Natural Theology‘. Ich hatte nicht bemerkt, dass ich laut vorlas. Vielleicht hatte ich es auch gar nicht. Doch der Buchbinder antwortete trotzdem: „Aus Sicht des Autoren enthält dieses Buch eine schlüssige Beweisführung, dass die Welt und die Geschöpfe auf ihr von Gott erdachte Wesen sind. Paley erschuf sich seine eigene kleine Wahrheit. Tausende seiner Leser folgten seinen Überzeugungen. Einige tun es heute noch.

Es ist eine interessante Lektüre, auch wenn sie von der Wissenschaft längst widerlegt ist, denn sie ist Teil einer wundervollen Analogie zum Konflikt zwischen Theologie, Philosophie und Wissenschaft.“ Der Buchbinder schob das Buch zur Seite. „Aber das tut jetzt und hier kaum was zur Sache. Denke ich. Was darf ich für euch tun?“

„Ich suche mein Buch“, brachte ich heiser hervor. „Im Regal haben wir nur eine Vorankündigung gefunden.“

„Wie wird das Buch heißen?“

„Ich … nehme an, dass es „Plana“ heißen wird“, sagte ich.

„Ein solches Buch ist mir nicht bekannt.“ Der Buchbinder lächelte schelmisch.

„Vielleicht gehört noch der Vorname mit zum Titel“, schlug Beatrice vor, „wie ist Ihr Vorname, Herr Plana?“

Ich holte kurz Luft, öffnete den Mund um zu antworten und schloss ihn dann wieder. Verstört musste ich feststellen, dass ich meinen Vornamen nicht wusste. Ein Gefühl der Panik schnürte mir die Kehle zu.

Bevor ich meine Unwissenheit verlegen eingestehen musste, hob der Buchbinder seine Hände. „Der Vorname wird uns auch nicht weiterhelfen. Aber allem Anschein nach, habt ihr im PLA-Regal gesucht. Dort fehlt nur noch ein Buch.“

„Welches?“, fragte Ingo. „Welchen Titel hat es?“

Der Buchbinder verbreiterte sein Lächeln um einige Zentimeter. Eine Antwort auf die Frage blieb aus. „Das Buch ist noch nicht fertig“, sagte er nur knapp.

Nach einer kurzen Pause fügte er hinzu: „Das Manuskript muss noch in die rechte Form gebracht werden.“

„Aber *ich* bin doch da.“ Beinahe hatte ich Angst, dass ich mich aufgrund dieser abstrusen Situation plötzlich in nichts auflösen konnte. „Ich muss ein Buch haben, in dem meine Geschichte …“

Der Buchmacher unterbrach mich mit ruhiger, fester Stimme. „Manche Geschichten schreiben sich fast von selbst. Sie sind allgegenwärtig. Die Gefühle sind da. Doch es fehlen noch die Worte. Erst die Worte geben dem Gedanken ihr Gewicht.“

„Das verstehe ich nicht. Ich bin doch da“, sagte ich noch einmal. Wie verzweifelt durfte ich noch werden, ohne, dass meine Begleiter die Achtung vor mir verloren?

„Tja … Es gibt eine Ausgabe. Aber nicht hier. Nicht in dem Regal an dem es VIELLEICHT mal stehen wird.“

Wenn ich recht darüber nachdachte, dann war das ein ziemlich eindeutiger Hinweis.

„Die Kammer der ungeschriebenen Bücher?“, fragte ich.

Der Buchbinder nickte, sprach aber nicht weiter. Er wartete auf meine Reaktion.

Als ich mir sicher sein konnte, dass ich meine Stimme in ausreichendem Maße beherrschen konnte, sagte ich: „Mein Leben käme einer Prophezeiung gleich.“

„Im Bereich der Fantasy-Literatur ist eine Prophezeiung eigentlich nichts Ungewöhnliches“, schmunzelte der Buchbinder. „Aber so würde ich es nicht nennen. Karma, das trifft es schon eher. Alle vorausgegangenen Ereignisse führten unweigerlich zu dem, was du bist und sein wirst.“

„Meine Entscheidungen sind vom Schicksal schon vorherbestimmt? Ich habe keinen freien Willen?“

„Der Mensch kann tun, was er will. Aber er kann nicht wollen, was er will“, erklärte der Buchbinder.

„Das stammt von Albert Einstein“, kommentierte Beatrice.

„Arthur Schopenhauer“, korrigierte ich automatisch.

„Es ist nicht wichtig, wer die Worte verfasst hat. Es ist wichtig, was die Worte mitteilen“, sagte der Buchbinder. Seine überhebliche, arrogante Art erinnerte mich irgendwie an mich selbst. … Ich stellte fest, dass ich ihn nicht leiden konnte.

Angewidert schürzte ich die Lippen. „Was sie uns mitteilen, gefällt mir nicht.“

Der Buchbinder lachte herzlich. „Wer hat behauptet, dass die Wahrheit gefällig sei?“ Dann drehte er lauschend den Kopf in Richtung Tür. Ingo war im Begriff, sich aus dem Raum zu schleichen. „Händewaschen nicht vergessen“, merkte der Buchbinder leise an.

Beatrice inspizierte inzwischen misstrauisch den Käfig mit den Ratten. Ich konnte ihr ansehen, dass sie diese Tiere verabscheute. Zu gut war ihr wohl noch in Erinnerung, was sie mit ihrem Buch gemacht hatten.

„Possierliche kleine Nager“, sagte der Buchbinder. Er stand auf und ging zu Beatrice. Dabei bewies er eine Gewandtheit, als könne er alles in diesem Raume sehen. „Außerdem sind sie besser als jeder Abfalleimer.“ Um seine Aussage zu belegen, griff er hinter sich und nahm eine lose Buchseite von der Werkbank, faltete sie zwei mal und steckte sie dann durch die Gitterstäbe in den Käfig. Das Geräusch, das nun folgte, erinnerte an einen Papierschredder. Allerdings musste es ein Papierschredder sein, der laut schmatzte. Kein Schnipsel blieb übrig.

Beatrice beobachtete, wie der Buchbinder zurück an seinen Platz ging und mit der Arbeit an einem Buchumschlag begann.

„Wie können Sie als Buchbinder arbeiten, wenn Sie nicht sehen, was Sie tun?", entfuhr es Beatrice verblüfft.

„Ich muss hier nichts sehen können. Meine Wirklichkeit ist hier drin." Der Buchbinder deutete auf seine Stirn. „Die Phantasie kann alles zeichnen, was man nicht zu sehen vermag."

Wie um dies zu belegen, nahm er den Stapel Papier von dem Brett über sich, balancierte ihn geschickt herunter. Das oberste Blatt wurde von einem Lufthauch erfasst und schwebte um ein Haar davon. Doch der Buchbinder fing es auf. „Auch wenn nicht alles immer läuft, wie ich es möchte, so weiß ich doch immer, was geschieht."

Ich verdrehte genervt die Augen. Beatrice nahm dies zum Anlass den Buchbinder zu testen. „Alles, was geschieht?"

Der Buchbinder schnalzte mit der Zunge. Es klang herausfordernd.

Beatrice fragte: „Weshalb suchen wir nach Herrn Planas Buch?"

„Oh, ich weiß das. Wisst ihr es auch?" Er spannte den Stapel routiniert in eine Presse ein und drehte mit kräftigen Handbewegungen die Zwingen zusammen. „Nun, ich will es euch sagen: Ihr fürchtet den Tod. Und ihr habt die Hoffnung, ihn austricksen zu können. … Ich kann euch versichern, dass haben schon ganz andere versucht. Man kann ihm nicht entgehen. Er ist euch näher, als ihr denkt."

Beatrice wirkte erschrocken. „Wie können Sie das wissen?"

„Er ist ein alter Bekannter. Der Tod geht in meinem Hause ein und aus. Kaum ein Buch, das nicht ein Stück von ihm in sich trägt. Ich verpacke ihn immer wieder zwischen Buchdeckel.

Aber er ist nicht zu fürchten. Hier nicht. Wisst ihr … Autoren und ihre Figuren leben in ihren Werken fort. Dieses kleine Stückchen Unsterblichkeit nimmt die Angst vor dem Sterben. Ihr beiden solltet also wirklich nicht den Tod fürchten. Tod ist kein Arschloch. Im Gegenteil: Wenn man ihn recht zu nehmen weiß, kann er ein echter Kumpel sein."

Unsere Meinungen gingen da auseinander. Aber das behielt ich für mich. Stattdessen beschloss ich, nur noch auf Ingos Rückkehr zu warten, um dann zum Aufbruch zu blasen. Die Kammer der ungeschriebenen Bücher erwartete uns.

Beatrice hatte offensichtlich ähnliche Überlegungen angestellt. Sie zog mich ein paar Schritte fort von unserem Gastgeber.

„Warum wollten die Bücher, dass wir zuerst hier suchen? Sie haben uns doch hierher geleitet. Wir hätten direkt mit dem Fahrstuhl hinauf in den Turm fahren können. Wir verplempern hier unsere Zeit."

„Vielleicht wollten sie, dass Sie erst das Buch der letzten Wahrheit sehen. Oder sie wollten, dass wir wissen, wo mein Buch mal stehen wird. Unter Umständen ist es wichtig, dass wir den künftigen Platz kennen."

Bea fragte: „Warum das alles? Warum sagt das Buchland nicht einfach, was es will?"

„Wer das Leben schreiben will, muss zuvor das Leben und das Schreiben kennen", mischte sich der Buchbinder in das Gespräch ein. Seine guten Ohren entsprachen ganz dem Klischee eines Blinden. „Beatrice, Ihre Aufgabe wird es sein, zu schreiben. Es ist wichtig, dass Sie wissen worüber Sie schreiben möchten."

„Was hat das damit zu tun?", schnappte Beatrice. Jetzt konnte ich mir sicher sein, dass sie diesen arroganten Kerl auch nicht leiden mochte.

Meine Bea!

„Mehr als ihr ahnt", flüsterte der Buchbinder.

„Ich frage mich …", begann ich.

„… woher ich das alles weiß?" Der Buchbinder rührte verträumt im Leimtopf. „Wie soll ich das erklären? Vielleicht so: Ein Auktoral weiß alles, was ihm die Bücher mitteilen möchten. Die Bücher wissen alles, was ihnen der Buchbinder zusammenleimt. Ich bin also gewissermaßen eine übergeordnete Instanz."

In einer ruhigen Minute hatte ich dringend ein Gespräch mit meinen Freunden zu führen.

„Ja", fügte der Buchbinder seinen Ausführungen oder meinen Gedanken hinzu.

„Bevor ihr geht, schlage ich vor, dass ihr meine Gastfreundschaft noch ein wenig in Anspruch nehmt. Ihr habt bestimmt Hunger. Was haltet ihr von einer kleinen Mahlzeit? Ein kleines Lagerfeuer vor der Tür, Kartoffeln, etwas Speck: Hört sich das für euch verlockend an? Ich würde mich gerne noch mit euch unterhalten und etwas Lesestoff für eine gemütliche Runde ist auch da. Ich lese gerne vor.“ Der letzte Satz des Buchbinders galt mir. Dabei ließ er wissend die linke Augenbraue zucken, als würde er mir zuzwinkern.

Es gab keinen Zweifel, dass mir eine Lesepause gut tun würde. Außerdem knurrte Beatrice’ Magen lautstark bei der Erwähnung von Kartoffeln und Speck. Vielleicht sollten wir wirklich eine halbe Stunde für eine Rast opfern.

Schon bald saßen wir draußen vor der Tür. Umgeben von Bücherregalen, die im Halbdunkel des flackernden Feuerscheins wie ein alter Wald ihre tanzenden Schatten warfen, hielten wir Stöcke über ein prasselndes Lagerfeuer. Hinter uns lag die Holzhütte, über uns nur Schwärze. Man hätte annehmen können, dass wir irgendwo in der freien Wildnis von Narnia unsere Reise unterbrochen hätten.

An den Stöcken hatten wir unser Essen aufgespießt. Der Duft des Fleisches ließ uns das Wasser im Munde zusammenlaufen. Die Gemütlichkeit wurde für mich nur durch eine Tatsache getrübt: Der Buchbinder hatte offensichtlich kein Brennholz vor seiner Hütte. Das Feuer nährte sich von alten Buchdeckeln, ausgefranstem Leinen und vergilbtem Papier. Das waren die Teile von restaurierten Büchern. Um genau zu sein, waren es deren Abfälle.

Beatrice, die zwischen mir und dem Buchbinder saß, bewies, dass sie ähnliche Gefühle verspürte wie ich. Sie flüsterte: „Es ist nicht richtig, Bücher zu verbrennen.“

„Magst du rohe Kartoffeln?“, fragte der Buchbinder.

„Nein … aber ich komme mir vor wie ein Nazi.“

Der Buchbinder verzog das Gesicht. „Nicht nur die Nazis haben Schriften verbrannt. Es ist zu allen Zeiten in unzähligen Nationen geschehen. Zum Beispiel in China, Libyen oder im alten Rom. Christen, Juden und Muslime – sie alle haben gezündelt. Die Liste ließe sich beliebig fortsetzen. Als ob Gedankengut flammabel wäre! Den verfassten Worten hat es selten geschadet. Manchmal steigerte es sogar ihren Wert. Sie wurden kostbar, für diejenigen, die sie suchten. Wie der Wind den Rauch forttrug, so haben sich die Gedanken vom Papier gelöst und von freien Geistern in alle Welt verbreiten lassen."

Beatrice zog den Stock zu sich heran. Die Kartoffel dampfte verführerisch. „Trotzdem fühlt es sich nicht richtig an."

Der Buchbinder nickte. „Natürlich. Ich verstehe, was du meinst. Sei versichert, dass das Feuer keine richtigen Bücher verschlingt. Es sind nur Einzelteile, die ich an Büchern ersetzt habe. Es entsteht wirklich kein Schaden."

Das schien Beatrice zu genügen. Sie biss in die Kartoffel. Und auch mir war für den Augenblick mein Magen näher als mein Kopf.

Wir aßen schweigend und als der Buchbinder seinen letzten Bissen heruntergeschluckt hatte, griff er hinter sich und holte ein Buch hervor. Ohne Umschweife begann er damit, ein paar Seiten vorzutragen. Ich erkannte schon nach den ersten Sätzen, dass er uns aus einem Umberto Eco vorlas. ‚Der Name der Rose'.

Beatrice und ich lehnten uns zurück, lauschten der Stimme des Blinden; lauschten der Geschichte von den Mönchen, der Bibliothek, den Gründen, warum jemand wegen eines Buches bereit war, Morde zu begehen und warum jemand bereit war, wegen eines Buches zu sterben …

Das gemütliche Feuer und der gesättigte Magen taten ihre Wirkung und schon legte sich eine bleierne Müdigkeit über uns, deckte uns zu, lullte uns ein. Meine letzten Gedanken richteten sich ganz auf die Erzählung.

Wäre ich nicht plötzlich so benommen gewesen, hätte es mich bestimmt gewundert, dass ein Mann ohne Augenlicht lesen konnte.

Reflexionen

Als ich wach wurde, hatte ich das Gefühl, dass ich den ganzen Roman gerade gehört hatte. Das war unmöglich. ‚Der Name der Rose' ist ein sehr umfangreiches Buch, das viele Stunden Lesezeit verlangte. Außerdem hatte ich geschlafen. Tatsächlich dürfte ich von dem Vorgelesenen kaum was mitbekommen haben.

Andererseits verspürte ich noch immer den Geruch des Feuers in meiner Nase. Der Brand in der Bibliothek des Klosters … in meinem Traum schien ich dabei gewesen zu sein.

„Das Feuer ist ausgegangen", sagte Beatrice. Schlaftrunken rieb sie sich die Augen. Wir richteten uns auf. Nur langsam glitt ich in die Wirklichkeit zurück. Wir waren noch immer auf dieser Lichtung zwischen den Bücherregalen. Die Hütte war hinter uns. Ein größerer Aschehaufen vor uns. Die Reste unseres ungewöhnlichen Lagerfeuers waren noch nicht vollkommen erkaltet.

Der Buchbinder saß auf der Treppe zur Veranda und winkte uns beiden mit einer lässigen Handbewegung zu. „Gut geschlafen?"

„Gnnnf", antwortete Beatrice, während sie ihren Körper reckte und streckte. Ich hätte es nicht besser sagen können. Tatsächlich fühlte ich mich erfrischt und seit langem war ich erstmals wieder vollkommen schmerzfrei.

„Das Vorlesen war gut", stellte ich fest.

„Es war mir ein Vergnügen", sagte der Buchbinder freundlich, „ich lese gerne vor. Bücher entfalten ihre Magie auf eine ganz besondere Weise, wenn sie vorgetragen werden."

„Wie lange haben wir geschlafen?" Beatrice legte ihre Benommenheit ab und tauschte sie gegen Wachsamkeit. Irgendetwas schien sie misstrauisch gemacht zu haben.

„Keine Ahnung. Vielleicht ein paar Stunden, oder so. Für mich ist die Zeit hier unten nicht wichtig. Keine Sonne, keine Sterne, kein Hell oder Dunkel. Selbst wenn ich sehen könnte, stünde ich hier außerhalb der Zeit."

Die Unruhe, die Beatrice nun erfasste, ließ sich nicht verbergen. „Wo ist Ingo?“

Stimmt. Sein Fehlen war mir bislang gar nicht aufgefallen. Wann war er verschwunden?

„Wenn ich mich recht entsinne, dann ist er vor einer ganzen Weile zum Abort verschwunden“, stellte der Buchbinder fest.

Alarmiert sprang Beatrice auf, eilte zur Rückseite der Hütte. „Ingo“, rief sie, „Ingo!“

Ich beschloss, mir den Weg zu sparen. „Er ist nicht mehr da, oder?“

Der Buchbinder lächelte. „Nein. Er ist gegangen, direkt nachdem er sich erleichtert hatte. Er weiß jetzt, wo dein Buch ist. Es besteht für mich kein Zweifel daran, dass er es vor dir erreichen möchte.“

Meine Kehle wurde trocken. Dass Ingo mein Buch vor mir erreichen wollte, ließ nichts Gutes ahnen.

„Du musst wissen“, erklärte der Buchbinder, „dass Ingo dem Tod näher ist als dem Leben. Seine Alkoholsucht hatte ihn so geschwächt, dass es ein Leichtes …“

„Er hat seit Wochen nicht mehr getrunken“, unterbrach ich.

„Deshalb ist er noch lange nicht gesund. Inzwischen würde er wohl sterbend im Krankenhaus liegen, hätte Beatrice nicht in seinem Lebensbuch herumgeschrieben. Im Augenblick halten ihn nur ihre Worte am Leben. In ihm steckt der Tod. Tod wartet in ihm. Tod handelt durch ihn.“

Langsam dämmerten mir die sich daraus ergebenden Konsequenzen.

Trotzdem musste ich es hören. „Was will er mit meinem Buch?“

„Wenn es Tod nur um Ingo gehen würde, dann hätte er die Kladde niemals Beatrice in die Hand gedrückt.“

„Es ging also immer nur um mein Lebensbuch?“

„Er kann gleich mehrere Fliegen mit einer Klappe schlagen: Er bekommt Ingo. Er bekommt dich … Vielleicht bekommt er das ganze Buchland. All diese kleinen Seelen, geschaffen von Schriftstellern, Künstlern, Philosophen, Denkern. Sie alle kribbeln ihm unter der Haut, wie er sagt. Sie alle sind ihm bislang unerreichbar von der Klinge gesprungen. Er kann sie nicht erreichen, weil sie unsterblich zwischen den Buchdeckeln ruhen. Jedes Mal, wenn ein Leser ihre Zeilen liest, erwachen sie zu neuem Leben. Jetzt kann er sie alle haben … Er kann seine Buchführung zu einem Abschluss bringen."

„Wie will er das anstellen?"

„Alles hängt von Beatrice ab. Wenn Ingo stirbt, verliert sie ihren letzten Halt. Sie würde daran zerbrechen und nicht eine Zeile schreiben. Aber sie muss ihr Buch schreiben. Wenn sie es nicht schreibt, dann wird es das Buchland nicht mehr geben. Viel mehr noch: Wenn sie es nicht schreibt, dann wird es das Buchland niemals *gegeben haben*." Das alles sagte der Buchbinder vollkommen ruhig, gerade so, als würde ihn nichts davon betreffen.

„Es wäre schön gewesen, wenn wir das schon vor unserem Nickerchen erfahren hätten", stellte ich pikiert fest. Wir hatten viel zu viel Zeit verloren.

„Dann hättet ihr keine Rast eingelegt und wäret direkt aufgebrochen. Es ist aber wichtig, dass du bei Kräften und bei klarem Verstand bist, wenn ihr die Kammer der ungeschriebenen Bücher erreicht."

„Warum?", fragte ich. „Was erwartet mich dort?"

„Der Tod."

„Ich will nicht sterben", sagte ich, bemüht das Entsetzen zu unterdrücken.

Der Buchbinder legte den Kopf in den Nacken, lachte freudlos. „Wer will das schon? *Vielleicht* meine ich dies aber auch gar nicht im wörtlichen Sinne. Immerhin ist Tod ja auch in persona unterwegs, nicht wahr?"

Beatrice kam zurück. Tränen benetzten ihr Gesicht. Also behielt ich die meisten Neuigkeiten für mich. Ich erzählte ihr nur, wohin Ingo unterwegs war. Mehr nicht. Was würde es nutzen, wenn Bea wusste, dass Ingo den Tod in sich trug? Sie würde es vielleicht mit Besessenheit gleichsetzen. Nun … im Grunde war es genau das. Aber neben dem Schnitter war eben auch noch ein Stück Ingo in ihm.

Ich fragte mich, wie viel von dem, was ich auf unserer Wanderung an Ingo kennengelernt hatte, tatsächlich Ingo war. Der sympathische Typ, der mich gestützt hatte? Der Typ, der heimlich gesoffen hatte? Der

Typ mit dem Radiergummi? Nein. Nicht der Typ mit dem Radiergummi. Aber etwas sagte mir, dass der Radiergummi wichtig war …

Ich grübelte. Beatrice grübelte. Und das ganze Buchland um uns herum war verstummt, schien auch zu grübeln. „Was hat das zu bedeuten?“ Mit Verwunderung stellte ich fest, dass mir diese Frage über die Lippen entfleucht war.

Der Buchbinder erhob sich und ging mit leicht hervorgehobenen Armen zur Haustür zurück. An der Wand lehnte ein etwa zwei Meter langer Stab aus Kupfer. Das Metall war glatt und schnörkellos. Am oberen Ende wurde er breiter und flach. Am unteren Ende wies er einige Zacken auf. Erst auf den zweiten Blick erkannte ich, dass es ein Schlüsselbart war.

Mit einiger Mühe hob der Buchbinder den überdimensionalen Schlüssel und kam uns dann damit entgegen.

„Es bedeutet“, nahm er meinen Satz auf, „dass ihr euch beeilen solltet. Ihr habt hier genug Zeit verbracht.“

Beatrice betrachtete mich skeptisch. „Wir werden Ingo nicht einholen können. Sein Vorsprung ist zu groß.“

„Nein“, sagte der Buchbinder, „Ingo ist zu Fuß unterwegs. Mit dem richtigen Gefährt habt ihr ihn schnell eingeholt.“

Ich dachte an die engen Durchgänge zwischen den Buchregalen. „Kein Fahrzeug kann uns …“

Der Buchbinder gebot mir mit ausgestreckter Hand Einhalt. Ich verstummte.

„*Tous chemins vont à Rome*, sprach Jean de La Fontaine “, erklärte er mir. Anschließend lieferte er beiläufig die mir bekannte Übersetzung: „Alle Wege führen nach Rom.“ Mit diesen Worten rammte er den Schlüssel an eine vermeintlich beliebige Stelle in den Boden. Mit einem Klicken rastete der Metallstab in irgendeinem Mechanismus ein. Klack! Dann drehte der Buchbinder langsam und eine Bodenluke hob sich aus dem Staub hervor. Sie öffnete sich und rasselnd drückte sich ein Maschinentelegraph aus dem Boden hervor. Es war ein Abbild des Meinen, hoch oben im Antiquariat. Der Buchbinder tastete danach. Flatternd griffen seine Finger die runde Scheibe ab, den Schalthebel, die Schriftflächen. „Bäh!“, machte er. „Altmodischer Schnickschnack!“, trat alsdann gegen den Sockel des Geräts, griff nach seinem Schlüssel und drehte ihn abermals.

Genauso schnell, wie der Maschinentelegraph aufgetaucht war, verschwand er wieder.

Aus dem gleichen Bodenloch fuhr kurz darauf eine moderne Schalttafel empor. Einige rhythmisch blinkende Knöpfe bildeten darauf ein Quadrat. „Geht doch", kommentierte der Blinde, drückte auf den erstbesten Knopf, woraufhin sich vor uns der Boden teilte und einen in Stein geschlagenen Abstieg freigab. Fackeln säumten die weißgetünchten Backsteinwände, tauchten den Gang in unruhiges Licht. „Wie geschmackvoll", stellte ich fest und dachte dabei an die Treppe, die aus dem Antiquariat hinab ins Buchland führte. Meine Freunde und ihre Magie schienen ihre Umwelt immer auf ähnliche Weise zu gestalten.

Beatrice schickte sich an, den Weg nach unten anzutreten. Der Buchbinder hielt sie zurück. „Geschmackvoll? Ja", sagte er, „Doch ich denke, dass wir nicht nach optischen Effekten euer Fortkommen gestalten sollten. Wir können die Angelegenheit auch pragmatisch angehen." Er drückte eine weitere Tastenkombination auf der Schalttafel, der Boden schloss sich, öffnete sich und bewies mit dem folgenden Anblick, dass meine Macht hier unten bei weitem begrenzter war, als die des blinden Buchbinders: Er hatte jetzt einen abwärtsführenden Weg geschaffen, der als durchaus praktisch zu bewerten war. Kinder hätten sich dafür sicherlich begeistern können. „Eine Rutsche?"

„Für jemanden, der schlecht zu Fuß ist, ist eine Reise auf dem Allerwertesten bestimmt eine lustige Sache." Lag da etwa Schadenfreude in den Zügen des Mannes?

Der Buchbinder zog den überdimensionalen Schlüssel aus dem Boden und lehnte ihn wieder an die Wand.

„Etwas groß, das Teil", merkte ich an. „Muss damit etwas kompensiert werden?"

„Ja." Mit ernstem Ton konterte der Buchbinder meine anzügliche Äußerung, „Ich kompensiere fehlendes Augenlicht. … Die beiden kleineren Schlüssel finde ich nicht mehr."

Die Rutsche war aus bläulich glänzendem Metall. Sie schlängelte sich durch eine fluoreszierende Röhre in eine unbestimmbare Tiefe. Mir war mulmig zumute, als ich mich auf meinen Hosenboden setzte, um Beatrice zu folgen. Als ich endlich den Mut gefasst hatte und mich mit beiden Händen abstieß, hörte ich weiter unten Beatrice vor Freude jauchzen. Für den Moment hatte sie ihre Sorge um Ingo abgelegt und gab sich ganz der rasanten Fahrt hin. Ich muss zugeben, dass auch mir der Puls vor Aufregung in die Höhe schoß und die Fahrt mir ein Lachen entlockte. Die Kurven warfen uns hin und her, Wellen im Boden ließen uns manchmal für Millisekunden den Bodenkontakt verlieren und mehr als einmal hatte ich das Gefühl, ich hätte einen Überschlag oder sogar einen Looping gemacht.

Irgendwann kamen wir an den vom Buchbinder gesetzten Bestimmungsort an. Überrascht stellten wir fest, dass uns die Rutschpartie an einen Ort geführt hatte, den wir aus anderer Perspektive bereits kannten: Wir befanden uns am entgegen gelegenen Ufer des Sees in der Halle der entbehrlichen Bücher.

Ich orientierte mich kurz. Hinter uns lag die endlos hoch gemauerte Wand, unterbrochen von zahlreichen Halbsäulen. In ihr klaffte ein schmuckloses Loch, das einem steinernen Mund gleich, das Ende der Rutschbahn markierte und in diesem Augenblick den Buchbinder ausspuckte. Wir standen auf einem schmalen Strand aus angeschwemmtem und getrocknetem Papiermatsch. Vor uns führte ein Bootssteg etwa zwanzig Meter weit über den Wortbrei hinaus auf den See. Fest an dem beinahe schwarzen Holz vertäut lag ein Motorboot. Ich konnte am Heck den Namen erkennen: „Pilar“.

„Nun“, sagte der Buchbinder heiter. Er klopfte mir kameradschaftlich auf die Schulter, „alter Mann, es ist Zeit, dass du mit deiner Bea auf das Meer hinaus fährst. Mit dem Motorboot seid ihr schneller als Ingo. Einmal quer hinüber zur anderen Seite, dann mit dem Aufzug ganz nach oben. Einfacher kann es nicht sein.

Für mich ist es nun an der Zeit, von euch Abschied zu nehmen.“

Als Beatrice und ich an Bord der Pilar stiegen, blieb der Buchbinder also am Ufer zurück. Die Hände in den Hosentaschen seiner ausgebeulten Hosen vergraben, wippte er auf den Fußballen vor und zurück. Den Hals leicht gereckt, die blicklosen Augen in unsere Richtung gewandt, wartete er darauf, dass wir die Taue lösten und die Motoren starteten.

„Es war mir eine Freude, dich kennenzulernen", sagte er, „Beatrice. Du bist genau so, wie ich dich mir vorgestellt habe."

Beatrice zog das letzte Tau an Bord. Ich stand inzwischen am Steuerrad und drehte den Zündschlüssel. Die beiden Diesel ertönten mit einem satten Gurgeln.

Beatrice' Frage ging beinahe im Klang der Maschine unter. „Wieso haben Sie sich mich vorgestellt?"

Ich drückte den Schubhebel sanft nach vorne und wir nahmen Fahrt auf. Der Buchbinder winkte uns herzlich. „Ich habe selbstverständlich von dir gelesen, meine Liebe."

Schon unterband die Distanz zwischen uns jedes fortführende Gespräch. Und das war mir fürs Erste auch recht. Beatrice würde in den kommenden Stunden genug mit Ingo zu tun haben.

Die Pilar drückte sich über die vermeintliche Wasseroberfläche und eine Gischt aus flüssigem Papier und Tinte, mattem Licht und verflüssigten Gedanken spritzte seitwärts vom Bug fort. Der Wind wehte uns die Haare aus dem Gesicht, trug uns den Duft alter, feuchter Bücher in die Nasen. Das leicht modrige Bukett war nicht unangenehm und mir keinesfalls unvertraut. Ich schloss kurz die Augen, nahm diese Eindrücke in mich auf und erkannte wieder einmal mehr, dass ich hierher gehörte. Nicht die Stadt, die Straße oder mein Antiquariat waren mein Zuhause. Nein, hier unten in dem labyrinthischen Buchland fühlte ich mich mit jeder Faser meines Seins wohl und geborgen. Insbesondere, wenn ich meine Bea an meiner Seite wusste.

Es war einer der denkwürdigsten Augenblicke meines Lebens, als sich Beatrice just in diesem Augenblick neben mich stellte und einen Arm um meine Hüfte legte. Mein Herz setzte einen Schlag aus und ich fühlte mich, wie ein grüner Jüngling, der sich unerwartet im ersten Strahl der wärmenden Liebe sonnen durfte. Doch ihre Form der Zuneigung durfte ich nicht falsch verstehen. Ihr stand nur Freundschaft im

Sinn. Allenfalls die Gefühle, die ein Kind dem Vater gegenüber empfindet, durfte ich mir von ihr erhoffen.

„Ist es nicht seltsam?“ Während sie dies fragte, legte sie ihren Kopf an meine Schulter.

„Was?“ Wenig galant und gar nicht souverän, Herr Plana, schalt ich mich.

„Dass wir hier miteinander ein Abenteuer erleben. Wir beide. Herr Plana und ich … – Nicht Ingo und Ich“, erklärte Beatrice. „Ich meine: Ingo ist mein Mann. Statt mit ihm gemeinsam zu kämpfen, habe ich den Eindruck, als wäre er plötzlich ein Gegner, den ich überlisten müsste.“

Ich dachte kurz darüber nach, Beatrice reinen Wein einzuschenken. Ingo und der Tod in einer Person. Im Augenblick schien Ingo tatsächlich ein Gegner zu sein. Würde sie es verstehen? Gewiss nicht. Diese Information würde mir nur die Gunst des Augenblicks zunichte machen. Und ich genoss, dass Beas Hand mich in solch vertrauter Geste berührte.

„Es fühlt sich irgendwie *nicht* falsch an“, sagte sie. Ihr Lächeln war ehrlich. Was für ein Anblick! „Irgendwie gehören wir zusammen. Sie und Ich.“

Überglücklich dachte ich: „*Meine* Bea!“ Und doch fragte ich mich, wohin dieser Dialog uns führen würde.

Doch Bea griff nach meiner Hand. Verbundenheit. Freundschaft … Oder etwas anderes?

„*Mein* Herr Plana.“

Das Land der Bücher ist schon immer ein Ort der Träume, Wünsche und Hoffnungen gewesen. Dabei darf man aber nicht vergessen, dass es auch ein Land der unerfüllten Erwartungen und verborgenen Botschaften ist. Ich ermahnte mich, dies nicht zu vergessen.

Die Pilar war ein schlichtes Schiff. Das Angeln auf dem Meer brauchte keinen Luxus. Ich saß auf einem geflochtenen Sitz, hielt mit der Linken das kleine Steuerrad und richtete meinen Blick durch die Frontscheiben fest auf die glatte Oberfläche des Sees. Ein Bein hatte ich dabei lässig auf der hölzernen Konsole vor mir hochgelegt. Ich stellte mir vor, wie einst Hemingway auf dieser kleinen Kommandobrücke gesessen haben musste. Es fühlte sich für mich … erhebend an.

Beatrice hatte neben mir den kleinen Durchgang zur Kajüte frei gemacht, stieg die Stufen hinunter und inspizierte die dortigen Gegebenheiten. Doch das eigentliche Herzstück der Pilar stand eindeutig hinter mir: Fest montiert auf dem Deck stand dieser monströse Stuhl, der Fighting Chair, auf dem man sich wie auf einem Folterinstrument festschnallen konnte, um die Leinen nach einem riesigen Marlin auszulegen.

„Schade. Alle Schränke leer." Beatrice kam wieder hoch an meine Seite. „Ein Kaffee wäre jetzt nicht schlecht gewesen."

Ich nickte, während ich das Boot an einer aus dem Wasser ragenden Steinsäule vorbeimanövrierte.

„Können Sie mir erklären, warum die Pilar hier unten ist? Soweit ich weiß, steht sie eigentlich auf Kuba", fragte Beatrice.

„Dort steht sie immer noch", erklärte ich. „Im Buchland treten die Dinge immer auf die Weise in Erscheinung, wie sie geschrieben stehen. Hemingways Pilar hat er höchstselbst in seinem Roman ‚Der alte Mann und das Meer' verewigt. Erst dadurch wurde sie zu einem Teil des Buchlandes und kann sich hier manifestieren."

Beatrice kaute nachdenklich auf der Unterlippe und resümierte im Geiste wohl ihre Zeit seit sie das Buchland Schritt für Schritt kennenlernte. „So wie die Geldnote oben im Antiquariat?"

Wieder nickte ich.

„Verstehe." Tastend griff sie nach dem auf Hochglanz lackierten Holz der Konsole. Sie prüfte anscheinend seine Festigkeit.

„Alles in Ordnung?", fragte ich, leicht amüsiert.

„So weit", sagte sie und zwang sich zu einem Lächeln, „wenn man bedenkt, dass ich auf einem Stück Fiktion über die Untiefen erdachter Gewässer mit Höchsttempo schippere."

„Fiktion … Realität. Erdachtes und Wahrheit. Darüber haben wir uns doch schon ausgiebig unterhalten."

„Schon", gab Beatrice zu, „aber es ist was anderes, wenn wir hypothetisch darüber plaudern, ob die Realität eine Phantasie sein könnte … Oder ob wir ganz konkret den umgekehrten Weg gehen und aus der Phantasie unsere Realität erschaffen."

„Sie überraschen mich immer wieder, liebe Beatrice. In einem Augenblick akzeptieren Sie, dass Sie auf Pegasos reiten und ein Lebensbuch Ihres Mannes in den Händen halten können, um dann wiederum plötzlich zu bezweifeln, was um Sie herum geschieht."

„Das etwas um mich herum geschieht, bezweifle ich nicht." Beatrice wirkte zerknirscht, als sie gestand: „Ich kann es mir aber nicht mehr ansatzweise erklären. Ich komme mir vor, wie ein Protagonist in einem Roman … Es ergibt alles keinen Sinn."

Nun, wenn ich mich recht entsinne, gab das Buch der letzten Wahrheit recht eindeutige Hinweise. Ich fragte mich, wie sehr Beatrice mit ihren Überlegungen an der Oberfläche *unserer* Wahrheit kratzte. „Aldous Huxley hat mal gesagt, dass das Fatale an Romanen ist, dass sie zu viel Sinn ergeben. Die Wirklichkeit ergibt, seiner Meinung nach, nie einen Sinn", zitierte ich – betont gelassen.

Mit einem Schulterzucken, das wirklich alles zu bedeuten vermochte, tat Beatrice meine Aussage ab. Sie trat ans Heck und ließ sich nach kurzem Zögern in den Stuhl fallen. Dann kramte sie in ihrer Umhängetasche. Zunächst dachte ich, dass sie Ingos Buch herausnehmen wollte. Es überraschte mich, dass sie noch ein Zweites mit sich trug, denn sie hielt plötzlich die andere Kladde in den Händen. Die, die ich ihr am Tage nach ihrer zurückgenommenen Kündigung geschenkt hatte. Die, die aus handgeschöpftem Papier gebunden war. Die, die ich ihr zum Schreiben geschenkt hatte.

Sie zückte ihren Bleistift, setzte ihn vorsichtig auf das oberste Blatt und schrieb ein paar Worte. Dann hob sie den Kopf, drehte ihn in meine Richtung. Als sich unsere Blicke trafen, hob sie verlegen eine Augenbraue. „Nur Notizen", sagte sie. Es sollte unverbindlich klingen. „Ich mache mir nur Notizen."

„Natürlich." Ein glückliches und überaus zufriedenes Lächeln konnte ich mir nicht verkneifen. Im Sinne größtmöglicher Diskretion legte ich meine Aufmerksamkeit wieder ganz auf die Steuerung des Schiffes, das sich seinen ungewöhnlichen Weg durch das Buchland bahnte.

Das andere Ufer kam in Sicht. Ich fragte mich, ob wir es geschafft hatten, Ingo zu überholen, oder ob er längst mit dem Fahrstuhl nach oben in die Turmkammer gefahren war. Bei dieser Vorstellung schnürte sich mir der Hals zu.

Der Tod erwartete mich. Der Buchbinder wusste mit den Worten, die er sprach präzise umzugehen. Es war kein Zufall, dass er diese Wortwahl getroffen hatte. Ich musste mich also darauf einstellen, dass ich unter Umständen sterben könnte. Die Frage war vielleicht nur noch, zu welchem Preis ich mein Leben lassen wollte.

Trotz des Dröhnens der Motoren konnte ich hören, wie Beatrice' Bleistift mit einem wispernden Geräusch über das Papier kratzte, als wollte er der Kladde etwas erzählen. „Wir haben es gleich geschafft", rief ich nach hinten. Der Stift verstummte und Beatrice lief entlang der Außenreling zum Bug, als könne sie die Fahrt von dort aus beschleunigen.

Auf dem Fighting Chair hatte sie ihre Tasche zurück gelassen. Beide Bücher lugten daraus hervor. Bleistifte und Kugelschreiber waren in einem kleinen Seitenfach eingeklemmt.

Eine gute Gelegenheit, die ich mir nicht nehmen lassen durfte. Ich klemmte das Ruder fest, nahm mir rasch die Tasche, zog einen Kugelschreiber hervor und …

Ich hielt inne. Viel Zeit blieb mir nicht und ich musste mich schnell entscheiden. Ingos Kladde oder das andere Büchlein. Wo hinein sollte ich schnell ein paar Sätze schreiben?

„Vertrauen", flüsterte ich mir zu. Ja, ich sollte auf Ingo vertrauen. Und gleichfalls auf Bea. Und auf die Macht der Bücher. Vielleicht auch auf mich.

Also ließ ich Ingos Buch links liegen.

Aufwärts

Ich vertäute die Pilar am Kopfende des Stegs. Beatrice war bereits von Bord gesprungen und zu dem Fahrstuhl geeilt, drückte nun hastig auf dem Knopf herum. Irgendwo weit über ihr ratterten uns die Zahnräder der Kabine entgegen. Ein feiner Regen aus Staub und Rost rieselte durch das Türgitter heraus.

Auch ich sprang nun auf die Planken. Sie waren glitschig. Überall lagen feuchte Papierfetzen und winzige Buchstaben schwammen auf Pfützen. Der Wasserstand des Sees war sichtlich gestiegen und die kleinen Wellen schwappten permanent über die Ränder auf den Steg, befeuchteten den nur langsam trocknenden Wortbrei immer wieder aufs Neue.

Nicht zum ersten Mal befiel mich die Überlegung, wie lange es wohl dauern mochte, bis die Halle vollgelaufen war. Was würde dann passieren?

Mein Blick fiel auf die Wand. Feine Risse zogen sich durch das Mauerwerk. Die Feuchtigkeit des Sees kroch darin empor und weichte den Stein auf. Just in diesem Augenblick brach ein Stück Mörtel heraus, schlug mit einem leisen „Plopp“ auf die Oberfläche des Sees und versank.

Das Fundament des Buchlandes nahm langsam aber stetig Schaden.

Beatrice rappelte am Gitter. „Wo bleibt der verdammte Aufzug? So holen wir Ingo nie ein!“

„Vom Parterre aus braucht der Aufzug ungefähr zehn Minuten, bis er hier ankommt“, erklärte ich. Dabei hoffte ich inständig, dass es nicht länger dauern würde, denn das würde bedeuten, dass Ingo den Aufzug bereits für die bedeutend längere Fahrt nach oben in Beschlag genommen hatte.

Beatrice hatte wohlmöglich ähnliche Befürchtungen. Ihre Wut verrauchte wieder, machte ihrer verzweifelten Hoffungslosigkeit platz. Sie sank auf den hölzernen Boden. „Dieses verdammte Buchland“, flüsterte sie. „Die Bücher machen schon wieder mein Leben kaputt. Ich könnte jetzt Zuhause sitzen. Fernsehen und so.“

Natürlich war es ungerecht von ihr, die Schuld den Büchern zu geben. Unser Wettlauf mit dem Tod war zwar durch die Bücher ausgelöst worden, doch kaputt war Beatrice Leben schon lange vorher. Jetzt hatte sie zumindest wieder ein Ziel vor Augen. Aber es wäre falsch gewesen, sie darauf aufmerksam zu machen. Also setzte ich mich neben sie, legte meinen Arm um sie und bemühte mich – umgeben von Abermilliarden von Buchstaben – sie wortlos zu trösten. Es wollte mir nicht gelingen.

Ohne, dass ich die Entscheidung bewusst getroffen hatte, erzählte ich ihr alles, was ich durch den Buchbinder erfahren hatte. Ich erzählte von Ingo. Ich erzählte von Tod. Und ich erzählte, warum Tod mein Buch haben wollte. Einzig über ihr Buch, das sie schreiben sollte, verlor ich kein weiteres Wort mehr. Zu oft – so befürchtete ich – hatte ich dies bereits getan.

Meine Ausführungen endeten justament, als die Aufzugskabine hinter uns hielt. Schon stand Beatrice auf den Beinen, riss das Gitter auf. Ich stolperte ihr hinterher.

Als es mit uns beiden nun endlich aufwärts ging, machte ich mich dafür bereit, mit Beatrice wieder darüber zu diskutieren, ob und wie sie ein Buch schreiben solle. Oder wenigstens erwartete ich, dass sie mit mir über das eben Erfahrene reden wolle. Doch nichts dergleichen geschah. Die Tatsache, dass wir nebeneinander im Aufzug standen, schien wieder auszureichen, um zu schweigen.

Mir war es recht.

So konnte ich auf das Wispern der Bücher hören. Mit jedem Meter, den wir nach oben fuhren, änderte sich die Melange ihrer Worte. Das unverständliche, kindliche Geplapper der Halle wich dem gehaltvollen Monolog des restlichen Buchlandes. Und auch wenn sie mit vielen Stimmen durcheinander sprachen, so verstand ich mit der Zeit doch mehr, als mir lieb war: Ingo hatte gerade die Treppe zum Antiquariat erreicht.

Beatrice lauschte den Büchern auch. Das erkannte ich daran, dass sie die Frage laut aussprach, die mir gerade auch durch den Sinn ging:

„Was passiert eigentlich, wenn jemand den Maschinentelegraphen bewegt, während wir hier drin sind?“

„Dann haben wir ein Problem.“

Links und rechts von uns begann es ohrenbetäubend zu quietschen. Über uns fiel klirrend etwas auf das Kabinendach. Staub und Rost wehten uns durch das Gitter entgegen. Mit einem heftigen Ruck endete unsere Fahrt auf etwa der Hälfte der Strecke.

Beatrice kreischte erschrocken auf. „Was passiert mit uns?“

Etwas drückte von außen gegen die Wände. Die Holzvertäfelungen barsten und ein Splitterregen prasselte auf uns herab.

„Wir müssen hier raus“, schrie ich, „der Fahrstuhlschacht verschwindet.“ Mit raschen Handgriffen verkeilte ich die Holzstücke wie Trittbretter miteinander, stieg darauf und hieb mit kräftigen Schlägen gegen die Deckenverkleidung. Eine Klappe öffnete sich daraufhin und gab uns den Weg nach oben frei. Hastig kletterten wir auf das Dach.

Beatrice klammerte sich an meinen Arm, wie die holde Maid im Groschenheft. „Und jetzt?“

Der Schacht wurde Zentimeter um Zentimeter kleiner, quetschte das Stück Schrott unter unseren Füßen bis zur Unkenntlichkeit zusammen, während wir verzweifelt um unser Gleichgewicht kämpften.

Mein Blick heftete sich auf die Zahnstangen, die nach oben führten. Die Zahnräder des Fahrstuhls hatten sich inzwischen fast daraus gelöst.

„Wir könnten versuchen, das da als Leiter zu nehmen.“ Die Verstrebungen zwischen den Metallschienen konnten wohlwollend als Leitersprossen betrachtet werden. Allerdings konnte man sie im schwachen Licht der Fahrstuhlkabine kaum erkennen und in der Dunkelheit weiter über uns verloren sie sich gänzlich in der Schwärze.

„Kommen Sie!“

Ich stieß Beatrice an die Zahnstange, presste ihre Hände in die Rillen, nur um mich selbst kurz darauf an die andere Seite zu werfen. Keinen Augenblick zu früh.

Ein letztes Mal bäumte sich das knirschende Metall unter uns auf, schien wie eine zertretene Coladose zu implodieren und fiel alsdann zurück in die Tiefe unter uns.

Finsternis …

„Klettern!“, befahl ich, denn ich wusste, dass uns nicht viel Zeit blieb. Auch wenn der aktivierte Fahrstuhl die magisch/mechanische Prozedur verzögert hatte, würde der Schacht in wenigen Minuten gänzlich zusammengefahren sein, um der Kellertreppe den Platz zu schaffen, den sie benötigte.

Die Haut an den Fingern riss unter dem rostrauhen Metall auf. Doch wir schonten uns nicht. Jeder Handgriff musste fest sitzen, denn die Stangen zitterten und bebten wie in der Szenerie eines billigen Katastrophen-Schockers.

Wir kamen leidlich voran und für mich gab es schon gleich zu Anfang unseres Aufstiegs kaum Hoffnung, dass wir die Strecke schaffen konnten.

Plötzlich spürte ich, dass mich etwas von hinten streifte. Es war Beatrice. Sie war mir mit samt der gegenüberliegenden Wand so nahe gekommen, dass sich unsere Rücken beim Klettern berührten. „Schneller“, keuchte ich, meine Verzweiflung niederkämpfend.

Doch Beatrice hielt abrupt inne, erstarrte zu Salzsäule. „Das schaffen wir nie!“ Ihr Blick war nach oben gewandt, zur Tür, die etwa zwanzig Meter über uns als leuchtendes Rechteck zu erkennen war.

Sie hatte recht. Stein und Metall würden uns in wenigen Minuten zermalmen, bis nichts mehr von uns übrig blieb.

Einige Schatten lösten sich, glitten wie Federn tanzend durch die Luft zu uns herab; zwei Dutzend Schemen, klein und kaum zu erkennen. Ich weiß nicht, ob Beatrice sie sah. Das Chaos um uns herum tobte und lärmte. Auch ich hatte jetzt aufgehört zu klettern, so dass meine Gefährtin und ich übereinander zwischen den Wänden auf unser Ende warteten.

Die Schatten erreichten uns. Kleine Schwingen berührten mich sanft, strichen an meine Wange, während sie an mir vorüberglitten. Schon waren sie unter mir. Dann ertönte Flügelschlagen, schnell, fast summend.

Etwas fasste mich an den Ärmeln, den Schuhen und dem Stoff meiner Hose. Auch im Rücken spürte ich einen sanften Druck, der an mir nach oben zog. Nach oben! Entgegen aller Vernunft ließ ich los. Und ich stürzte nicht hinunter, nicht auf Beatrice, um sie mit meinem Leib in unser gemeinsames Verderben zu reißen.

Nein. Ich flog nach oben. Emporgetragen von kleinen Wesenschaften, die ich im Halbdunkel nicht sehen konnte.

Unter mir hörte ich ein euphorisches, ja beinahe irres Lachen, das von Bea stammte. Ein Stimmungswechsel, der so unmöglich und unwahrscheinlich war, dass man ihn nur durch Todesangst und der anschließenden Errettung aus selbiger zu erklären vermochte.

„Es sind Worte", rief sie immer wieder. „Es sind Worte."

„Worte?"

Ich wollte mir nicht vorstellen, dass meine Bea dem Wahnsinn anheim gefallen sei und als ich vorsichtig meinen linken Arm in mein Blickfeld zog, erkannte ich die Silhouette einiger miteinander verbundener, zappelnder Buchstaben, die von wundervollen langen Flügeln flankiert wurden. Das Buchland bot selbst für mich noch ungeahnte Wunder. Meine Lippen sprachen, ohne dass ich es merkte: „Das sind geflügelte Worte."

Der Flug war kurz, die Landung hart. Ich fand mich mit dem Gesicht im Teppich meines Arbeitszimmers wieder, pflügte auf recht unangenehme Weise mit meiner Nase durch die Fransen meines Persers. Damit nicht genug: Beatrice wurde unsanft auf meinem Rücken abgeworfen. Die inneren Schmerzen, die ich beim Buchbinder zurückgelassen hatte, wurden nun durch einige pochende Blessuren ersetzt.

Beatrice erhob sich rasch von mir und reichte mir ihre Hand, um auch mir aufzuhelfen. Unsere unverhofften Retter hatten sich schon in Luft oder ein anderes Nichts aufgelöst. Dennoch fragte Beatrice in ihrem Erstaunen nach: „Geflügelte Worte?"

Während der Fahrstuhlschacht widerwillig schnaubend in der Wand zurückglitt, antwortete ich mit belegter Stimme: „Geflügelte Worte sind nicht einfach nur Zitate aus Büchern, die sich verselbständigt haben. In der Ilias und in der Odyssee sind es vorgetragene Worte, die den Zuhörer auf Flügeln erreichen."

„Vorgetragene Worte hat es hier bestimmt genug gegeben", stellte Beatrice keuchend fest. Ohne Zweifel dachte sie dabei an unsere zahlreichen Vorlesestunden. „Ich hätte nie gedacht, dass mir das Lesen mal das Leben retten würde.“

„Im wahrsten Sinne des Wortes.“

Die Kellertür schob sich nun vor die Fahrstuhltür, schwang nach vorne an ihren Platz und arretierte mit einem leisen Klick in ihrem Rahmen. Schon erklangen Schritte, die sich von der anderen Seite her der Tür näherten.

„Der Maschinentelegraph …“, schlug Beatrice vor.

Ja, das wäre wohl eine Option, den Tod aufzuhalten. Ich dachte daran, was uns vor wenigen Augenblicken beinahe passiert war. Auch die Treppe würde verschwinden. Der Haken an der Sache war, dass man den Tod vermutlich nicht töten konnte. Ingo aber schon …

„Und was ist mit Ihrem Mann?“

„Oh.“

„Eben.“

Viel Handlungsspielraum blieb uns somit nicht. Wir hatten Ingo eingeholt und konnten nun nur darauf warten, dass er uns gegenüber trat. Der schnelle Weg hinauf in die Kammer der ungeschriebenen Bücher war mit der Vernichtung des Fahrstuhls ohnehin zunichte gemacht. Mein einziger Trost war, dass auch für Ingo keine Möglichkeit bestand, die Kammer schnell zu erreichen. Eine klassische Pattsituation.

Dachte ich.

Etwas polterte grob gegen die Tür. Doch sie öffnete sich nicht. Weder Beatrice noch ich wollten es in diesem Moment wagen, dem Tod entgegenzutreten. Im Schrecken erstarrt, warteten wir, was nun geschehen mochte.

Es geschah …

… nichts.

Es war Beatrice, die sich als erstes aus der Bewegungslosigkeit löste. Vorsichtig griff sie nach dem Knauf und zog die Tür auf. Jede ihrer Bewegungen verriet ihre Bereitschaft zur Flucht.

Das trübe Licht der Kellerlampen fiel uns entgegen, während das Licht des Antiquariats wie Wasser zu versickern schien. Vor uns, auf dem obersten Treppenabsatz, lag Ingo. Aschfahl im Gesicht, kaum bei Besinnung und nur ein Schatten seiner selbst.

„Ich fühle mich so leer“, krächzte er und leckte sich über die aufgeplatzten Lippen. Ich ahnte, was das hieß. Vor uns lag nur Ingo. Er allein. Tod hatte ihn unlängst zurückgelassen. Ohne Ingo war er deutlich schneller unterwegs.

Beatrice hockte sich neben ihren Mann, zog seinen Kopf in ihren Schoß und rieb sacht über die fast schwarze Haut unter seinen Augen. „Er ist eiskalt“, stellte sie erschrocken fest. Und ja: Er zitterte am ganzen Körper, atmete stoßweise und viel zu schnell. Ich erkannte die Symptome. „Er ist auf Entzug.“

„Entzug?“ Beatrice’ Augen rollten. „Wie kann er Entzug haben? Als ich in sein Buch schrieb, dass er nicht mehr trinkt, hatte er auch keinen Entzug!“

„Sie haben ihm auch keinen Entzug in seinen Plot hineingeschrieben. Doch jetzt folgt sein Leben dem natürlichen Lauf der Dinge und …“

Beatrice griff in ihre Tasche, zog Ingos Kladde hervor und schlug die letzte beschriebene Seite auf. Schon hatte sie den Bleistift gezückt.

Die Bücher um uns herum schrien auf. Es dröhnte in den Ohren, ließ den Boden erzittern. Und auch ich brüllte. „Verdammt nochmal, Bea! Haben Sie denn gar nichts von all dem verstanden?“ Keine Ahnung, ob sie auf die Bücher reagierte oder auf meine Stimme. Sie schrieb nicht.

Wir trieben in einigen Momenten atemloser Stille.

Ingo holte uns zurück. „Ich habe Durst.“

Beatrice rappelte sich auf, warf die Kladde achtlos beiseite und zog Ingo dann in den Raum. Ich half ihr, indem ich ihn an seinen Füßen hoch hob. Gemeinsam schleppten wir ihn in die Mitte des Antiquariats und legten ihn auf den Teppich. Beatrice nahm ihren Mantel von der Garderobe, rollte ihn rasch zusammen und schob ihn dann als Kopfkissen unter Ingo, der sich von Krämpfen gequält auf dem Boden wand.

Ich holte ein Glas Wasser für ihn. Beatrice nahm es mir ab, kniete sich wieder neben ihn und führte das kostbare Nass an seine Lippen. Er schluckte hastig, nur um dann heftig zu husten und zu würgen.

„Was ist passiert?“ Ingos Worte kamen immer undeutlicher hervor. „Ich kann mich an kaum etwas erinnern. Wir waren bei diesem komischen Buchbinder. Oder?“ Er zog die Stirn in Falten. „Und dann bin ich gelaufen. Aber nicht schnell genug. Etwas zog mich, befahl mir. Ich musste gehorchen … Ich hatte die ganze Zeit das Gefühl, ich wäre nicht schnell genug. Es trieb mich, bis ich zusammenbrach. Dann spürte ich, dass mich ein Schatten verließ …“ Beatrice warf mir einen bedeutungsvollen Blick zu. Ingo sprach mühsam weiter. „Ein Mann stand plötzlich vor mir. Ich konnte nur seine schwarze Silhouette erkennen. Er nahm mir einen Radiergummi aus der Hand … warum hatte ich einen Radiergummi in der Hand?“

Wieder hustete Ingo und spuckte dabei einen Teil des Wassers, das er eben getrunken hatte, auf Beatrice’ Beine. Er stammelte eine Entschuldigung, bevor ihn der nächste Krampf zusammenzucken ließ. Schweißperlen standen ihm auf der Stirn, doch sein Atem kondensierte zu kleinen Dampfwölkchen. War es hier tatsächlich auf einmal so kalt? Oder fiel es mir jetzt erst auf?

Der Gedanke hatte sich gerade erst in mir verfestigt, als es auch schon wieder wärmer wurde. Das Licht im Zimmer schien mir auch wieder etwas heller und freundlicher geworden zu sein. Meine Nerven hatten mir wohl einen Streich gespielt.

Ich richtete meine Aufmerksamkeit auf Beatrice, die über ihren Mann gebeugt, vor und zurück wippte. Ingos Zustand ließ für sie keinen Zweifel: Er lag im Sterben.

„Ich hätte niemals aufhören dürfen, in Ingos Buch zu schreiben“, flüsterte sie mit tränenerstickter Stimme. „Geben Sie mir die Kladde!“

Erst jetzt begriff ich, was es bedeutete, wenn Tod davon sprach, dass ein Leben im Soll ist. Ingos Zeit in dieser Welt war noch nicht ganz abgelaufen und doch war er dem Jenseits durch das Verbrechen, das er mit dem Alkohol an seinem Körper verübt hatte, näher als dem Diesseits. Beatrice hatte es mit der Schreiberei geschafft, ihm Leben einzuhauchen, auf die gleiche Weise, wie jeder Schriftsteller seinen Protagonisten Leben schenkt. Es war eine erschaffene Realität. Künstlich und trotzdem wirklich. Erst als sie durch mein Eingreifen aufgehört hatte, für ihn zu schreiben, griffen für ihn wieder die Regeln der allgemeinen

Realität. Doch diese allgemeine Realität zweifelte ich auch immer mehr an. Ich hatte inzwischen Angst, dass dieser bloße Zweifel unsere Geschichte in Fetzen reißen könnte.

Beatrice würde versuchen, Ingo wieder gesund zu schreiben. Im Angesicht der aktuellen Tatsachen, konnte ich kaum mehr etwas Verwerfliches darin sehen.

„Wo ist die Kladde?“ Meine Frage schien von den Büchern geschluckt zu werden. Meine Stimme klang dumpf und schwach, während ich suchend meinen Blick über den Boden lenkte.

Beatrice richtete sich auf, deutete vage in eine Richtung. „Ich habe sie dorthin geworfen.“

Die besagte Ecke war, abgesehen von ein paar Wollmäusen, leer. „Da ist nichts.“ Klang ich gerade wirklich so verzweifelt?

Leise setzte das Wispern meiner Freunde wieder ein. Ich musste genau hinhören, um ihre Worte zu verstehen. Was sie mir sagten, gefiel mir nicht.

„Tod ist auf dem Weg nach oben, in die Kammer“, stellte ich entsetzt fest.

Beatrice begriff nicht. „Natürlich ist er das. Er hat einen Riesenvorsprung.“

„Nein! Er ist gerade eben erst aufgebrochen … Er hat Ingos Kladde.“

„Was?“

„Er hat Ingos Kladde und ist jetzt erst auf dem Weg nach oben.“ Ich deutete auf die Tür. Sie stand noch immer offen. Allerdings führten die daran anschließenden Stufen nicht mehr in den Keller. Vielmehr hatte sich eine enge Wendeltreppe, die sich in einer Kurve nach oben wand, manifestiert. Ohne, dass wir es bemerkt hatten, musste Tod den Hebel betätigt haben, während wir uns um Beas Mann gekümmert hatten. „Wir müssen ihm nach.“

Wieder hustete und spuckte Ingo. Schmerzen zeichneten sein Gesicht. Es waren Qualen, die sich auch in Beatrice’ Gesicht widerspiegelten. „Es … Es … Es geht nicht. Ich kann Ingo doch unmöglich in diesem Zustand allein lassen.“ Beatrice kniete wieder neben ihrem Mann, streichelte sacht über seine Stirn, zog eine verklebte Haarsträhne aus seinem Gesicht. „Er stirbt mir weg, bevor ich wieder zurück bin."

„Er stirbt auch, wenn wir die Kladde nicht wiederbekommen", merkte ich an. Aber eigentlich hatte Beatrice recht. Ingo brauchte Pflege und Beistand. Und die Situation bedurfte einer dringenden Entscheidung. Eilig beugte ich mich zu Bea hinunter, nahm ihre Hände in die meinen. „Bleiben Sie bei Ingo. Kümmern Sie sich um ihn, so gut es geht. Ich versuche, die Bücher zu retten. Noch ist nicht alles verloren."

Dann ließ ich sie los und hastete zur Treppe, nahm immer gleich zwei Stufen auf einmal, der Kammer der ungeschriebenen Bücher entgegen.

Natürlich hatte ich mich schon nach kurzer Zeit hoffnungslos verausgabt. Seitenstiche plagten mich und wenn auch die anderen Unpässlichkeiten seit des blinden Buchbinders Lesung verklungen waren, so musste ich dennoch meiner mangelnden Kondition Rechnung tragen und eine Pause einlegen.

Ich ließ mich auf den Stufen nieder, rang um Atem. Dabei ließ ich erstmals meinen Blick schweifen, um die neue Umgebung genauer zu betrachten. Hier war ein Stück Buchland, das ich noch nicht kannte, weil ich immer den Fahrstuhl genommen hatte.

Die Wendeltreppe war aus Stahl und drehte sich um eine reichverzierte steinerne Säule. Jugendstilmotive zeigten mir Szenen aus den wichtigsten Büchern der Weltgeschichte. An der Stelle, wo ich saß, war ich Auge in Auge mit Moby Dick, der dichtgefolgt von einem Walfänger sich für einige Zentimeter entlang des Aufgangs drehte. Darüber erkannte ich das Relief von Don Quixote. Mit stoßbereiter Lanze schickte er sich an, einige Windmühlen im höher gelegenen Teil der Treppe anzugreifen. Die beiden Erzählungen, die sich mir hier zeigten, taugten nicht dazu, mir Mut zu machen. Immerhin nahm es kein gutes Ende mit ihren tragischen Akteuren.

Die äußere Wand der Treppe war – wenig überraschend – ein endloses Bücherregal. Die Regalbretter waren jedoch nicht waagerecht, sondern verliefen parallel der Steigung des Aufgangs. Die Bücher reihten sich darin lückenlos aneinander und die Art, in der sie sortiert waren, erachtete ich als besonders bemerkenswert: Sie waren farblich sortiert. Hier, wo ich jetzt saß, umgaben mich alleinig blaue Bücher. Die Nuancen waren kaum zu erahnen, doch bei genauerer Betrachtung, konnte ich erkennen, dass die Bücher nach oben hin heller und allmählich grüner wurden. Obendrein schienen einige von ihnen von innen heraus zu leuchten und tauchten das Innere der Treppenspindel in ein aquamarines Licht. Neugierig versuchte ich, ein Buch herauszuziehen. Es gelang mir nicht. Zu fest eingekeilt war es von der Last der nachrückenden Artgenossen.

Ein Blick auf den Inhalt blieb mir also verwehrt. Doch ich konnte sie wispern hören. Das empfand ich als beruhigend. Auf meinem Wege dem Tod entgegen, war ich nicht vollkommen allein und verlassen.

Den Schwindel bekämpfend, rappelte ich mich wieder auf, erklomm nun in einem gemäßigteren Tempo Stufe für Stufe, während die Worte meiner Freunde mich berieselten, mich in eine gefühlslose Trance versetzten. Der Weg wurde auf diese Art für mich leichter. Mein betäubter Kopf verschwendete keinen Gedanken mehr an Müdigkeit oder Angst. Schritt für Schritt schleppte ich mich nach oben. Ich weiß nicht, wie lange ich in diesem Zustand meinem Ziel entgegenstrebte und ich bemerkte nur allmählich, dass sich die Qualität der Worte um mich herum änderte. Die Bücher wisperten nicht mehr. Sie knurrten missmutig. Überdies befand ich mich nun zwischen roten Büchern und ihr Licht schien etwas Bedrohliches auszustrahlen.

Ich konzentrierte mich und verstand ihre Worte: „Hör endlich zu …“

Die Geschichte, die sie mir erzählten, fand weit unter mir im Antiquariat statt. Und sie erzählten sie mir, als wäre sie einem ihrer Artgenossen entsprungen.

Intermezzo

Beatrice hatte Handtücher geholt. Sie betupfte damit Ingos Stirn. Tränen rannen ihr über das Gesicht, ahnte sie doch, dass sie auf verlorenem Posten kämpfte. Ingos Zeit war so gut wie abgelaufen. Sie hatte keine Möglichkeit mehr, in sein Schicksal einzugreifen.

Ingos Körper war zur Ruhe gekommen. Kalkweiß lag er da, rührte sich nicht mehr. Doch seine Lippen bewegten sich, als müssten sie die Worte, die er gleich aussprechen wollte, zunächst üben. „Es tut mir leid."

Sein Bedauern war so ehrlich, wie es nur sein konnte. „Ich hab's versaut. … Ich hab es nicht geschafft, dich glücklich zu machen."

„Dieser verdammte Alkohol", entfuhr es ihr.

„Der … Alkohol kann nichts dafür", flüsterte Ingo. Er rang sich ein Lächeln ab. „Hierfür trage ich ganz allein die Verantwortung."

Beatrice schüttelte den Kopf. „Es ist meine Schuld. Ich … ich hätte besser auf dich aufpassen müssen", schluchzte sie.

„Wie hättest du mich davon abhalten können? Du hattest mit deinem eigenen Schmerz zu kämpfen. Weißt du, warum ich getrunken habe?"

„Weil du um unser Kind – um Rachel – getrauert hast."

„Nein", sagte Ingo kraftlos. Er schloß die Augen und heiße Tränen brannten unter seinen Lidern. „Nein. Ich wusste nicht, wie ich dich trösten sollte. Meine Angst … mein … mein Unvermögen für dich stark zu sein … Ich spürte, dass ich dir nicht helfen konnte. In guten wie in schlechten Zeiten, das habe ich dir geschworen. Doch in den schlechten Zeiten konnte ich dir nicht zur Seite stehen. Das, was du einst warst, ist mit Rachels Tod gestorben. Du warst immer so stark."

„Ich war niemals stark", sagte Beatrice. Sie wandte sich ab, ging zu dem Wandregal neben dem Sekretär. Unbewusst ließ sie wieder die Hände über die Buchreihen gleiten, spürte die Stoffe, den Karton und das Leinen. „Nein. Stark war ich niemals. Ich habe funktioniert. Das ist alles."

„Doch. Du warst stark. Selbst als ich mich um meinen Verstand gesoffen habe, warst du stark. Damals habe ich es nicht begriffen. Heute weiß ich es.“ Ingo machte eine Pause um Kräfte zu sammeln. „Das, was in den letzten Stunden alles passiert ist … Nichts davon habe ich richtig verstanden. Es war wie ein Traum, aus dem ich jeden Moment aufwache. Selbst die letzten Tage mit dir kamen mir unwirklich vor. Mir war, als wäre ich nicht ich selbst. Das war kein gutes Gefühl. Wie gerne wäre ich für dich nochmal der gewesen, der ich einst war. Wie gerne hätte ich dir nochmal meine Gefühle gezeigt. Aber das Leben war nicht mehr meines. Nicht mehr meines.“ Er brach ab, sog kräftig nach Luft. „Ich werde sterben, nicht wahr?“

Beatrice dachte an den letzten Satz in seinem Buch, an den Satz, den sie ihm selbst hineingeschrieben hatte, nur um das Schicksal zu besänftigen. „Ja“, sagte sie, „du wirst sterben. – Und ich bin schuld.“

„Nein.“ Ingo versuchte den Kopf zu schütteln. „Du bist der Grund, warum ich noch lebe, denn du hattest mich nie aufgegeben.“ Er tastete nach ihrer Hand. „Ich will nicht sterben, bin nicht bereit dafür. Ich will noch so vieles besser machen, so vieles wieder gut machen. Ich will noch eine Chance! … Gib mich nicht auf. Kannst du nochmal um mich kämpfen?“

Die Luft wurde schwer. Der Geruch von Staub und altem, viel zu altem, Papier schwebte umher, drückte auf Beatrice. Das wenige Licht im Antiquariat wurde gelblich, fast braun, tauchte alles Sichtbare in Farben, die an verblichene Fotos erinnerten. Und plötzlich sprachen die Bücher, deutlich und laut: „Du kannst noch um ihn kämpfen. Du weißt, was du tun musst, um Ingo zu retten. Du weißt es!“

Beatrice nickte. „Schreiben.“

„Plana braucht dich.“

„Ingo braucht mich.“

„Hier kannst du ihm nicht helfen.“

In Ingos müdem Gesicht zeichnete sich Verwirrung ab. „Mit wem redest du?“

„Mit den Büchern. Sie sagen, dass ich dir helfen kann, wenn ich Herrn Plana folge.“

„Du redest mit Büchern?“ Zweifel und … – war es Mitleid – lagen in seinen Worten. „Ich dachte *mir* geht es nicht gut.“

„Ich kann dir das jetzt nicht erklären. Es geht um dein Buch, es geht um Planas Buch. Und es geht um ein Buch, das ich noch schreiben muss. Oben in der Kammer der ungeschriebenen Bücher …“

„Ich versteh kein Wort“, ächzte Ingo, ließ seinen Kopf ermattet auf den Teppich sinken.

„Beatrice, du musst jetzt los“, drängten die Bücher.

Aber Beatrice beachtete sie nicht. Sie beugte sich wieder über Ingo, als gäbe es nichts Wichtigeres, als dass er ihr Glauben schenkte. „Erinnerst du dich nicht mehr an den Keller?“

Ingo antwortete nicht gleich. Sein Blick wurde trüber. Schließlich flüsterte er: „Das kann nicht wahr sein. Nur ein Traum. Phantasiegespinste … Delirium …“ Die Lücken zwischen jedem Wort, das er sprach, wurden größer. Mehr und mehr Mühe bereitete es ihm, seine Worte zusammenzuhalten. Schon entglitt er in eine leichte Ohnmacht.

„Es war wahr“, wimmerte Beatrice. Er musste ihr das glauben!

„Unsere Wahrheit ist nicht die seine“, erklärten die Bücher, jedoch verstand Beatrice nicht richtig, was sie damit meinten. „Du musst jetzt los. Sonst ist es zu spät.“

Als Ingo wieder erwachte, war Beatrice nicht mehr bei ihm. Er lag allein in diesem trostlosen Raum voller Bücher. Und er hatte Durst. Er hatte einen solchen Durst, dass es ihm in seinen Eingeweiden brannte, seine Kehle ausdorrte und seine Zunge anschwellen ließ. Irgendwie schaffte er es, sich aufzurichten. Seine Hände gegen den schmerzenden Leib gepresst, taumelte er zu dem Sekretär, riss und zerrte an den Schubladen. Nur Papier, Tinte, Bücher. Es konnte doch nicht sein, dass dieser verdammte Plana keinen Tropfen Sprit im Haus hatte! Ein wütender Schrei drang ihm aus der Kehle, dann stieß er den Stuhl zur Seite. In seinem gierigen Zorn gewann sein Körper neue Kräfte. Schon hing er an einem Regal, kippte die Bücher Reihe für Reihe heraus, ließ sie achtlos auf den Boden fallen, als wären sie tote Kadaver.

Randalierend und tobend warf er sich gegen die Möbel, warf sich gegen den Sessel, gegen die Garderobe und immer wieder gegen die Bücher, bis …

Ein leises Klirren nahm den Raum ein. Das Buch, das gerade eben heruntergefallen war, hatte den Blick auf Planas versteckte Flasche für Notfälle freigegeben. Völlig verausgabt, keuchend, zitternd streckte Ingo die Hand nach der Flasche aus. Er schraubte ungeduldig den Verschluss auf und …

… hielt inne.

Er erinnerte sich an Beatrice, wie sie furchtlos dem Buch der letzten Wahrheit entgegengeschritten war. Seine Bea. Warum musste er gerade jetzt an diesen unwirklichen Zeitpunkt zurückdenken? Es war, als redeten die Bücher auf ihn ein. Als ob sie ihn …

„Bea, wo bist du?" Verzweiflung durchdrang ihn, weil er erkannte, dass er diesen Kampf allein auszufechten hatte. Dies hier war seine Entscheidung; sein Kampf um seine Welt. Hier musste er entscheiden, wie seine letzte Wahrheit aussehen mochte. „Bea, warum hast du mich allein gelassen", wimmerte er in seiner Hoffnungslosigkeit verloren. „Ohne dich kann ich das nicht schaffen."

Wie von selbst näherte sich die Flasche in seiner Hand den Lippen.

Die Bücher endeten mit ihrem Bericht. Beatrice folgte mir nun also doch und Ingo war im Begriff, sein Leben endgültig fortzuwerfen. Ich überdachte kurz die Situation. Zurückgehen um Ingo zu helfen, kam nicht in Frage. Auf Beatrice warten, machte wenig Sinn, denn sie würde mich sehr wahrscheinlich ohnehin einholen. Zudem hatte ich das Gefühl, dass es auf jede Sekunde ankam. Ich rappelte mich auf, um weiter meinen Weg nach oben zu bestreiten.

„Ich hätte meinen Stock mitnehmen sollen", murmelte ich vor mich hin, denn auch wenn ich zurzeit keine Schmerzen ertragen musste, so spielte mir die Gewöhnung doch den Streich. Ich vermisste etwas, das ich beim anstrengenden Aufstieg in der Hand halten und auf das ich mich abstützen konnte. Außerdem fehlte hier ein Treppengeländer. Der Architekt des Buchlandes war manchmal recht säumig in seinen Vorstellungen einer gelungenen Ausstattung gewesen.

Als die Farbgestaltung meiner Umgebung ins Gelbliche wechselte, erlaubte ich mir eine kurze Verschnaufpause. Noch etwas hatte sich verändert und ich brauchte einen Moment, um festzustellen, was es war:

Die Stufen unter mir vibrierten leicht. Es war, als wären sie federnd gelagert und müssten mein Gewicht ausgleichen. Auch das Baumaterial hatte sich geändert. Nicht mehr Stein, sondern – wie konnte es auch anders sein – Bücher trugen mein Gewicht. Ihr Einband war grau, wie zuvor der steinerne Treppengang. Feine weiße und dunkelgraue Linien flossen über den Karton, erinnerten auf den ersten Blick an kostbaren Marmor.

Die Regalbretter zwischen den Büchern an der Wand waren verschwunden. Lückenlos schmiegten sich die Bücher aneinander. Ich richtete meinen Blick empor, um meinen weiteren Weg zu inspizieren. Die mittlere Spindel endete nur wenige Meter über mir. Ab diesem Punkt würden mich nur noch in Papier gefasste Buchstaben umgeben.

„Wenn Worte den Geist emportragen, so muss dein Körper nicht verweilen", intonierte ich.

In der Luft lag greifbar die Verwirrung. Meine Freunde tuschelten untereinander. „Von wem ist das Zitat?"

Ich lächelte, spielte kurz mit dem Gedanken auch mal ein Geheimnis für mich zu bewahren.

Es gelang mir nicht.

„Von mir. Aber ihr dürft es gerne verwenden."

Alsdann setzte ich meine Beine wieder in Bewegung, nur um nach zwanzig Stufen erneut inne zu halten. An der Wand, unschuldig angelehnt, stand mein Gehstock bereit. Ich nahm ihn an mich, tippte in einer kameradschaftlichen Geste auf einige Buchdeckel um mich herum und sagte: „Danke, meine Guten. Eure Aufmerksamkeiten beweisen euer Mitgefühl. Allerdings – wenn mir die Bemerkung gestattet ist – wäre alles bedeutend einfacher, wenn ihr mir einen neuen Fahrstuhl gezaubert hättet."

Die Antwortet folgte auf dem Fuße. Sie lachten! Und dann erklärten sie es mir.

„Pah", machte ich, „kommt mir nicht mit dramaturgischen Gründen. Dramatik, das taugt für Beas Geschichte. Nicht für meine. Wozu bin ich denn hier der Auktoral?"

Über mir erstrahlte plötzlich Licht. In der Außenwand waren einige Bücher verschwunden und gaben eine fenstergroße Öffnung frei. Ich eilte dorthin und warf einen Blick hinaus. Der Ausblick war überwältigend! Zum ersten Mal erkannte ich tatsächlich, was der Begriff Buchland bedeutete, denn unter mir erstreckte sich eine grandiose, faszinierende, absolut aberwitzige Landschaft. Ebenen, Hügel, Berge. Sie alle waren aus Büchern. Sie waren zugefaltet, aufgeklappt, gestapelt, gefallen, achtlos aufeinander aufgetürmt. Blaue, violette, rote, gelbe, grüne in Leder eingebundene oder kartonierte Schmöker vereint mit dünnen Taschenbüchern und billigen Heftchen jeder Größe bildeten eine Szenerie, die bis zum weißen Horizont bunt und schrill an den Sinnen zerrte.

Schwindel erfasste mich. Vielleicht geschah dies aufgrund der Höhe, in der ich mich nun befand. Wahrscheinlicher war, dass mein Bewusstsein soeben kurz überlastet wurde. Vorsichtig wagte ich eine zweite, eingehendere Betrachtung des Buchlandes. Doch der Anblick war en detail zu viel für mich. Meine Freunde fanden dies auch. Die Lücke schloss sich wieder. „Dramaturgie, was?“, keuchte ich und setzte meinen Weg wieder fort.

Mit der Zeit stieg mir ein neuer Geruch in die Nase. Der Duft von Papier wurde durch die schweren Gerüche von Druckerschwärze und Metall verdrängt. … Nun, eigentlich riecht Metall nicht, aber ich hatte auf der Zunge diesen eigentümlichen Geschmack, der an Blut erinnert und die Luft trug das Aroma von Tinte, Tusche, Reinigungsbenzin und Maschinenöl mit sich. Ein paar Schritte später schritt ich über solide Messingstufen. Es waren Setzrahmen, in denen bleierne Lettern unterschiedlichster Schriftfamilien eingespannt waren. Die Wände bildeten nun Setzkästen in allen Größen. Auch einige äußerst aufwändige Matrizen konnte ich erkennen. Das Licht wurde immer dämmriger, strömte nur schwach von den zurückliegenden Büchern herauf.

Die Stufen wurden flacher und größer, mündeten in einem dunklen Raum. Ich fragte mich kurz, ob ich vielleicht schon die Kammer der ungeschriebenen Bücher erreicht hatte. Doch dazu war es noch zu früh. Meinem Orientierungssinn zufolge, hatte ich vielleicht gerade mal zwei Drittel der Strecke hinter mir, die es zu bewältigen gab.

„Ziemlich duster hier, meine Freunde“, beschwerte ich mich. Einer Eingebung folgend, hob ich meinen Stock und flüsterte: „Lum…“, ich unterbrach mich selbst, lachte mich stattdessen aus. Aber einen Versuch wäre es mir beinahe wert gewesen.

Vorsichtig tastete ich mich durch die Finsternis, bis ich fluchend mit etwas Großem und unangenehm Hartem zusammenstieß. Es war der Moment, in dem ich mich an meine Pfeife und ihr Zubehör erinnerte. Aus meiner Westentasche zog ich das Schächtelchen mit den Streichhölzern und zündete eines an.

Vor mir stand ein riesenhaftes Ungetüm. Reißzähne, Fangarme und mattglühende Augen. Furchteinflößend tanzten die Schatten der kleinen Flamme darüber hinweg.

Es brauchte einige Augenblicke, bis ich erkannte, dass ich kein lebendiges Etwas vor mir hatte, sondern eine altersschwache Buchdruckmaschine. Ein imponierender Anblick.

„Au!“, entfuhr es mir. Das handzahme Flämmchen hatte mir die Haut versenkt. Ich ließ das Zündholz fallen und umgehend versank alles wieder im Dunkel. Bevor ich ein neues entzünden konnte, hörte ich von irgendwoher das leise Tuckern eines Dieselmotors. Dann begann ein Generator zu surren. Glühbirnen leuchteten über mir auf. Sie spendeten ihr Licht zunächst sehr zögerlich. Mit dem Lauterwerden des Diesels wurden sie aber stärker, sodass ich die ganze Halle, in der ich nun stand, überblicken konnte. Ich pfiff erstaunt durch die Zähne.

Nie zuvor hatte ich von diesem Ort im Buchland gehört. Trotzdem fielen mir auf Anhieb einige äußerst treffende Bezeichnungen ein. „Die Fabrik der werdenden Bücher“, entfuhr es mir. „Hier ist der Kreissaal der Literatur“, dachte ich weiter. Die symbolische Schwelle zwischen den ungeschriebenen Büchern und dem Rest des Buchlandes.

Links von mir standen unzählige Arbeitstische. Darauf lagen Pinsel, Schreibfedern, Heftchen mit Blattgold und farbigen Tuschen. Dazu alle Utensilien der mittelalterlichen *Scriptorien*. Etwas weiter entfernt erkannte ich die Einrichtung einer Kupferstecherei. Gravurmaschinen und Setzkastenschränke standen dazwischen.

Vor mir erhob sich nicht nur die eine Druckmaschine, mit ihren unzähligen Rollen und Walzen, die schwer in ihren Aufhängungen ruhten, sondern gleich über ein Dutzend dieser Maschinen verschiedenster Art und Ausstattung. Sie schienen die verschiedenen Epochen des Buchdrucks nach Gutenberg zu verbildlichen. Dahinter erstreckte sich eine Druckstraße.

Der restliche Raum, zu meiner Rechten, war auf den ersten Blick leer. Doch das stimmte nicht ganz. Am hinteren Ende erkannte ich einen Computer. Hochmodern, chromblitzend und auf eine unpersönliche, kalte Art schien sein Monitor arrogant den Rest des Interieurs anzustarren, als stünden dort seine ihm inzwischen peinlich gewordenen Ahnen.

„Ohne sie gäbe es dich nicht“, hätte ich beinahe vorwurfsvoll gesagt. Doch die Absurdität dieses Vorhabens wurde mir noch rechtzeitig bewusst. Meine Gedanken spannen trotzdem noch einen unausgesprochenen Satz hinzu. „Durch dich wird es bald nichts mehr davon geben.“

Mit Wehmut attestierte ich mir, tatsächlich ein ewig Gestriger zu sein. Nachfolgende Generationen werden mich wegen meiner Einstellungen vermutlich auslachen. Die Digitalisierung würde nicht das Ende der Literatur bedeuten.

Das Display des Monitors flammte so plötzlich auf, dass ich erschrocken zusammenzuckte. Einige Bücher wurden angezeigt. Daneben zeigten sich Sterne, Vertriebsnummern, Online-Bestellformulare. Offensichtlich ein Internetversandhaus für Bücher, das mir da gezeigt wurde.

Ich las die Buchstaben des obersten Buches ‚Heimkehr'. Der Schriftzug auf dem nächsten Cover verkündete ‚Aufbruch ins Unbekannte'. Auf dem dritten Buch prangte der Titel ‚Keine Angst'. Hätte das zu unterst angezeigte Buch nicht den Namen von Richard Bachmann getragen, wäre ich vielleicht etwas gelassener gewesen. Vielleicht.

Vielleicht hätte ich keine Angst bekommen. Vielleicht.

Doch Richard Bachmann ist niemand anderes als Stephen King, dessen Genre der Horror ist. Und der Begriff „Todesmarsch" war in direkter Reihenfolge zu den anderen Buchtiteln überaus unmissverständlich.

„Für raffinierte Hinweise bin ich immer überaus dankbar. Allerdings wäre es nett, wenn ich ein paar alternative Optionen hätte." Ich vergrub meine Hände in den Hosentaschen und reckte mein Kinn trotzig vor, eine Erwiderung abwartend. Doch meine Freunde schwiegen, was ich allerdings ebenso als Antwort werten mochte.

Ein Kompressor entlüftete sich und zischend öffnete sich eine Schiebetür hinter dem Rechner. Blau leuchtende Dampfschwaden drifteten mir durch den entstandenen Durchgang entgegen. „Durch diese hohle Gasse muss er kommen", kommentierte ich mit einigem Unbehagen. „Ich hoffe, dass mich kein Wilhelm Tell erwartet." Wer möchte schon gern erschossen werden? Trotzdem setzte ich meinen Weg fort.

Der weitere Weg erwies sich als wenig spektakulär. Keine Bücher säumten den Gang, der sich in einer leichten Steigung wie ein Korkenzieher nach oben drehte. Die Wände waren glänzend weiß und wirkten steril wie in einem OP-Saal. Ein beklemmendes Gefühl der Einsamkeit beschlich mich, da ich die meisten meiner wispernden Freunde zurückgelassen hatte.

Und doch war ich nicht verlassen. Ich vernahm das Tappen von Schritten neben mir. Wenn ich genau hinschaute, sah ich einen milchigen Schatten, der sich allmählich verdichtete. Mein erster Gedanke war, dass sich ein Geist neben mir bewegte. Aber es waren kleine Quadrate aus Licht, die mich begleiteten. Blass leuchtende Pixel, ähnlich den kleineren Gegenstücken auf dem Monitor von vorhin. Mit jedem Bildfragment, das sich dazugesellte, entstand die pointillistische Darstellung eines großen, hageren Mannes, der gehüllt in einer schlichten, schwarzen Jacke neben mir herlief. Kurze Haare, leicht abstehende Ohren und ein schmales Gesicht verliehen ihm etwas Fledermausartiges, das durch die beinahe runden Brillengläser in seinem Gesicht noch verstärkt wurde.

Ich war mir nicht ganz sicher, ob ich ihn richtig erkannt hatte. Deshalb fragte ich vorsichtig: *„Mr. Gibson?"*

„Das, was von mir bereits hier angekommen ist." Seine Stimme klang klirrend, fast metallisch; unwirklich und ein wenig – mir fällt kein besseres Wort ein – virtuell. Ein digitales Rauschen unterbrach ihn. Dann sprach er weiter. „Wenn ich störe …"

„Oh, nein. Im Gegenteil. Science-Fiction! Das stellt mir eine Zukunft in Aussicht, nicht wahr? Was könnte es im Augenblick Ermutigerendes für mich geben?"

Gibson lachte. „Von Berufs wegen betrachte ich mich als Pessimisten. Ich bitte, dies zu berücksichtigen."

„Sind meine Aussichten denn schlecht?"

Ein Schulterzucken. „Das kommt ganz darauf an, was du erreichen möchtest."

Tja, wenn man bedachte, dass es mir ursprünglich nur darum ging, Beatrice ein besonderes Buch schreiben zu lassen, dann war es jetzt nur rechtens danach zu fragen, was ich erreichen wollte. Ging es wirklich noch um dieses ungeschriebene Buch? „Was soll ich erreichen?"

Ein kurzes nachdenkliches Schweigen. „Meine Geschichten", sagte Gibson dann, „spielen sowohl in einem künstlich erschaffenem Raum als auch in einer von mir erdachten Zeit. Cyberpunk. Eine Dimension jenseits der Realität. Das ist ähnlich zu betrachten, wie die Welt der Bücher.

Mit dem Überschreiten der Türschwelle zu deinem Antiquariat, betritt man eine Welt, die den logischen Gesetzten der physikalischen

Welt nicht zwingend folgen muss. Dieser Turm ist der Beweis. Das Drinnen ist nicht wie das Draußen."

„Das … weiß ich. Ich bin schließlich der Auktoral."

„Gut", sagte Gibson. „Als Auktoral weißt du, dass sich das Draußen des Buchlands verändert hat. Die Menschen … Die Leser, Verleger und auch die Autoren beeinflussen das Buchland. Ihre Gewohnheiten im Umgang mit dem geschriebenen Wort stehen vor einem Wandel."

Ich dachte an den Computer von vorhin. Ich dachte an die entbehrlichen Bücher. Ich dachte an Roe. „Wird das Buchland dadurch vernichtet?"

In seiner zögerlichen, jedes Wort überdenkenden Art, redete Gibson: „Sokrates hasste seinerzeit diese für ihn neumodischen Bücher. Er glaubte, dass Bücher die lebendige Diskussion über Philosophie und die anderen wichtigen Themen der Welt unterbinden würden. Trotzdem wird immer noch diskutiert, oder?" Seine Hand schob geistesabwesend die rutschende Brille hoch. „Weder das Radio noch das Fernsehen haben das Buchland vernichtet.

Das Internet … hat erstmals das Potential vieles zu verändern. Aber das Leben ist ein beständiger Prozess der Veränderung. Wie könnte Veränderung also etwas Schlechtes sein?

Die Aufgabe des Auktorals ist die Vermittlung zwischen den Welten. Das hast du doch nicht vergessen, oder? Es gilt, zu bewahren, was zu bewahren ist. Und die übrigen Veränderungen sollten möglichst im Sinne des Buchlandes vollzogen werden. So einfach ist das.

Tod möchte dies nicht. Er sieht die Chance, die Seelen in den Büchern zu erreichen."

„Was kann ich tun?"

„Sorge dafür, dass Beatrice ihr Buch schreibt. Ihr Buch hat die Macht, alle anderen Bücher vor Tod zu bewahren. Egal was die Zukunft bringen wird: In Beatrice' Buch werden Schiller, Eco, Wilde, Lem, Rilke, von Kleist, Lessing, Shakespeare und all die anderen fortleben."

„Schreibt sie denn so gut?" Ihre ersten Schreibversuche ließen dies nicht vermuten. Sie war zwar nicht schlecht, aber von Weltliteratur war sie noch meilenweit entfernt.

„Darauf kommt es nicht an. Wichtig ist, was sie in ihrem Buch erzählt."

„Was soll sie denn erzählen?"

Gibson hob den Zeigefinger an die gespitzten Lippen. Es war wohl einfach sein Stil, nicht gleich alles zu verraten. „Sie wird von selbst drauf kommen."

Schweigend gingen wir weiter. Mein Haupt gesenkt, nahm ich den Dreiklang meiner Schritte wahr: Schritt und Schritt, dazu das monotone Klacken meines Stocks. Neben mir, langsam verklingend die Geräusche Gibsons. Seine Pixel schienen mit einem unspürbaren Wind fortgetragen zu werden. Sie wurden verweht, verwirbelt, tanzten in bunten Kreisen über die Kacheln, um schlussendlich hinter mir verloren zu gehen.

Irgendwo in Vancouver saß vermutlich gerade ein Schriftsteller, nippte an einem Espresso, ohne zu ahnen, dass das Buchland gerade durch ihn zu mir gesprochen hatte.

Eselsohr

Der Schweiß lief mir den Rücken herab und der Schmerz hatte sich, wie erwartet, zurück in meine Glieder geschlichen. Verstohlen und leise kroch er mir die Knochen herauf, so dass ich ihn zuerst nicht bemerkt hatte. Irgendwann spürte ich ihn dann doch und grüßte ihn wie einen alten Bekannten oder einen fast vergessenen Freund. Keuchend quälte ich mich weiter hinauf, diesen scheinbar endlosen Weg der Kammer der ungeschriebenen Bücher entgegen.

Beinahe war ich dem blinden Buchbinder dankbar, dass er mir einige schmerzfreie Stunden geschenkt hatte. Ohne seine außergewöhnliche Lesung, die mich für kurze Zeit genesen ließ, wäre ich zu Fuß niemals so weit gekommen. Allerdings keimte in mir das Misstrauen: Woher wusste er, dass ich diesen Weg nehmen würde? Und hätte ich ihn nehmen müssen, wenn der Buchbinder uns nicht mit eben dieser Lesung aufgehalten hätte? Der Fahrstuhl war ja erst durch unser gleichzeitiges Auftauchen vernichtet worden.

War es Schicksal, Vorsehung oder wichtig für den Plot einer Geschichte, deren Handlung ich zu folgen hatte, wie ein Schauspieler dem Diktat eines Drehbuchs? Wie vermessen von mir, dass ich einst Beatrice dazu ermutigte, die Realität in Zweifel zu ziehen. Mein eigenes Sein stand nun für mich in Frage. Wieder drängte sich mir der Verdacht auf, dass ich als Marionette an unsichtbaren Fäden hing. Ob der Buchbinder auch einige meiner Fäden in den Händen hielt?

Der Aufstieg wurde schmaler und wieder steiler. Ich stieg über tintenschwarze Stufen, die sich wieder in einer engen Kurve nach oben schraubte. Und schließlich, kurz bevor mich meine Kräfte verließen, erreichte ich eine Tür. Die Tür. Die Tür zur Kammer der ungeschriebenen Bücher. Schwere Eiche, mit Schmiedeeisen beschlagen, ragte sie imposant vor mir auf. Sie war nur angelehnt.

Vorsichtig drückte ich sie auf.

Die Nacht strahlte ihre Dunkelheit durch die Fenster. Ein kerzenbestückter Kronleuchter erhellte nur einen kleinen Kreis im Zentrum der Turmkammer.

„Guten Abend, Plana." Tod stand im Halbschatten im gegenüberliegenden Teil des Raumes. Er hatte das Erscheinungsbild des blassen Jünglings angenommen. Um ihn herum lagen Trümmer und Scherben. Offensichtlich hatte er etwas gesucht und dabei wenig Rücksicht auf die Vitrinen genommen. Mit dem Rücken mir zugewandt, blätterte er in einem Buch.

„Ich habe mir dein Buch interessanter vorgestellt. In Worte gekleidet bist du nur halb so attraktiv wie man vermuten könnte. Ein Auktoral sollte …"

Tod gab ein schnalzendes Geräusch von sich. „… interessanter sein. Die Worte machen dich regelrecht gewöhnlich.

Aber es liegt wohl in eurer Natur, mit Worten alles zu degradieren. ‚Ich fürchte mich vor der Menschen Wort'. Das Wahre hinter den Dingen geht viel zu oft hinter menschlichen Formulierungen verloren."

„Rilke", kommentierte ich nüchtern, „sehr frei interpretiert. Ich wusste nicht, dass du dich für Lyrik interessierst." Überrascht stellte ich fest, dass ich mit selbstbewusster Stimme sprach.

„‚Die Dinge singen höre ich so gern'. Ich habe dieses Gedicht oft gelesen", gab Tod zu. „Ich habe es nie ganz verstanden. Die Dinge singen nicht." Er seufzte tief und schien nach einer Möglichkeit zu suchen, elegant das Thema zu wechseln. „Aber viele Dinge leben und sterben. Wenn Rilke recht hat, dann habt ihr Menschen mit Worten mehr getötet als ich es je mit meiner Sense geschafft habe." Er schenkte mir ein ironisches Lächeln. „Schau dir all diese Bücher an: Sie stellen das Leben als ach so hohes Gut dar. Der Tod ist in diesen Geschichten viel zu oft nur der Handlanger des Bösen … Dabei kann ich ein Freund sein; ein willkommener Gast, den so mancher bereits liebevoll in die Arme genommen hat.

Angst vor dem Tod! Ich verstehe die Menschen nicht. Der Sinn des Lebens ist das Jetzt. Weder in der Vergangenheit noch in der Zukunft bewegt sich das Individuum. Wie kann man Angst vor dem Sterben haben? Bei allem, was passieren kann, sollte man sich eigentlich davor fürchten zu leben. Die einzige Gewissheit bin ich. Und doch fürchtet man sich vor mir.“ Die Miene des Schnitters zeigte sich ehrlich betrübt.

Tod setzte sich in Bewegung, näherte sich einem Pult zwischen uns. Der Anzug des Buchmachers, den er wieder trug, saß nicht richtig. Irgendwie füllte er Jacke und Hose nicht richtig aus. Es machte den Eindruck, als würde ein Knabe in den Anziehsachen seines älteren Bruders einher stolzieren.

Mit einem lustlosen Armschlenker beförderte er mein Buch auf die Platte des Pults. Daneben schmiss er Ingos dünne Kladde. Eigentlich war mein Buch nur geringfügig dicker. Jedoch durfte ich mit Erleichterung feststellen, dass mein Lebensbuch über einen festen Einband verfügte und mit kostbaren Schutzbeschlägen und Schließen versehen war. Auf den zweiten Blick sah ich allerdings, dass alle Metallteile nur aufgedruckte graphische Dekoration waren.

Tod schlug Ingos Buch auf, suchte eine bestimmte Textstelle und hielt plötzlich einen – nein – *den* Radiergummi in der Hand. Sein Blick flog kurz zu mir. „Ich möchte wissen, wer auf solche Ideen kommt. Da hat doch jemand in meinen Zahlen herumgepfuscht.“ Nun sprach er also wieder von Zahlen und nicht von Worten. Ob er die Lebensbücher wirklich auf so andersartige Weise wahrnehmen konnte?

Mit Entsetzen sah ich, dass er den Radiergummi über das Papier rieb und somit Ingos jüngere Vergangenheit auslöschte.

Ich brauchte meine Phantasie nicht allzusehr anzustrengen. Im Parterre unter uns lag wohl gerade Ingo. Sein Schicksal war im Begriff, ihn einzuholen.

Mit einem Krachen flog jäh die Tür auf. Beatrice stand im Rahmen. Zornflammende Augen und wehendes, offenes Haar gaben ihr das verwegene Erscheinungsbild eines Racheengels. Sie trug einen weiten Mantel, den ich zuvor noch nie an ihr gesehen hatte, Blue Jeans und Stiefel mit Sporen.

„Lass. Die. Finger. Von. Ingos. Buch.“ Sie presste jede Silbe zwischen den Zähnen hervor. Wäre ich der Tod gewesen, hätte ich bei ihrem Anblick Angst um mein Leben gehabt. Zugegeben: Diese Aussage war recht paradox.

„Du willst mir drohen?“ Tod lachte. „Womit?“

„Mit den Büchern.“

„Mit den Büchern? Glaubst du denn, dass sie hier oben Macht haben? Glaubst du, dass sie über mich Macht haben?“

„Wir sind im Buchland“, stellte Beatrice fest. „Eines habe ich hier gelernt: Wahrheit und Realität sind hier nicht das, was sie zu sein scheinen.“ Sie schlug den Mantel zurück und brachte ein darunter verstecktes Gewehr zum Vorschein. Ich traute meinen Augen kaum: Es war ein *Henrystutzen*!

Tod wirkte zunächst verblüfft, dann tat er amüsiert. Gespielt theatralisch hob er die Hände, schritt vorsichtig zurück.

„Ich hatte auf dem Weg hierher ein interessantes Gespräch“, erklärte Beatrice, während sie sich dem Pult bedächtig näherte. Sie war dabei sorgsam darauf bedacht, dass die Mündung von Old Shatterhands Repetiergewehr auf die Brust ihres Widersachers deutete. „Ich weiß jetzt, was hier alles möglich ist.“

„Was hier alles möglich ist?“, fragte ich verwirrt.

„Alles“, stellte Tod fest. „Alles, was in den Büchern möglich ist.“

„Genau“, triumphierte Beatrice, „Herr Plana, Sie haben es mir doch ständig vor Augen geführt: Der Steppenbusch zum Beispiel! Er ist durch die Westernabteilung gerollt.“

„Schon, aber …“, setzte ich an. Doch Beatrice unterbrach mich.

„Die Bücher brauchen mich. Sie selbst haben es mir auf meinem Weg hierher gesagt. Und sie unterstützen mich, wo sie nur können. Damit ich ihnen ihr Buch schreibe.“

„Ja, aber …“ So töricht konnte sie doch nicht sein.

„Also habe ich gesagt, dass ich eine Waffe brauche …“

Natürlich. Meine Freunde hatten ihr das komplette Westernoutfit samt Gewehr mit fünfundzwanzig Schuss Munition irgendwo auf den Stufen bereitgestellt, auf die gleiche Weise, wie sie mir den Stock zukommen lassen hatten. In ihrer Ungeduld hatten die Bücher ihr wohl alle in ihrer Macht stehende Hilfe angeboten; ihr zugeraunt, was sie alles für sie tun könnten. Aber Beatrice konnte doch nicht ernsthaft annehmen, dass … „Ich werde mir jetzt diese beiden Bücher nehmen“, sagte sie zu Tod. „Und dann werden Herr Plana und ich …“

„Nein“, widersprach Tod gelassen.

Der Lauf der Waffe ruckte empor, richtete sich auf Tod. Beatrice würde nicht zögern, den Abzug zu betätigen. Ich konnte es in ihren Augen lesen.

„Nein“, wiederholte Tod. Ein Lächeln umspielte seine dünnen Lippen. „Diese Bücher gehören mir.“

Beatrice senkte ihren Kopf über den Lauf, brachte Kimme und Korn in eine Augenlinie. „Letzte Chance“, knurrte sie.

Das Lächeln in Tods Gesicht verblasste. Doch keine Angst, kein Bedauern und auch keine Furcht zeichneten sich in seinem Antlitz ab. Es war das Pokerface eines Duellanten. Langsam senkte er die Arme, leicht angewinkelt, bis seine Hände in der Höhe seiner Hüften verweilten. Mit leicht gespreizten Beinen, nach vorn geneigtem Kopf stand er da und fixierte mit seinen Augen Beatrice. Seine Pupillen schienen Feuer gefangen zu haben. Sie glühten rot wie Kohlen.

„Beatrice“, flüsterte ich verzweifelt. „So geht das nicht.“

„Herr Plana“, zischte Beatrice. „Nehmen Sie die Bücher von dem Pult und geben Sie sie mir.“

Meine Füße machten sich selbstständig, gehorchten Beatrice’ Befehl und brachten mich zu dem Pult. Das meine ich nicht im übertragenen Sinn. Die Kontrolle über meinen Körper hatte ich gänzlich verloren. Es war unheimlich! Die Fäden, an denen ich hing, bewiesen sich als viel präsenter, als ich auch nur annähernd erahnt hatte. Wie konnte es sein, dass ich nun Beatrice’ Marionette war?

Von einem Augenblick zu anderen stand Tod zwischen mir und dem Pult. „Finger weg von meinen Büchern!“

Das war der Moment, in dem Beatrice abdrückte. Der Knall war ohrenbetäubend und das Projektil wurde direkt in Tods Brust gefeuert.

Doch er brach nicht getroffen zusammen. An der Stelle, an der ihn die Kugel durchschlug, verwandelte er sich in schwarzen Rauch. Der Rest seines Körpers folgte dieser Metamorphose, bis von ihm nur ein konturloses, dunkles Etwas zurück blieb, das dem Raum die Farben raubte und Kälte verbreitete, die bis ins Mark fuhr. „Nichts besiegt mich. Nichts besiegt den Tod.“

Und dann explodierte um uns herum die Welt. Graue und schwarze Rauch- und Nebelschwaden stoben auf Beatrice und mich ein, rissen und zerrten an uns, hoben uns empor und schmetterten uns zurück auf den kalten Boden. Schon wirbelten wir umher, von Winden getragen, die nur ein Ziel hatten: Uns Schmerzen zu bereiten.

Immer wieder hörte ich es knallen. Beatrice klammerte sich an ihr Gewehr und feuerte um sich. Irgendwo splitterte das Glas einer Fensterscheibe, spritzte Putz von der Decke herab und das Metall der Vitrinen heulte unter den Querschlägern auf. Einer der letzten Schüsse flog dicht an mir vorbei, gefolgt von dem fortgerissenen Gewehr, das kurz darauf an der Wand zerschellte.

Der Wind legte sich, ließ nur Schwärze zurück. Ich lag auf dem Rücken, kämpfte gegen eine Panik an, denn ich spürte, dass ich nicht sehen konnte, weil ich in den Nebel eingehüllt war. Er umgab mich. Nein, er durchdrang mich.

An meinem Ohr bewegten sich Lippen. Die Stimme glitt wie ein Dolchstoß in meinen Kopf: „Plana … Wie fühlt sich das an? Verlassen von deinen Freunden. Du bist mir ausgeliefert. Du und deine … Schriftstellerin."

Wie herablassend Tod das doch sagte. „Ich habe mir dein Buch angesehen. Deine Geschichte ist so dermaßen profan, dass es mich wundert, dass sie gedruckt ist.

Allerdings … es ist bemerkenswert, dass in deiner Bilanz kein Haben und kein Soll steht. Du bist aus dem Nichts heraus gekommen. Und ich finde dein Sterbedatum nicht. Deine Waagschale verhöhnt meine Buchführung."

Der Nebel verfestigte sich über mir. Im trüben Licht, das nun wieder meine Augen erreichte, erkannte ich die Schemen eines Knochenmannes, der rittlings auf meiner Brust saß. Sein Schädel grinste mich an, während sein Unterkiefer im Rhythmus der gesprochenen Worte auf- und zuklappte. „Dein Buch ist in gewisser Weise ungeschrieben. Doch du existierst. Kannst du eins und eins zusammenzählen? Weißt du, was das bedeutet?"

In seiner Hand erschien mein Buch. Mit hoch ausgestrecktem Arm rief er: „Sein oder nicht Sein." Dann lachte er meckernd und hielt mir das Buch aufgeschlagen hin. Er zeigte mir eine beliebige Zeile. Dann zückte er den Radiergummi. „Lass uns ein Experiment wagen. Sieh! Ich radiere ein paar Zeilen aus. Mal sehen, was passiert."

Ich spürte, dass er das Buch auf meine Brust drückte, spürte wie es dort hin und her ruckte, während der Radiergummi über das Papier rieb. In einem aberwitzigen Anfall von Panik, befürchtete ich, sterben zu müssen. Mein Lebensbuch wurde getilgt!

Einen verzweifelten Augenblick später merkte ich … nichts. Alles fühlte sich wie immer an. Tod schien meine Gedanken zu erraten, als er sprach: „Denkst du jetzt vielleicht, dass du unsterblich bist? Dass deine Realität nicht an die Regeln der Bücher gebunden ist?"

Mein Herz schlug mir bis zum Hals. Zu antworten wagte ich nicht.

„Nein", zischte Tod, „du bist nicht unsterblich. Du bist gebunden an die Regeln der Bücher. Mehr als das!"

Er beugte sich zu mir vor und hauchte: „Sag mir, Plana: Wie lautet dein Vorname?"

Ich kann nicht sagen, wie groß das Entsetzen war, das mich jäh befiel. Das Vergnügen, mit dem mich meinem Gegenüber betrachtete, verspottete meine Überheblichkeit vergangener Tage.

„Ich radiere noch ein wenig mehr heraus. Vielleicht aus den ersten Seiten?" Er tat es. Mitleidlos.

„Nun verrate mir, Plana, was hast du in den Tagen vor Beas Anstellung in deinem Antiquariat gemacht?"

Eine Antwort lag mir auf den Lippen. Die Fragestellung war eigentlich auch einfach. Eigentlich. Aber ich konnte sie nicht beantworten. Ich wusste es nicht. Es fühlte sich an, als hätte ich es nie …

„Du hast es nie gewusst, nicht wahr?"

„… nicht … wahr …", stammelte ich.

Nicht wahr.

„Du lebst nicht wirklich. Du bist nur das, was zwischen den Zeilen steht. Geschriebenes Sein. Ein Protagonist. Nur so ein kleines erfundenes Leben ohne Substanz, das mich wie ein Mückenstich juckt.“ Tod ließ von mir ab. Mit der Geschmeidigkeit eines Schattens erhob er sich, um das Buch zurück auf das Pult zu legen. „Kein Wunder, dass du dein Selbst von andern Büchern stärken lassen musst. Du brauchst ihre Realität um wirklich zu sein.“

Das war der Punkt, an dem ich mich selbst verlor. Meine Gedanken rasten und wie um mich selbst vor dem Wahnsinn zu retten, griff ich nach dem letzten Strohhalm, der mir geblieben war. Beatrice!

Meine Bea! Wo war sie?

„Halten wir also inne!“ Tod sah nun wieder aus wie der Buchhalter, der Beatrice einst hinter dem Schreibtisch empfangen hatte. Die Arme hinter dem Rücken verschränkt, schritt er vor meinem Blickfeld auf und ab. Er fixierte mich, blendete alles andere aus. „Halten wir inne und machen wir ein Eselsohr an diesem Wendepunkt in deiner Geschichte. Es ist Zeit zum Nachdenken …“

Deus ex machina

Hinter Tod nahm ich eine Bewegung wahr. Irgendwo zwischen Trümmerstücken und den Scherben des zerbrochenen Fensters, rappelte Beatrice sich langsam auf. Benommen griff sie sich an die Stirn. Mein Gott, sie blutete!

Unsere Blicke trafen sich kurz. Sie nickte, deutete auf das Pult und gab mir dann mit einem Wink zu verstehen, dass ich Tod ablenken solle.

„Ich bin nicht wirklich?“ Der Versuch möglichst viel Trotz in meine Stimme zu legen, scheiterte an meiner Erschöpfung. Ich zitterte am ganzen Leibe und konnte kaum mehr einen Muskel bewegen. Ich schaffte es jedoch, mich in eine sitzende Position zu drehen. „Dann sind wir uns ja fast ähnlich.“

Tod zog die Stirn kraus. „Nein, nichts ist wirklicher als der Tod.“

„Als Person?“ Ich dachte daran, dass es ihm nicht gelungen war, außerhalb des Antiquariats seinen Körper zu erhalten. „Nein. Die Personifizierung eines Zustands bekommt nur im Buchland eine feste Gestalt. Auch du bist nur ein Teil von den Büchern. Du bist auch nicht wirklicher als ich!“

„Ich denke …“ Was für ein Zufall, dass Tod gerade diese Worte wählte. „… Also bin ich.“ Wie verunsichert er mit einem Mal klang.

„Du denkst und bist nur im Rahmen deiner Realität. Was ist, wenn deine Realität nur eine Erfindung ist? Ein Buch wie das meine.“

„Dann kann man jede Existenz in Frage stellen.“ Der Gedanke schien ihm nicht zu gefallen. Dessen ungeachtet führte er ihn weiter: „Ich wurde erdacht, also denke ich? Das hört sich albern an.“

Inzwischen hatte Beatrice das Pult erreicht. Hastig nahm sie mein Buch, wischte kraftvoll die Radiergummifasern fort und schrieb hastig mit ihrem Kugelschreiber hinein. Während ich ihr zusah, begriff ich, dass dies von Anfang an ihr Plan gewesen war. Die wilde Schießerei mit dem gezielten Schuss auf Tods Körper war nur ein Ablenkungsmanöver gewesen. Sie hatte es auf mein Buch abgesehen. Deshalb hatte ich mich eben wie eine Marionette bewegt. Sie schrieb jetzt einige Sätze in meine

Vergangenheit, damit ich ihrem Plan gerecht wurde. Jetzt erst wurde wahr, was ich eben getan hatte.

Schrieb sie noch mehr in meine Vergangenheit? Oder änderte sie jetzt unsere Gegenwart?

Ich tat einen tiefen Atemzug, spürte wie die Lebensgeister in meinen geschundenen Körper zurückkehrten. Mehr als das! Denn ich spürte, nachdem ich mich erhoben hatte, dass ich wuchs und auch breiter und jünger wurde. Meine Kleidung änderte sich, als würde sie sich aus meiner Bibliothekars Gewandung herausschälen. Schon trug ich einen leuchtend weißen Mantel, der flatternd hinter mir her wehte, während meine Füße dem festen Halt des Bodens entschwebten.

Theatralisch hoben sich meine Arme, während ich anmutig meine Stirn der Decke entgegenreckte. In diesen Momenten durchströmte mich das Gefühl unbegrenzter Macht, unbändiger Kraft und …

… die Befürchtung, dass Beatrice in meinem Buch gerade ein wenig zu dick auftrug. Sämtliche Klischees des rachgierigen Helden in mir vereinend, stürzte ich mich auf Tod. Was danach geschah, wurde jedem Groschenroman gerecht.

Dennoch stellte ich mit einiger Genugtuung fest, dass in dem Gesicht meines Widersachers einige erste Gefühlsregungen zu erkennen waren. Da mischte sich Überraschung mit Entsetzen. Ich überragte ihn nun um mindestens einen halben Meter und mit meinen muskulösen Armen konnte ich seinen Leib nun umschlingen.

„Man kann den Tod besiegen", hörte ich mich sagen. Doch es waren nicht meine Worte. Aus mir sprach Beatrice' Zorn, den sie gerade zu Papier brachte. „Hier und jetzt im Buchland bist du eine Person. Greifbar. Verletzbar. Du musst dich der Wirklichkeit der Bücher beugen. Du bist Teil des Buchlandes! Ich kann dich deshalb besiegen", schrie Beatrice durch mich, „und du wirst mir keine Menschen mehr stehlen, die mir lieb sind!"

Mit meiner Rechten holte ich weit aus. Bevor ich aber zuschlagen konnte, hatte ich wieder nur diesen schwarzen Rauch vor mir.

Auch ich verwandelte mich nun, wurde ebenfalls zu einem nebligen Schemen, der sich mit dem Rauch vermischte, in ihn eindrang, sich mit ihm vermengte, ihn wirbelnd zerriss.

Die Kammer um mich herum löste sich auf. Ich trieb durch einen langen dunklen Gang, einem hell erleuchteten Raum entgegen. In dem Durchgang dorthin erkannte ich die Silhouette eines Babys. „Rachel“, schrie Bea mit meiner Stimme. Beatrice war nun ganz in mir. Sie war Teil meines Ichs. Sie war ich.

Und gemeinsam rangen wir mit dem Tod, der ebenfalls mit uns verschmolzen war. Wir drei waren eins, steckten irgendwo in der Welt zwischen dem Diesseits und dem Jenseits.

Meine Hände erschienen vor mir, streckten sich dem Kind vor uns entgegen. Doch ich war nicht Herr meiner Glieder. Beatrice hatte ganz die Kontrolle übernommen.

„Nein“, sagte ich. „Bea! Nein!“

„Ich kann sie zurückholen.“

„Nein.“ Tods Stimme dröhnte in meinen Gedanken. „Das darfst du nicht.“

„Sie ist meine Tochter.“

„Nein.“ Plötzlich sprachen auch die Bücher mit all ihren Stimmen. „Das darfst du nicht.“

„Ich kann sie doch nicht hier zurücklassen.“

„Das darfst du nicht!“ Ich plapperte Tod und den Büchern eilig nach. „Du weißt doch noch, was auf dem Friedhof geschehen ist. Erinnere dich …“

Einen bangen Augenblick sah ich, dass meine Hände sich trotzdem dem Kind entgegenreckten, ihm liebevoll über die Wangen strichen.

Das Universum protestierte als die Waagschale des Lebens endgültig zu kippen drohte. Das Tosen und Wirbeln schwoll an …

Beas Flüstern, gebrochen und tränenerstickt, übertönte auf eine konträre Art und Weise das Chaos: „Auf Wiedersehen, meine liebe Rachel.“

Mein Gesicht schlug hart auf den Boden der Kammer. Der Lärm, der eben noch auf uns eingeschlagen war, versickerte im Nichts. Stille.

Um mich herum verstreut lagen die ungeschriebenen Bücher, zertrümmerte Möbel und die Reste des Deckenleuchters. Die Pracht, die Erhabenheit, in der einst dieser Raum erstrahlt war, schien endgültig vernichtet.

In diesem Irgendwo kniete Beatrice. Weinend biss sie sich in den Unterarm, als könnte der Schmerz, den sie sich selbst zufügte, ihre Seelenpein vertreiben. „Ich habe sie berührt … Ich habe Rachel berührt. Ich war bei ihr!“

„Ja“, sagte ich. Es klang lahm und schal.

„Ich hätte nur ihr kleines Händchen zu greifen brauchen. Ich hätte sie in den Arm nehmen können; sie mitnehmen können.“ Ein Schluchzen schüttelte sie.

Ich stand keuchend auf und begab mich auf die Suche nach meinem Stock. Mit etwas Glück würde ich ihn vielleicht noch heil wiederfinden.

„Es wäre falsch gewesen.“

Beatrice nickte, als würde sie es verstehen. Doch sie flüsterte: „Ich habe mein Kind heute ein zweites Mal verloren.“

Was hätte ich darauf antworten sollen? Es gab Momente, da schwieg man besser. Also humpelte ich zu ihr, ließ mich auf meinen Allerwertesten fallen und presste Beatrice in einer innigen Umarmung fest an mich.

Und dann weinten wir. Miteinander. Wir teilten nun ihren Schmerz, den sie niemals hätte allein tragen dürfen.

Als wir uns schließlich voneinander lösten, sagte sie leise: „Ingo.“

Der Versuch, meine Gedanken zu sammeln und auf Beas Mann zu fokussieren, endete damit, dass ich die Szene vor Augen hatte, in der ich ihn zuletzt gesehen hatte. Da hatte er gerade nach meiner Flasche für Notfälle gegriffen und sich vermutlich buchstäblich den Rest gegeben.

Hinter uns knirschten Schritte durch die Glassplitter. Eine dunkle Gestalt, halb wabernder, schwarzer Nebel, halb der Buchhalter, kam auf uns zu. Ergeben verharrten wir auf unserem Platz, warteten auf ihn. Es umgab uns eine seltsame, fast verbundene Stimmung. Ohne es genau umschreiben zu können, wusste ich, dass sich etwas an unserer Situation geändert hatte. Tod näherte sich langsam. In seinem Gebaren lag nichts Bedrohliches, Herablassendes oder Feindseliges mehr.

„Wenigstens eine überraschende Wendung gehört zu jeder Geschichte“, sagte er sanft. Lässig wie ein Teenager ließ er sich neben uns nieder. Und wirklich: Sein Äußeres wandelte sich just wieder in das des

Jünglings. Er wirkte attraktiv und so voller Leben, dass ich beinahe hätte vergessen können, was er tatsächlich war. „Ein kluger Zug deiner Freunde, Plana. Sie haben deiner Bea einen guten Tipp gegeben.

Ich wusste nicht, dass deine Geschichte in diesem Maße formbar ist. Es ist beeindruckend, was Bea in dein Manuskript geschrieben hat. Es ist beeindruckend“, er legte bedeutungsvoll den Kopf in den Nacken, „was sie über dich schreiben *wird.* Indem Bea und du mit mir verschmolzen seid, konnte ich fühlen, was ihr empfindet.“ Die folgenden Worte schien er im Mund erst hin und her zu kauen, als wolle er ihren Geschmack prüfen. „... Fühlen. ... Empfinden. Das ist mir vollkommen neu. Mitgefühl gehörte bislang nicht zu meinem Erfahrungsschatz.“ Zu meiner absoluten Verblüffung rückte er an uns heran, legte sanft seine zierliche Hand auf Beas Unterarm. „Deine Liebsten sind für dich nicht nur Zahlen und Buchstaben. Ich begreife jetzt deine Trauer.

Die Bücher verstehen es, selbst dem ärmsten Geist die Welt zu erklären.“

Es kostete Beatrice sichtbar Überwindung, den Arm nicht fort zu ziehen. Auch ich traute der neuen Situation nicht. „Was ist mit Ingo?“ Ihre Frage glitt schneidend durch Tods Monolog.

„Den Lauf der Welt kann ich nicht ändern. Du weißt, was passiert, wenn die Waagschale des Lebens sich zu sehr in eine Richtung neigt. Das Chaos wartet vor den dünnen Wänden dieser Welt. Es wäre dumm, die Tür dorthin zu öffnen. Deshalb muss Ingo sterben.“

Tod nahm seine Hand fort. „Aber ich will dir ein Geschenk machen.“ Mit einer allumfassenden Geste lenkte er unsere Blicke durch die zerstörte Kammer. „Wir brauchen vielleicht etwas Unterstützung von deinen Freunden, Plana.“

Er schnippte mit den Fingern. Von irgendwoher flog Ingos Kladde herbei, landete direkt in Tods Schoß. Auch der Radiergummi war plötzlich wieder da. Die Magie des Buchlandes.

„Entschuldige Bea, dass ich deine Worte nicht stehenlassen darf. Ingo ist dem Jenseits näher als dem Leben.“

„Ich habe gesehen, dass er wieder trinkt“, merkte ich an. Doch Tod widersprach mir: „Du hast gesehen, dass er die Absicht hatte, zu trinken. Ein *Cliffhanger!* Sowas ist in einer Geschichte ein legitimes Spannungselement, nicht wahr? Nun … Mehr wissen wir nicht über Ingo. Das, was in der Zwischenzeit mit Ingo geschehen ist, ist noch nicht Teil *unserer* Wahrheit …“ Vorsichtig schlug er die Kladde auf und radierte eilig ein paar Seiten leer.

„Ingos Leben darf nicht von dir geschrieben werden, Bea“, sagte Tod. Dabei erntete ich von ihm einen vorwurfsvollen Blick. „Keinem Menschen ist das Göttliche zu gewähren. Ein wahres Leben kann nicht mal der beste Schriftsteller erschaffen.

Ich muss zugeben, dass du Ingos Buch nie hättest bekommen dürfen. Mea Culpa! Ich werde es wieder an mich nehmen und zurück an seinen Platz stellen.“

„Dann gibt es nichts mehr, was ich für Ingo tun kann.“

Tod legte Ingos Buch vor Bea auf den Boden und griff dann hinter sein Ohr. Dort klemmte ein Bleistift, als hätte er dort schon immer sein Dasein gefristet. „Habe ich dir nicht ein Geschenk versprochen? Nun … Eigentlich ist es kein Geschenk. Ich biete dir ein Geschäft an.“

„Ein Geschäft mit dem Tod?“ Mein Misstrauen ließ sich nicht verbergen.

Doch der Schnitter lächelte, wie nur er es konnte. Erstaunlicherweise erkannte ich in seinen Zügen keine Arglist. Er beugte sich vor und bedeutete mir mit dem Zeigefinger, dass auch ich ihm ein Stück näher rücken solle. „Du liest zu viel“, flüsterte er mir zu.

Bea bewies indes, dass sie überaus pragmatisch sein konnte. Sie blätterte zur letzten beschriebenen Seite, ohne zu prüfen, was Tod eben ausradiert hatte. „Was ist der Deal?“

Tod reichte ihr den Bleistift. „Ich gewähre dir einen Satz. Nur einen. Wähle gut. Wähle weise. Subjekt und Prädikat. Keinen Kettensatz. Ein schlichter Satz, den du in Ingos Leben pflanzt.“

„So etwas wie: ‚Sie lebten glücklich, bis ans Ende ihrer Tage‘?“

„Angesichts seiner augenblicklichen Situation könnte das eine kurze Zeitspanne sein“, merkte ich an.

Tod verbreiterte sein Lächeln um einige Zähne. „Du hast in Plana doch einen guten Ratgeber.“

„Ich brauche also einen Satz, der nicht alles erzählt und der eine größere Zeitspanne überbrücken kann.“ Sie hatte ihre Lektion endlich verstanden.

„Was muss Bea dafür tun?“, hakte ich nach.

„Nicht viel. Bea muss nur das tun, was du und deine Freunde auch von ihr verlangen. Ein Buch. Sie muss ein Buch schreiben, mit all dem Herzblut und all der Seele, die sie zurzeit in ein Buch hineinstecken kann. Und sie soll über mich schreiben. Ein Buch über den Tod. Vielleicht schreibt sie auch, dass Tod ein Freund sein kann. Das würde mich … freuen.“

„Warst du je mein Freund?“ Da war wieder die Trauer in Beas Stimme, unendlich und tief. „Warst du mein Freund, als du mir meine Tochter nahmst. Oder warst du mein Freund, als du meine Eltern fortholtest?“

Tod seufzte schwer. „Ist es der Egoismus der Hinterbliebenen, dass sie etwas, das sie hergeben mussten, beklagen? Ist es der Verlust? Oder ist es vielleicht die eigene Angst zu sterben? Ich weiß es nicht. Warum glaubt ihr Menschen, dass es etwas Schlimmes ist, vom Leben loszulassen? Ein jeder hat seine Zeit. Es wäre falsch, zu früh zu gehen. Es wäre aber genau so falsch, gar nicht zu gehen. Den rechten Zeitpunkt zu bestimmen, das ist mir vorbehalten.“

Wieder glitzerten Tränen in Beas Augen. „Warum tust du das?“

Tod erhob sich, schlenderte zu dem klaffenden Loch in der Wand, das einstmals eines der wunderbaren Fenster mit Blick in die endlose Tiefe war. „Warum ich den Menschen ihre Leben nehme? Weil es meine Aufgabe ist.“

„Es war deine Aufgabe, meinem Kind das Leben zu nehmen? … Warum gerade meine Rachel? Das ist nicht fair.“

„Warum hätte ich gerade dein Kind verschonen sollen? Das wäre nicht fair. Die Regeln sind für alle gleich.

Würde dir denn eine Erklärung tatsächlich helfen? Würde es dich trösten, wenn ein Sinn dahinter stecken würde? Nun …“ Tod legte ein mitleidiges Gesicht auf. „„… möchtest du eine religiöse Begründung? Dann sage ich dir, dass es Gottes Wille war. Seine Wege, so sagt man, sind unergründlich.

Ich kann es dir aber auch rein wissenschaftlich mitteilen: Es ist halt so.

Wir stehen mitten im pulsierenden Herzen des Buchlandes. Und ich frage dich: Welche Begründung könnte dich trösten?“

Beatrice schluchzte heftig und ihre Gedanken kreisten in wirren Bahnen um das letzte bisschen Rationalität, das ihr angesichts der jüngsten Ereignisse geblieben war. „Sag mir die Begründung des Buchlandes. Wie würden es mir die Bücher erklären?“

Tod lachte. Etwas Ähnliches wie Anerkennung lag darin. Es war wie bei einem Lehrmeister, der seinem Lehrling mit einem Witz eine schwierige Lektion vermitteln durfte. „Jaaaa …“, hauchte er schließlich atemlos, „Sieh das Leben ruhig als eine Geschichte. Du bist Teil einer Wahrheit, die für dich unabänderlich ist. Du interagierst in ihr und mit ihr, als hättest du Einfluss auf die Welt, die dich umgibt. Doch du bist nur ein Zweig in einem reißenden Fluss. Die Strömungen der Geschichte reißen dich einfach mit. Frage nicht nach den Sinn. Frage nicht, warum es dich hierhin und dorthin in diesen Fluten verschlägt.

Das deine Tochter sterben musste, war vielleicht wichtig für den Plot deiner Geschichte. Eine Geschichte, die auf andere Art nicht hätte erzählt werden können.“

„Ich wäre eine andere?“

„Die Geschichte wäre eine andere.“

Es folgte einer jener seltsamen Momente, die es nur in Büchern geben konnte: Draußen färbte sich der Horizont orange und gelb. Die Strahlen der aufgehenden Sonne vertrieben die weißfunkelnden Nadelstiche vom Firmament und ließen zarte Federwolken sichtbar werden.

Bea machte sich bereit zu schreiben, während Tod hinausschaute und dem kosmischen Spiel seine ganze Beachtung schenkte.

„Ein Satz?“

Er nickte. „Ein Satz.“

Ich sah die Mine kurz über das Papier tanzen.

„Fertig“, sagte sie schließlich.

Tod dreht sich in ihre Richtung. „Würdest du mir den Satz bitte vorlesen?“

Als ob sie die Worte bereits vergessen hätte, blickte Bea auf die neue Zeile in der Kladde. „Ingo trinkt nie wieder Alkohol.“

Tod ging zu ihr, nahm die Kladde an sich. „Das verschafft Ingo ein paar Tage. Nicht viele. Seine Tage sind zu sehr im Soll. Aber vielleicht werdet ihr in diesen Tagen zueinander finden und glücklich sein.“

„Wie lange bleibt er noch bei mir? Was sollen wir tun?“

Tod reichte ihr die Hand, zog sie hoch und geleitete sie zur Treppe, die zurück ins Antiquariat führte. „Das werde ich dir nicht verraten. Geh hinunter zu ihm und genieße mit ihm jeden Tag, als wäre es euer letzter. Einen besseren Rat kann ich niemandem für sein Leben geben.“

Unsicher warf sie mir einen Blick zu. Sie zog es tatsächlich in Betracht hier oben bei mir zu bleiben! Wollte sie mich vor dem Tod beschützen? „Es ist okay“, sagte ich, um ein Lächeln bemüht, „geh zu deinem Mann. Das ist jetzt wichtiger.“

Paradoxon

Nachdem Beatrice gegangen war, begann ich damit ein wenig aufzuräumen. Ich richtete die Pulte und Vitrinen wieder auf und schob sie zurück an ihre Plätze.

„Wie wird es weitergehen?“, fragte ich nebenher. „Du wolltest doch Bea daran hindern, ihr Buch zu schreiben. Wolltest du nicht das Buchland vernichten, damit du an die Seelen in den Büchern heran kommst?“

Tod zog einen Ebook-Reader aus einem Scherbenhaufen und wog ihn in der Hand: „Ich mag diese kleinen Computer. Es sind seelenlose Wanderer zwischen digitalen Welten. Sie sind Rechner wie ich. Sie nutzen die Zahlen auf die einzig richtige Weise.

Einsen und Nullen tragen keine Gefühle, keine Emotionen. Ungeschriebene Bücher wird es bald nicht mehr geben. Jeder Gedanke wird festgehalten, mag er noch so lieb- oder leblos sein. Nichts geht mehr verloren. Die Zahlen sind noch viel geduldiger als das Papier, auf dem sie geschrieben stehen.

Aber ich sehe jetzt ein, dass es ohne die Bücher hier im Buchland nicht gehen wird. All die Seelen, die für mich bislang unerreichbar waren, müssen dort für die Ewigkeit aufbewahrt bleiben. Denn wir drei – du, Beatrice und ich – sind hier im Buchland Teil von ihnen. Wir sind nur eine kleine, bescheidene Geschichte. Eine Novelle. Ein kurzer Plot mit allerhand Fehlern in der Logik.

Ohne die Bücher gäbe es auch uns nicht. Die Bücher sagen, dass Beatrice ein Buch schreiben soll. Ich sehe nun ein, dass dafür tatsächlich die Notwendigkeit besteht. Deshalb werde ich nicht mehr versuchen, sie daran zu hindern.“

„Ende gut, alles gut“, stellte ich zweifelnd fest.

Ich bekam ein Schnauben zur Antwort. „Nur wenn Beatrice tatsächlich schreibt.“

„Warum sollte sie es nicht tun?“

„Sie schreibt nur, wenn sie der Kummer nicht wieder übermannt.“

Mich beschlich der Verdacht, dass ich etwas Wichtiges nicht mitbekommen hatte. „Ja?“

„Ingo hat nur noch zwei Tage.“

Ich schluckte trocken. „Binnen zwei Tagen dieses Buch zu schreiben, ist nicht möglich. Dann war also alles umsonst.“

Das goldene Licht der Sonne ließ den träge in der Luft treibenden Staub glitzern. Ich spürte, dass die Magie des Buchlands ihre Wirkung entfaltete. Irgendwo verschwanden ein paar Scherben, anderswo setzten sich Splitter wieder zu dem zusammen, was sie einstmals waren. Verstreut herumliegende Bücher fanden ihren angestammten Platz und der Leuchter hing wieder an der Decke.

Das alles geschah unmerklich, außerhalb meines Wahrnehmungsfeldes. Peu à peu erkannte ich die unversehrte Kammer wieder.

„Gibt es nichts mehr, was ich tun kann?“

Der Ebook-Reader verschwand. Stattdessen hielt Tod nun mein Buch in den Händen, blätterte darin herum, ohne tatsächlich Notiz von den Worten darin – oder waren es für ihn wieder nur Zahlen? – zu nehmen. Plötzlich löste es sich auf, nur um im gleichen Moment in einer der Vitrinen zu erscheinen. Mit mäßiger Verblüffung zog er eine Augenbraue hoch. „Wie paradox, dass man in ungeschriebenen Büchern radieren kann.“

Ungeduldig wiederholte ich meine Frage: „Gibt es nichts mehr, was ich tun kann?“

Ich rückte wieder ins Zentrum seiner Aufmerksamkeit. Mit prüfendem, abschätzendem Blick taxierte er mich lange. Hätte er nicht auch das Wort ergriffen, hätte mir allein diese Handlung einen eindeutigen Hinweis gegeben. „Die Waagschale des Lebens“, erklärte er schließlich, „erlaubt keine Kompromisse. Zu jedem bestimmten Zeitpunkt darf es nur eine bestimmte Menge Leben geben.“

Seine Antwort lautete somit nicht „Nein.“

Nervös leckte ich mir über die Lippen. Mit einem Mal zitterten meine Hände. Angst streifte mich mit der Erkenntnis: Es gab etwas, das ich tun konnte. Ich musste es nur noch laut aussprechen und Tod würde doch noch eines seiner Ziele erreichen. „Darf ich dir auch ein Geschäft anbieten?“

Tod legte dien Kopf schief und betrachtete in einer gespielt unschuldigen Geste seine manikürten Fingernägel. „Was kannst *du* mir geben?“

Ich deutete auf die Vitrine mit meinem Lebensbuch. „Das, was du mir bislang nicht nehmen konntest.“

„Was möchtest du dafür?“

„Ingos Zeit, sagst du, ist fast vorbei. Deine Buchführung … Subtrahiere meine Zeit. Addiere sie bei Ingo. Dann bleiben deine Bücher korrekt.“

„Du willst sterben? … Für ihn? … oder für deine Freunde?“

„Für Bea.“

„Ein gerechter Grund. Werden die Bücher dich gehen lassen?“

„Bea wird das eine, das wahre, das einzige Buch schreiben, das sie verlangt haben. Der Auktoral hat seinen Zweck erfüllt.“

„So ist es“, sagte Tod.

„Also werden mich meine Freunde gehen lassen.“

Wir ließen die Kammer der ungeschriebenen Bücher hinter uns zurück. Das Gleißen der leuchtenden Sonnenstrahlen, das uns durch die bleiverglaste Decke das erste Dutzend Stufen weit begleitete, verlor sich rasch. Auch mein Denken blendete sich aus, ließ mich vermutlich wie ein Automat funktionieren, während ich den langen Abstieg hinter dem Schnitter herschritt. Keine Erinnerungen habe ich an den Weg, ich weiß nur, dass ich plötzlich wieder unten im Antiquariat ankam und …

… mir insgeheim die Frage stellte, was Tod tatsächlich alles in meinem Buch ausradiert hatte. Ich wusste plötzlich so wenig. Hatte ich nicht zu Anfang dieser Geschichte scheinbar noch alles gewusst? Und jetzt wusste ich weder etwas über mein Alter noch über meine Vergangenheit. Ich wusste nicht mal mehr, welche Schritte ich gerade eben getan hatte.

„Mach dir nicht allzu viele Gedanken, Plana“, riet mir Tod. Konnte er so einfach in meinem Gesicht lesen? „Es wird sich nun alles finden.“

Ja, es würde sich alles finden. Dessen war ich mir sicher. Meine Geschichte würde gleich ein Ende nehmen. Ich hatte es Beatrice doch erst vor kurzem erklärt: Eine gute Geschichte rafft hin und wieder Ereignisse und lebt durch die Auslassung. Mochte der Leser doch die Lücken mit seiner Phantasie stopfen! Dafür waren Bücher da: Die Rationalität und die Sicherheit eintauschen gegen alternative Welten, die sich allein im Kopf entfalten.

Ingo saß in meinem Ohrensessel. Sein Gesicht war grau und eingefallen, seine Augen lagen in dunklen Höhlen. In der Hand hielt er ein Glas. Mit Erleichterung stellte ich fest, dass es leer war. Es hing kopfüber zwischen seinen Fingern und die Lache im Teppich ließ nur den Schluss zu, dass er den Inhalt des Glases vor kurzem absichtlich dorthin ausgegossen hatte.

Beatrice saß auf seinem Schoß, schmiegte sich an ihn, als könne sie ihn allein durch ihre Nähe retten.

Der Rest war Schweigen.

„Wir alle sind nur Worte im Buch des Universums", flüsterte ich Beatrice ins Ohr. „Es ist an der Zeit, dass wir unsere Bestimmung erfüllen."

„Was soll das bedeuten?"

„Ich habe mein Testament in das handgemachte Buch geschrieben. Handschriftlich. Mit Datum und Unterschrift. Es ist rechtlich gültig. Das Antiquariat wird bald Beatrice Liber gehören. Das macht diese Beatrice zwar nicht automatisch zu einem Auktoral. Aber ich denke, dass sie das Zeug dazu hätte. Wäre es nicht schön, wenn sie ihre Liebe zu den Büchern wiederentdecken könnte?"

„Im Augenblick ist nur Ingo wichtig", schluchzte Bea und vergrub ihr Gesicht in seiner Armbeuge. „Ich glaube nicht, dass mir Wörter Ingo zurückholen können."

Tod trat zu uns heran, strich sanft über Ingos Kopf. Dieser stöhnte auf. Doch ich war mir nicht sicher, ob er überhaupt wahrnahm, was tatsächlich um ihn herum geschah.

„Wir hatten einen Deal", erinnerte Bea. Halbherzig versuchte sie, seine Hand fortzudrücken. Aber die Art, wie sie es sagte, verriet, dass sie bereits aufgegeben hatte. Sie konnte oder wollte nicht mehr um Ingo kämpfen.

„Ja", flüsterte Tod. „Und ich werde mein Wort halten. Ich werde Wort halten; ganz so, wie es dem Land der Bücher gerecht wird." Er streckte die Hand nach mir aus, zog mich zu Ingo hin. Dann schien er auf seine eigene spezielle Art die Magie des Buchlandes zu beschwören. „Am Anfang war das Wort. Und wir alle sind aus Worten gemacht. Wir alle sind Worte geblieben. Ich nehme deine Worte, entleihe sie der Waagschale des Lebens und reiche sie weiter, gebe sie der Seele, die in Beas Armen liegt.“

Ich sank auf die Knie; hörte, dass Ingo aufseufzte, tief Atem holte und dann kraftvoll die Luft wieder ausstieß. Bea sprang auf. Die Augen weit aufgerissen starrte sie Ingo an. Der Funke des Glücks erleuchtete ihr Gesicht und bei diesem Anblick wusste ich, dass ich mich richtig entschieden hatte. Dann brach ich endgültig zusammen. Ich fiel auf die Seite und konnte mich nicht mehr rühren. In meinem enger werdenden Sichtfeld lag meine linke Hand. In einem Anflug von Entsetzen sah ich, dass Tinte durch meine Poren sickerte und auf das Parkett tropfte. Dort zog sie sich zusammen, metamorphosierte zu winzigen Buchstaben, die sich aneinanderreihten. Ich konnte sie lesen: „Finis coronat opus.“

Das entlockte mir ein letztes Lächeln. Ovid! „Das Ende krönt das Werk.“ Wie schön, dass dies die letzten Worte waren, die ich in dieser Welt lesen würde, dachte ich. Doch als ich die Augen schloss, erlebte ich eine Überraschung. Zwar hatte ich davon gehört, dass am Sterbenden angeblich nochmals sein ganzes Leben vor dem inneren Auge vorbeiziehen würde, aber …

… es war nicht mein Leben, das in einer berauschenden Geschwindigkeit vor meinen Augen vorbeizog. Vielmehr schlenderte ich mit Jack durch das nebelige London, betrachtete mit Stephen die Sonnenuntergänge in den wunderbaren Landschaften Mains, frühstückte in New York bei Tiffanys. Schon weilte ich in Camelot, stritt um Ruhm und Ehre, um danach mit Agatha im Zug einen Tee zu trinken.

Meine Blicke senkten sich auf Liliput, während meine Zehen sich noch in der roten Erde von Tara vergruben. Dann ritt ich durchs Kurdistan auf dem Rücken eines schwarzen Hengstes, prügelte mich in Lutetia und Gotham City. Mit Sam lief ich Streife in Ankh Morpork, mit Minerva ging ich in Hogsmeade shoppen. Ich streifte durch die dunklen Gänge des Cheateau d’If und durch die Gärten von Schloss Gripsholm.

Ich sah so viel, viel mehr. All die unzähligen Welten, all die unzähligen Menschen, Tiere, Wesen, die ich durch ihre Abenteuer begleitet hatte. Sie alle bereiteten mir nun meinen letzten Weg in mein eigenes Phantásien.

„Mein Herr Plana“, Beas Stimme drang zu mir durch. „Was geschieht hier?“ Sie hatte sich über mich gebeugt, strich meine Stirn.

Das Sprechen fiel mir schwer, doch ich schaffte es. „Ich habe einige Absätze in meinen letzten Kapiteln gestrichen. Ingo darf dafür einige an den seinen anknüpfen. Es ist ein merkwürdiges Gefühl … ich fühle mich so blass, wie Tinte auf zu viel Papier gedruckt.“

Bea beugte sich über mich, küsste mich sanft, während mir ihre Haare über das Gesicht strichen. Etwas tropfte auf meine Wange und für einen absurden Augenblick dachte ich, dass auch sie Tinte verlor. Doch das, was ich von ihr bekam, war um ein Vielfaches kostbarer. Sie schenkte mir ihre Tränen.

Sie nahm meine Hand liebevoll in die ihre und drückte sie an ihren Hals. Wie beklagenswert, dass ich ihre Wärme nicht mehr spüren konnte. Meine Haut wirkte wie altes Pergament: Spröde, beinahe farblos und rissig. Ich weiß nicht, ob mich meine Sinne in diesen Momenten der Schwäche und des Verfalls täuschten, doch mir war, als ob Tuschestaub daraus herabrieselte.

„Das ist nicht richtig“, flüsterte Bea.

An meinem Sekretär saß nun Tod. Der Buchalter. Mein Buch ruhte wieder in seinen Händen. „Es wird Zeit“, sagte er, griff in seine Westentasche und zog einen kleinen Zettel heraus.

Bea fragte: „Was ist das?“

„Ein *ExLibris*. Eine Marke, die einen Besitzanspruch verdeutlicht.“ Mit einem Pinsel von meinem Schreibtisch trug er etwas Leim auf und klebte den Zettel in mein Buch. „Plana, du gehörst nun mir.“

„Nein.“ Bea klagte nun um mich, so wie sie eben noch um Ingo geweint hatte. Ich mühte mich, ihr etwas Tröstliches zu sagen: „Dies ist vielleicht nur der Band einer größeren Geschichte. Wer weiß? Mit etwas Glück gibt es eine Fortsetzung.“ Dann wandte ich mich ihm zu. „Nutzt es etwas, wenn ich bete?“

Tod lächelt unverbindlich. „Es schadet nicht.“

Und während die letzten Worte wie Blut aus mir heraussickerten, richtete ich meine letzte Frage an meine Freunde: „Wie wird diese Geschichte weitergehen?“

Ich hatte es kaum zu hoffen gewagt, doch das Wispern setzte wieder ein, trug meinen Geist mit sich fort. Es trug mich in Beas Zukunft und offenbarte mir meinen Schritt in die Unendlichkeit. Ich erkannte, dass ich durch Bea die Unsterblichkeit in meinem ureigenen Eden erlangen würde …

Tod schlug mein Buch zu. Es verblasste angesichts der einsetzenden Wirklichkeit ebenso wie Tod selbst. „Wir sehen uns“, war sein Gruß zum Abschied. Wie konnte es auch anders sein.

Als Beas Tränen versiegt waren, erhob sie sich. Sie lauschte dem Flüstern um sich herum. Sie verstand. Also nahm sie den Weg hinauf in die Kammer der ungeschriebenen Bücher. In der Vitrine, in der einstmals Beas erstes ungeschriebenes Buch ruhte, lag nun ein neuer Band. Der Titel, vergoldet und reich verziert, leuchtete im Licht. Für einen Augenblick schien mein Name darauf zu stehen. Doch das war vermutlich nur eine Reflexion. Der endgültige Titel stand wohl noch nicht fest. Die Buchstaben der Überschrift wanden sich noch wie Schlangen.

„Ein Buch über den Tod“, flüsterte Beatrice. Und die Buchstaben fügten sich zu dem Wort Tod zusammen. „Ein Buch über Plana.“ Wieder wandelte sich die Überschrift und verkündete wieder meinen Namen. „Ein Buch, in dem viel Seele von mir steckt.“ Seele. „Ein Buch, das die Grenze zwischen Wirklichkeit und Fiktion verwischen lässt“, sagte Beatrice. „und eine Realität, die erst durch meine Worte wahr wird. Denn ohne mich wird es nichts davon geben.“

Es war nun keine Frage mehr, worüber sie schreiben würde. Es war auch keine Frage mehr, wie das Buch heißen würde.

„Es wird nicht ungeschrieben bleiben“, versprach sie leise.

Dann ging sie wieder nach unten, setzte sich an den Sekretär, nahm das Büchlein, das ich ihr einst geschenkt hatte, um sich die ersten Notizen zu machen. Zuvor stellte sie sich Fragen. „Was weiß ich? Was darf ich auslassen? Wie soll ich es erzählen? Will und muss ich etwas verfremden? Wie will ich es erzählen?“

Sie schrieb.

Am Anfang war das Wort. Am Ende steht ein Punkt. Ich bin aufgestiegen in eine Welt aus Buchstaben.

Monate sind vergangen.

Ich sehe meine Bea.

Ich sehe meine Bea mit ihrem Ingo.

Er legt den Arm um sie. „Was für ein Zufall“, flüstert er ihr zärtlich ins Ohr. „Wusstest du, dass Liber lateinisch ist?“

„Klar. Es heißt Buch.“

„Wusstest du denn auch, dass das spanische Wort für ein Blatt ‚Plana‘ ist?“

Bea dachte darüber nach. „Mich wundert es nicht.“ Wahrheit und Fiktion reichten sich in diesem Augenblick wieder die Hand. „Herr Plana ist eine Seite von mir. Ein Stück meines Selbst, das in mein Buch eingeflossen ist. Schreiben ist Selbstverwirklichung.“

Das Buch …

Der Verlag hatte ihr ein Exemplar der Erstauflage zugeschickt. ‚Buchland‘, ein schöner, schlichter Titel.

„Es ist soweit“, sagte Beatrice. Ein bittersüßes Lächeln umspielte ihre Lippen. „Wir sollten den Kreis endgültig schließen.“

Und sie legten gemeinsam ein letztes Mal den Hebel des Maschinentelegrafen um. Die Treppe funkelte im Licht kleiner Sterne. Ingo löste seine Hand aus der ihren. „Du solltest das ohne mich machen. Es ist dein Werk.“

Meine Bea sog tief die Luft ein, nickte ihrem Mann zu und folgte dann den Stufen nach unten. Irgendwo tief im Buchland … Das Regal mit der Nummer 2012, unterste Reihe, ziemlich am hinteren Ende … Eine Lücke klaffte dort. Beatrice nahm ihr Buch und schob es hinein.

„Danke.“

Ingo wartete währenddessen vor dem Antiquariat. Mit übereinandergeschlagenen Beinen auf der Fensterbank sitzend, ließ er das geschäftige Treiben auf der Straße vor sich wirken.

Er hatte kein genaues Bild von dem, was in den letzten Tagen um ihn herum geschehen war. Doch irgendwie, da war er sich sicher, hatte es etwas Magisches an sich gehabt. Seitdem Bea das Antiquariat geerbt hatte, brummte das Geschäft buchstäblich. Es war, als wollten die Bücher zu den Kunden.

Die ganze Straße lebte auf. Viele neue Geschäfte hatten eröffnet: Ein Kino, eine Videothek, ein kleines Verlagshaus, eine Galerie, ein Bildhauer, ein Goldschmied und einige andere Kunsthandwerker. Dazwischen fand sich ein Florist, ein Konditor, und … ja, natürlich auch ein Friseur.

Ingo wusste es nicht besser. Er fand nur die eine Erklärung, die ihm auch Bea gegeben hatte: Das Buchland überschritt seine Grenzen und erschuf hier eine Straße der Träume, der Phantasie und Kreativität.

Und ich?

Ich wartete zwischen den Zeilen.

Auf meinen Leser.

Auf dich …

Lange nachdem meine Bea gegangen war, versuchte ich zu sprechen. Gemeinsam mit den anderen. Wir wisperten und flüsterten. Lasen in dem Buch, das Beatrice uns geschenkt hatte.

Der Anfang war recht vielversprechend. Das erste Kapitel erzählte vom Gewicht der Worte.

„Am Ende steht ein Punkt.“

Die Notizen des Auktorals

Antagonist (s. Protagonist):
Kommt man von selbst darauf, dass der Antagonist der Gegenspieler des Protagonisten ist? Nein? Also gut: Er ist es.

Auktoral:
Auktoral ist ein Kunstwort abgeleitet von dem lat. auctor (Autor). Ein auktorialer Erzähler steht über der Geschichte und ist somit allwissend. Im direkten Gegensatz dazu steht der Ich-Erzähler, der die Identität eines Darstellers einnimmt und aus dessen Perspektive die Geschichte erzählt. Es zeugt von Genius oder Wahnsinn, wenn ein Schriftsteller beides in einen Topf wirft. Wer würde dergleichen Paradoxes tun?

Ausgabe letzter Hand:
Die Ausgabe letzter Hand ist die letzte vom Autor selbst redigierte und überwachte Ausgabe seines Werkes. Spätere Ausgaben liegen nicht mehr in seiner Hand.

Bibliophil:
Büchersüchtige bezeichnet man heutzutage umgangssprachlich als bibliophil. Der Begriff Bibliophilie (griech. für Liebe zum Buch) steht allerdings im herkömmlichen Sinne für das Sammeln kostbarer Bücher, die in einer Privatbibliothek gehortet werden.

Bibliothek von Babel:
Der Entwurf der „Bibliothek von Babel" beziehungsweise der Begriff „Universalbibliothek" kommen dem Wesen des Buchlandes wohl

ziemlich nah. Der Gedanke, dass alle erdenklichen Bücher an einem unendlich großen Ort vereint sind, wurde von Jorge Luis Borges und Kurd Laßwitz, aber unter anderem auch von Douglas Adams, Isaac Asimov und Terry Pratchett aufgegriffen.

Cliffhanger:
Wenn's am spannendsten ist, sollte man aufhören. Deshalb erkläre ich vielleicht erst im nächsten Buch, was ein Cliffhanger ist.

Descartes, René:
René Descartes hat mit seiner Erkenntnis "Ich denke – also bin ich" eine wunderbare Tür zur Philosophie geöffnet. Hätte er gleichzeitig noch den Sinn des Lebens parat gehabt, dann wäre er vielleicht – salopp gesagt – die philosophische eierlegende Wollmilchsau. Natürlich nur, wenn er vorher genau erklärt hätte, wer oder was denn dieses „ich" eigentlich ist.

Deus ex machina:
Die Deus ex machina ist ein Handlungselement der antiken Tragödie. Konflikte, die durch menschliches Tun nicht zu lösen waren, wurden von einer übergeordneten Instanz erledigt. Da Gottheiten aber selten als Darsteller auf die Bühne kamen, wurden sie durch Bühnenmaschinerie ersetzt. Das ersparte unter anderem auch die immensen Gagenforderungen von Zeus.

Eskapismus:
Damals, als phantastische Literatur nur in den sogenannten „Pulps" (billige Zeitschriften) gedruckt wurde, schlug den Autoren und Lesern des Genres gerne der Vorwurf des Eskapismus entgegen. Wer sich solcher trivialen, minderwertigen Literatur hingebe, betreibe Realitätsflucht. Inzwischen werden einige dieser frühen Werke als

Hochliteratur eingestuft. So ändern sich die Zeiten.
Wenn ich die Zeitung lese, dann frage ich mich manchmal, ob es nicht vollkommen legitim sein sollte, hin und wieder mal von oder vor der Wirklichkeit zu fliehen.
... wenn es eine Wirklichkeit überhaupt gibt.

Exlibris:
Ich! Mir! Meins! Ein Exlibris ist ein in Bücher eingeklebtes Besitzzeichen. Die wörtliche Übersetzung bedeutet so viel wie „Aus den Büchern".

Foliant:
Die alten Römer schnitten ihre Schreibblätter (lat. folium „Blatt") für gewöhnlich in eine einheitliche Größe. Daraus ergab sich das Folio-Format. Neben den Folianten gab es auch die kleineren Quart- und Oktavbände. Noch kleiner waren die Duodez-Bände.
Im Mittelalter sortierte man die Bücher zumeist nach Größe.
Ich stelle mir gerne vor, wie dieses System den Auktoral der Bibliothek zu Babel zur Verzweiflung trieb.

Gibson, William:
William Gibson ist aus Profession ein Pessimist, wie er sagt. Trotzdem achte ich ihn als angenehmen Zeitgenossen. Auch wenn Gespräche mit ihm nicht unbedingt ermutigen. Seine Werke haben unsere Gegenwart mehr beeinflusst, als sich mancher Leser vorstellen kann. Die Erfinder des Internets haben Gibsons Bücher bestimmt gleich mehrmals hintereinander gelesen.

Goethe, Johann Wolfgang von:
Mein alter Freund Johann Wolfgang von Goethe. Viel muss man zu diesem Naturwissenschaftler eigentlich nicht sagen. Erwähnenswert

wäre vielleicht nur, dass er nebenher der vielleicht begnadetste Schriftsteller aller Zeiten ist. Auch wenn er selbst nichts von Kritikern und Rezensenten hielt, so mochte er dennoch gerne sein Urteil über die Werke anderer Autoren fällen. Zu seinen Lebzeiten pilgerten viele Kreative zu seiner Wohnstatt, um mit ihm zu diskutieren. Der Vollständigkeit geschuldet, muss ich Folgendes übrigens zugeben: In den „Sturm und Drang" Zeiten, deren Grundsteine er selbst setzte, war Goethe auch ein Selbstverleger. Beim Schauspiel „Götz von Berlichingen" war er das Gegenstück eines sogenannten Selfpublishers und brach bewusst mit allen Regeln der Kunst.

Göttliche Komödie:
Dass mich im Angesicht eines tosenden Infernos ausgerechnet die „Göttliche Komödie" wieder auf die Beine bringen soll, bezeugt den besonderen Humor meiner Freunde. Dante Alighieri hat um 1307 einen Entwurf der jenseitigen Welt verfasst. Der Weg seines Protagonisten führt durch die Hölle und das Fegefeuer. Kein angenehmer Weg, der da zum Paradies führt.

Henrystutzen:
Der Henrystutzen ist eine Wortschöpfung von Karl May. Das Gewehr mit kurzem Lauf bekam den Namen vom Henry-Gewehr, das technisch mit der Wunderwaffe von Old Shatterhand allerdings nur wenig gemein hat.

Illuminieren:
Wörtlich übersetzt bedeutet das Wort „erleuchten". In Bezug auf die Kunst des Schönschreibens, der Kalligraphie, bezeichnet man damit die Tätigkeit des reichhaltigen Verzierens der Schrift.

Merchandising:
Wenn ein Kaffeetassenhersteller das Antlitz Luke Skywalkers auf sein Porzellan drucken lässt oder wenn ein Schreiner die Nachbildung des Zauberstabs von Hermine Granger anbietet, dann spricht man wohl von Geldschneiderei – ähm – … Ich meine natürlich Merchandising.

Paley, William:
William Paley hat im Jahre 1802 mit der Veröffentlichung seiner Natural Theology einen Gottesbeweis zu formulieren versucht: Ähnlich dem perfekten Mechanismus einer Uhr funktionieren Lebewesen. Deshalb müssten sie – seiner Meinung nach – einen kreativen Schöpfer haben. Richard Dawkins greift 1986 das Sinnbild des Uhrmachers auf, behauptet – als Anhänger der Evolutions-Theorie – dieser müsse blind sein.
Ich habe mir vorgenommen, dazu keine Meinung zu haben. Vielleicht ist es ja wie bei guten Büchern, wo ein Schöpfer zwar die Geschichte erfindet, diese sich aber wie von selbst weiterentwickelt.

Paradoxon:
Ein Paradoxon ist ein (logischer) Widerspruch. Das Lesen und Schreiben in ungeschriebenen Büchern könnte man zum Beispiel als paradox bezeichnen. Oder wenn sich ein Schaf einen Wolf läuft, dann … nein, dann ist das ein platter Witz. Entschuldigung.

Poe, Edgar Allan:
Krimi, SciFi und Horror: Edgar Allan Poe legte gleich in drei großen Genres der Literatur Fundamente, auf denen bewusst oder unbewusst die modernen Autoren bauen. Ohne ihn hätten beispielsweise Jules Verne, Arthur Conan Doyle oder auch Stephen King ihre Worte vermutlich anders formuliert.

Positronisches Gehirn:

Wie schön, wenn Kunstbegriffe der Literatur ein so bemerkenswertes Eigenleben bekommen. Als Computer riesige Anlagen mit Lochstreifen und Magnetspulen waren, musste sich Sir Isaac Asimov mit dem Problem der Miniaturisierung herumschlagen. Wie sollte er es anstellen, ein komplettes Rechenzentrum in dem kleinen Kopf eines Roboters glaubhaft unterzubringen?

Er brauchte etwas, das sich wissenschaftlich anhörte und vielleicht tatsächlich irgendwann mal erfunden wird. Nun: Positron (ein Elementarteilchen) hört sich verdammt wissenschaftlich an …

Viele Science-Fiction-Autoren haben den Begriff Positronisches Gehirn in den folgenden Jahren übernommen. Das kann „Data" vom Raumschiff Enterprise gewiss bestätigen.

Protagonist:

Ich könnte natürlich wortreich erklären, dass der Protagonist der „Ersthandelnde" ist. Ich könnte auch verraten, dass der Begriff aus dem Griechischen kommt. Oder dass …

Nein, das möchte ich nicht. In der Literatur ist ein Protagonist nichts anderes als der Hauptdarsteller.

Scriptorium:

Die Schreibstube in mittelalterlichen Klostern nannte man Scriptorium. Mönche schrieben und kopierten dort Bücher mit höchster Kunstfertigkeit. Dabei entstanden kalligraphische Meisterwerke, die noch heute ihresgleichen suchen.

Twain, Mark:

Der grandiose Schriftsteller Samuel Langhorne Clemens bewies unzählige Male sein humoristisches Talent. Auch bei der Namensfindung eines geeigneten Pseudonyms: Mark Twain – was eigentlich nur ein Begriff aus der Seemannssprache ist und eine Wassertiefe von zwei Faden bedeutet. Man sollte nicht den Fehler machen, sein Werk auf „Tom Sawyer" und „Huckleberry Finn" zu reduzieren. Ich liebe zum Beispiel seine „Auszüge aus Adams Tagebuch".

Der Autor

Markus Walther, geboren 1972 in Köln, lebt seit 2006 mit seiner Frau und zwei Töchtern im bergischen Rösrath. Als ausgebildeter Werbetechniker begeisterte er sich bald für die Schriftgestaltung und machte sich 1998 als Kalligraph selbstständig. Neben dem Hobby der Malerei entwickelte sich das Schreiben.

„Meine literarischen Wurzeln liegen in den Texten von Terry Pratchett, Douglas Adams aber auch Mark Twain, Isaac Asimov, Edgar Allan Poe und Stephen King. Der Schwerpunkt meiner eigenen schriftstellerischen Arbeit liegt in der Gattung der Kurz- und Kürzestgeschichte. Ich finde es faszinierend, wie viel (Un)sinn auf eine Buchseite passt. Dabei darf der Minimalismus niemals auf Kosten des Lesevergnügens gehen. Die Gratwanderung zwischen Klischee und Pointe, Independent und Mainstream führt mich quer durch sämtliche Genres der Bücherwelt, in denen ich mich auch als Leser zuhause fühle."

Neben den eigenen Buchprojekten schreibt Markus Walther für das Literatur-Portal www.globaltalk.de die Kolumne „Reden wir über …", engagierte sich u.a. im Autoren-Forum www.federfeuer.de als Moderator und ist Initiator und Mitorganisator der „Langen Lohmarer Lesenacht".

Danksagung

Mein Dank für das Anlesen der Worte (und das anschließende Anfeuern) geht an Beate Senft.

Mein Dank für das Diskutieren über die Worte geht an Josephine Mengeler.

Mein Dank für das Gestaltengeben der Worte geht an Petra Rudolf.

Mein Dank für das Zurechtrücken der Worte geht an Daniela Sechtig, Berit Liedtke und das Team von ACABUS.

Weitere Romane aus dem ACABUS|Verlag

Markus Walther

Kleine Scheißhausgeschichten
68 kurzweilige Geschichten zum Schmunzeln

Buch-ISBN: 978-3-941404-64-9
BuchVP: 11,90 EUR

„Gehören Sie zu den Leuten, die kaum Zeit zum Lesen finden? Prima, dieses Buch ist wie gemacht für Sie! Lesen Sie es da, wo sich ein jeder die Zeit nehmen muss, etwas still zu sitzen. Sie wissen schon: Da, wo selbst der König zu Fuß hingeht.“

Markus Walther

EspressoProsa
Klein. Stark. (Manchmal) schwarz.

Buch-ISBN: 978-3-86282-126-6
BuchVP: 10,90 EUR

Was haben Espresso und Kurzgeschichten gemeinsam?
So wie in dem kleinen Tässchen eine geballte Ladung Koffein steckt, können sich selbst in der kürzesten Geschichte Universen auftun und sogar ganze Leben entfalten – manchmal braucht es nur eine Seite. In einer hohen Konzentration können sich hier Sinn und Unsinn frei entfalten und den Geist erhellen oder manchmal einfach nur belustigen.

Britta Röder
Die Buchwanderer

ISBN: 978-3-86282-017-7
212 Seiten
EUR 13,90
ACABUS Verlag November 2011

Andreas Dresen
Das Buch des Hüters

ISBN: 978-3-86282-053-5
224 Seiten
EUR 12,90
ACABUS Verlag Dezember 2011

Michaela Abresch
Das Mirakelbuch
Historische Erzählungen aus dem Westerwald

ISBN: 978-3-86282-152-5
164 Seiten
EUR 11,90
ACABUS Verlag April 2012